삶의 여행자를 위한
365 日

중국문학과 불교고전에서 배우는 지혜

삶의 여행자를 위한
365日

성운대사 감수

채맹화 엮음

조은자 번역

운주사

인생의 긴 여정에서 우리는 하루하루, 한 달 한 달, 또 한 해 한 해를 지나왔습니다. 오랜 여정에서 방황과 무기력, 슬픔과 기쁨, 이별과 만남, 명예와 치욕, 칭찬과 비방, 그리고 성공의 희열과 실망의 아픔을 마주하게 될 때『삶의 여행자를 위한 365일』이 여러분에게 조그만 힘이 되기를 발원합니다.

세계를 여행하는 사람 중에는 가족의 보호를 받는 사람도 있겠지만, 정처 없이 세상을 구름처럼 떠도는 사람도 있을 것입니다. 자신감에 차 있든, 실의에 빠져 있든『365일』이 조국에 대한 사랑, 고향에 대한 그리움, 가족의 관심, 친구의 우애를 되살리는 또 다른 음성을 전해줄 것입니다. 이 책에 담겨 있는 시사詩詞, 가곡歌曲, 가훈家訓, 좌우명座右銘, 권세문勸世文 및 경론經論 등 400여 명의 작가, 800여 편의 작품이 여러분에게 힘을 북돋아줄 것이라 확신합니다. 이 책이 피곤에 지친 사람에게는 다시 한 번 기운을 차리게 해주고, 억울하고 답답한 사람에게는 마음의 응어리를 풀어주기를 발원합니다.

우리는 이 책이 자애로운 어머니의 목소리처럼, 부모와 자녀 간의 애틋함처럼, 한겨울의 추위를 녹일 따스한 햇살처럼, 이글대는 한여름의 청량한 바람처럼 인생의 여정에 녹아드는 생명의 찬란한 빛이 되길 기대해 봅니다. 그래서 이 책의 제목을『삶의 여행자를 위한 365일』이라 정했습니다. 중국문화를 근본으로 한 불교성전이며, 천 년을 넘게 이어져온 중국문화의 정수인 이 책이 세계 각지의 여행숙소마다 비치되길 바라고, 중국문화 및 불교와 인연이 있는 전 세계 사람, 그리고 일반 사회인사들 모두의 손에 이 책이 쥐어지기를 발원합니다. 또한 어두운 실내를 밝히는 등처럼 모든 이의 마음을 비추어 인생의 길잡이가 되기를 발원합니다.

이 책이 발간되기까지 채맹화蔡孟樺 씨가 편집을 맡고, 제자인 혜관慧寬 스님과 여상如常 스님 등이 동참하여 첨삭과 의견 등을 보태주었기에 출판할 수 있었습니다.

동일한 문장을 수집하기 쉽지 않아 주 편집인인 채맹화 씨가 저의 『불광채근담佛光菜根譚』의 문구를 많이 사용하였지만, 제게는 너무 분에 넘치는 것 같아 부끄럽기 짝이 없습니다. 그러나 저는 타인의 인생을 유익하게 하고 그들에게 힘을 보태고 축복해주는 데 뜻을 두고 있으며, 그것이 이 책을 발간하게 된 자그마한 의미이기도 합니다.

이 책은 모두 저의 공익신탁교육기금과 국제불광회, 그리고 여기에 동참 의사가 있는 지인들이 함께 일구어 발행할 예정이며, 우리가 목표한 바대로 널리 읽히기를 바랍니다.

인연이 닿아 도움을 주신 분들께 지면을 통해 감사의 인사를 드리며, 이것으로 서문을 대신하겠습니다.

2014년 8월 불광산 개산요開山寮
성운星雲 합장

1月
January

삶의 여행자를 위한
365 日

신년기원문 【절록節錄】

불광 성운(佛光星雲, 1927~)

자비롭고 위대하신 부처님!

새로운 한 해가 시작되는 지금 이 시점,

저는 과거의 것 하나하나를 이미 지난 어제라 여길 것이며,

저는 미래의 것 하나하나를 새로 태어난 오늘로 삼을 것입니다.

새로운 한 해가 시작되는 지금,

저의 소원 하나는 권속이 화목하고 가정이 원만한 것이며,

저의 소원 둘은 생활이 만족스럽고 선행을 세상에 베푸는 것이며,

저의 소원 셋은 마음이 편안하고 성격을 중후하게 하는 것이며,

저의 소원 넷은 나쁜 습성을 없애고 수양을 더욱 쌓는 것이며,

저의 소원 다섯은 발심하여 일하고 자비로 타인을 대하는 것이며,

저의 소원 여섯은 사업이 순조롭고 몸과 마음이 건강해지는 것이며,

저의 소원 일곱은 수행이 증진되고 지혜가 더 풍부해지는 것이며,

저의 소원 여덟은 불교가 융성하고 더 많은 중생을 제도하는 것이며,

저의 소원 아홉은 사회가 안녕하고 국민이 두루 즐거운 것이며,

저의 소원 열은 세계가 평화롭고 세상이 모두 즐거워지는 것입니다.

자비롭고 위대하신 부처님! 저를 보우해주시길 기원합니다.

새로운 한 해에는

저의 입으로 뱉는 모든 말이 자비롭고 선량하며,

타인을 격려하고 이끄는 좋은 말이게 해주십시오.

저의 몸으로 짓는 모든 일이 남을 기쁘게 하며,

대중을 이롭고 유익케 하는 좋은 일이게 해주십시오.

저의 마음에 담은 모든 뜻이 타인을 축복하며,

타인에게 회향하는 좋은 마음이게 해주십시오.

저의 모든 행위가 국가에 보탬이 되며,

세계를 아름답게 만드는 데 기여하도록 해주십시오.

저는 제 자신의 신심을 바쳐 사회에 이바지하길 원하며,

저는 제 모든 것을 오롯이 타인과 나누기를 원합니다.

자비롭고 위대하신 부처님!

새해 새 기분으로 제가 모든 것을 다시 시작할 수 있도록 해주십시오!

———『불광기원문佛光祈願文』

설날 풍경, 풍자개豐子愷 作

노력이 헛되지 않다

호적(胡適, 1891~1962)

생명이란 본래 아무 의미도 없다.
다만 당신이 어떤 의미를 부여하는가에 따라 그 의미도 변할 뿐이다.
죽음을 앞두고 내 인생은 어떠했는가를 되돌아보기보다는,
살아있는 날들 동안 의미 있는 일을 행하고자 노력하라!

담대하게 가설을 세우고, 신중하게 가설을 증명하며,
진지하게 일처리를 하고, 성실하게 사람 노릇을 하라.

우리는 오늘의 실패가 과거에 노력하지 않음에서
비롯되었음을 굳게 믿어야 한다.
우리는 오늘의 노력이 미래에 커다란 성공으로
돌아올 것임을 굳게 믿어야 한다.

당신이 가장 비관적이고 실망스러울 때가 곧
반드시 굳세고 강한 믿음을 불러일으켜야 할 때이다.
세상에 헛된 노력은 없다. 성공이 나에게서 일어나진 않는다 해도
그 노력은 결코 헛되지 않다는 것을 굳게 믿어야 한다.

지난날의 면면들이 지금의 나를 만든 것이니,
애달프거나 그리워하지도 말라.
앞으로 무엇을 거두어들일지는 지금 무엇을 심느냐에 달려 있다.

———『호적전집胡適全集』

관작루鸛雀樓에 오르다

당唐 왕지환(王之渙, 688~742)

한낮의 해는 서산으로 기울고,
황하의 물은 바다로 흘러가네.
천리 넘어 먼 곳 바라보려면,
한 층 더 높이 올라가야 하리라.

──『문원영화文苑英華』

장가행長歌行

작가 미상

많은 냇물 동으로 흘러 바다에 이르면,
언제 다시 서쪽으로 돌아갈거나?
젊고 힘 있을 때 노력하지 않으면,
늙고 난 뒤 부질없이 슬퍼할 뿐이네.

──『악부시집樂府詩集』

파도에 모래가 쓸려가듯

당唐 유우석(劉禹錫, 772~842)

등고망원登高望遠, 성운대사 휘호

중상모략이 파도처럼 심하다고 말하지 말라.
좌천된 관리가 모래같이 가라앉았다 하지 말라.
천만 번 씻고 걸러냄이 비록 괴롭고 고생스럽지만,
모래를 다 불어내고 나니 비로소 금이 보이는구나.

──『전당시全唐詩』

행복은 어디에 있을까?

불광 성운(佛光星雲, 1927~)

늙은 개와 어린 강아지가 서로 의지하며 살아가고 있었다. 행복이 자기의 꼬리에 있다는 말을 들은 어린 강아지는 자신의 꼬리를 물어 행복을 얻고자 빙글빙글 돌고 또 돌았다.

이를 본 나이든 개가 웃으며 말했다.

"나는 행복을 찾으려면 앞으로 나아가야 한다고 생각한다. 지난날을 후회하지 않고, 지금 현재를 두려워하지 않으며, 앞날에 대해 걱정하지 않는 것 말이다. 내가 앞을 향해 나아가면 내 꼬리에 달린 행복과 즐거움 역시 저절로 날 따라오게 되어 있어."

행복은 과연 어디에 있을까? 시샘은 행복이 보내는 시선을 쫓아 보내고, 의심은 행복이란 부름을 놓치게 하고, 질투는 행복이란 모습을 모호하게 만들고, 망상은 이미 안긴 행복을 잃어버리게 한다. 행복이란 본래 우리들 마음에 존재해 있는 것인데, 굳이 신에게 갈구하거나 부처님께 받아내려고 할 필요가 있을까?

───『인생의 계단(人生的階梯)』

자매,
이자건李自健 作

오도시悟道詩

당唐 포대화상(布袋和尙, ?~917)

손에 푸른 모 들고 논 가득 모내기를 하다,
고개 숙여 물 가운데 비친 하늘을 바라보네.
육근이 청정하여야 비로소 도를 알게 되고,
뒤로 물러남이 본디 앞으로 나아간 것이네.
시시비비와 애증은 세상에 수없이 많으니,
곰곰이 헤아려보아도 내가 어찌할 수 없구나.
뱃속이 능히 수모를 견딜 만큼 넓으니,
마음의 땅에서 거침없이 노닐게 하리라.
지기知己를 만나게 되면 응당 정을 나누고,
원수를 만나게 되더라도 함께 어울리리다.
만약 마음에 아무런 걸림이 없으면,
절로 육바라밀을 증득하게 되리라.

포대화상도

마음이 곧 부처다

나에게는 포대 하나가 있는데, 텅 비어 걸림이 없다.
펼쳐놓으면 온 세상을 덮고, 오므리면 자재로움을 본다.
발우 하나에 천가千家의 밥 빌어, 홀로 만 리를 유랑하네.
푸른 눈을 알아보는 이 드물어, 흰 구름에게 길을 묻노라.

———『정응대사 포대화상전定應大師布袋和尙傳』

수훈시垂訓詩

당唐 원진(元眞, 생몰년도 미상)

나아감과 물러남, 참됨과 거짓은 스스로 아는데,
화와 복의 원인을 누구에게 다시 묻는가?
선악은 결국 마지막에 그 과보를 받나니,
일찍 오느냐 늦게 오느냐를 다툴 뿐이네.
한가로울 때 평소의 일을 다시 되짚어보고,
고요히 앉아 그날 일을 헤아려 보라.
항상 한 마음으로 바른 길을 걸으면,
절로 천지가 서로 이지러짐이 없다네.

──── 『어제열심집御制悅心集』

인수당설仁壽堂說 【절록節錄】

원元 오등(吳澄, 1249~1333)

어진 사람이 장수한다는 말이 무조건 성인에게만 해당되는 것은 아니
다. 천지만물은 마음이 어질다고 하니, 천지의 수명이 가장 오래되었다.
성인의 어짊은 천지와 같다고 하니, 또한 옛 성인의 수명이 가장 오래다.
무릇 사람이 완전한 덕을 갖추기는 쉽지 않다. 그러나 삼백 개의 예의
범절과 삼천 개의 위엄 중 어질지 않은 덕목은 하나도 없다. 이것에 비
추어 세상 사람들을 관찰해보면 온화하고 친절하고 관대하고 아량 있
고 정직하고 성실한 사람들은 장수를 누린다. 온화함, 친절함, 관대함,
정직함, 성실함은 모두 어짊의 한 부분이기 때문이다.

──── 『금지원오문정집金至元吳文正集』

겨울 밤 자식 자율子聿을 가르치다

송宋 육유(陸游, 1125~1210)

옛 사람은 학문에 힘을 아끼지 않고,
젊어 부지런히 배워 노년에 비로소 이루었네.
책에서 얻은 지식은 결국 얕음을 알게 되니,
배운 바 몸소 행할 것을 꼭 명심하라.

——『검남시고劍南詩藁』

내일(明日)

명明 문가(文嘉, 1501~1583)

내일 지나면 또 내일이니, 내일이란 어찌 이리 많은가!
매일매일 내일을 기다리다, 만사 세월만 허비해버렸네.
모든 사람들이 내일에 묶이어, 끝없는 나날 속에 늙어버리네.
강물은 쉼 없이 동으로 흐르고, 오늘의 해는 서쪽으로 기우네.
백 년 동안 내일이 얼마나 더 있으리?
청컨대 나의 명일가明日歌를 들어보시오.

오늘(今日)

오늘 지나면 또 오늘이니, 오늘이란 어찌 이리 적던가!
오늘 또 행하지 않았으니, 이 일은 언제 마치려 하는가?
인생 백년 안에 오늘이 몇 번일까,
오늘 행하지 않으니 참으로 애석하도다!
오늘 할일을 내일로 미뤄두다니, 내일은 또 내일 할일이 있을 터이니,
그대들을 위해 금일시今日詩를 지어봤으니,
오늘부터 힘쓸 것을 권하는 바이오.   ——『문씨오가집文氏五家集』

제천어除賤語

당唐 습득(拾得, 생몰년도 미상)

부와 명예는 뜬구름 같아 과시할 바 못 되나,
민간의 민풍이 매우 사치스럽고 화려하네.
바라건대 두 글자를 만나는 이마다 권고하세.
근검이 바로 좋은 가정 이루는 근간이라네.

한산·습득 인내가忍耐歌

옛날 한산 스님이 습득 스님에게 "세상이 나를
비방하고 기만하고 모욕하고 비웃고 경시하고
천시하고 미워하고 속인다면 어찌하면 좋겠는
가?"라고 물었다.

그러자 습득 스님은 "그저 인내하고 양보하고
내버려두고 피하고 참고 존경하고 상대하지 않
고 몇 년을 기다린 뒤에 세상을 다시 바라보시
오"라고 대답했다.

———『한산시집寒山詩集』

당호로糖葫蘆, 이자건李自健 作

호료가 好了歌

청淸 조설근(曹雪芹, 1715~1763)

신선 좋다는 것 누구나 알지만,
부귀와 공명만은 잊지 못하네.
고금의 장상將相은 어디로 갔는지,
황폐한 무덤엔 잡초만 무성하네.
신선 좋다는 것 누구나 알지만,
금은과 보화만은 잊지 못하네.
늘 많이 모으지 못한 것을 한탄하지만,
많이 모으고 나면 죽음에 이르네.
신선 좋다는 것 누구나 알지만,
아리따운 아내만은 잊지 못하네.
살아서는 매일 그대를 은애한다 말하나,
그대 죽으면 다른 사람 얻어 떠나네.
신선 좋다는 것 누구나 알지만,
내 자식만은 잊지 못하네.
자식 사랑 과한 부모는 예로부터 많았어도,
효도하는 자손 몇이나 보았던가!

생활 속 예술 【절록節錄】

하면존(夏丏尊, 1886~1946)

그에게는 이 세상의 모든 것이 다 좋기만 했다. 작은 여관도 좋고, 3등 칸도 좋고, 절간에서 하룻밤 신세를 지는 것도 좋고, 낡아 여기저기 헤진 의자도 좋고, 오래되어 헤진 손수건도 좋고, 배추도 좋고 무도 좋고, 쓴맛 나는 야채도 좋고, 길을 걷는 것도 좋고, 어느 것이 됐든 나름의 재미가 있고 즐거웠다.

이 얼마나 멋진 경치인가! 종교적으로는 제쳐놓고라도 소소한 일상생활이 이 정도의 경지라면 예술적으로 승화시킨 생활이라고 할 수 있지 않을까? 고생을 하고 있다고 얘기하는 사람도 있지만 나는 그가 즐거움을 누리고 있는 것이라 말하고 싶다. 무와 배추를 아삭아삭 씹으며 즐거워하는 그를 봤을 때, 나는 무와 배추가 가진 모든 맛과 참된 맛은 그만이 오롯이 맛볼 수 있을 거라고 생각했다. 모든 사물을 관습처럼 내려오는 편견에 옭아매지 않고, 본래의 모습을 여실하게 들여다보고 음미하는 것이야말로 참 해탈이자, 참된 즐거움을 누리는 것이다.

예술과 종교는 사실상 같은 성향을 가지고 있다. 실속이나 편견에 얽매여 일상생활을 음미하고 되새겨 보지 못한다면 예술과는 인연이 없는 사람들이다. 참된 예술이란 시 속에만 있는 것도 아니고, 그림 안에만 있는 것도 아니다. 어디에나 존재하며, 언제든 얻을 수 있다.

―――『평옥잡문平屋雜文』

타이완의 간단한 먹을거리, 이소곤李蕭錕 作

젊은이들의 독서 【절록節錄】

여추우(余秋雨, 1946~)

독서는 평용平庸, 즉 평범함을 탈피하려는 이유가 가장 크다.

평용은 피동적이면서 공리功利적인 것을 추구하는 생활태도의 일종이다. 평용한 사람에게는 부족한 것이 아무 것도 없다. 다채로운 외부 세계, 유구한 인류 역사, 신성한 도의道義, 풍부한 생명의 함의函義에는 관심이 없다. 그러나 그들이 잃어버린 이 모든 것을 유한한 개인의 삶 안에서 모두 경험할 수는 없다. 송나라 때 시인 황정견(黃庭堅, 1045~1105)은 "사람이 가슴에 고금古今을 오래토록 품고 있지 않으면 저속함이 이로 인해 생겨나노니, 거울에 비치는 자기 얼굴이 미워지고, 타인과 나누는 대화 또한 무미건조하게 느껴진다"라고 하였다. 이것이 바로 평용에 대한 묘사이다.

당신에게 광활한 공간과 유구한 시간을 채워줄 수 있는 것은 책뿐이다. 이미 오래전 사라진 모든 고귀한 생명의 신호를 전달해줄 수 있는 것도 책이다. 무한한 지혜와 아름다움, 그리고 그것과 대비되는 어리석음과 추악함을 함께 보여줄 수 있는 것도 물론 책이다. 겨우 오척五尺의 자그마한 몸으로 수십 년밖에 안 되는 짧은 시간을 사는 인간에게 고금을 넘나들고 천하를 질주하는 기적을 만들어준 공로의 절반은 적어도 독서에 있을 것이다.

──『여추우대만연강余秋雨臺灣演講』

방언放言 3

내 그대에게 의문을 풀 방법을 일러주겠소.
갑골과 가새풀로 길흉을 점칠 필요도 없네.
옥玉은 삼일을 태워야 그 진가를 알게 되고,
목재는 칠년을 기다려야 구분할 수 있네.
주공周公은 유언비어가 두려워 은거해 살았고,
왕망王莽은 찬탈하기 전 지극히 공손하였네.
만일 이들이 그 당시에 죽어 사라졌다면,
그들 일생의 진가를 아는 사람이 또 누가 있겠
는가?

─── 『전당시全唐詩』

> 부연: 어린 왕을 대신해 섭
> 정하던 주공은 왕위를 찬탈
> 하려 한다는 유언비어를 듣
> 고 도망쳐 은거하였다가 훗
> 날 결백이 밝혀져 다시 세상
> 으로 나왔다. 왕망은 한나라
> 의 신하였으나 만나는 사람
> 마다 공손하게 대하며 신망
> 을 얻어 권력을 찬탈하였다.

인내의 공덕

불광 성운(佛光星雲, 1927~)

우리는 크게 될 인물인지를 판단할 때,
그에게 인내력이 있는지를 먼저 살피곤 한다.
세상에서 가장 큰 힘은 인내의 힘이다.
인내를 통해 성현이 된 예도 많다. 굶주림을
참고, 궁핍함을 참고, 탐욕을 참고, 성냄을 참
고, 괴로움을 참고, 어려움을 참고, 사악함을
참는 인내의 힘에는 선정禪定, 지계持戒조차도
미치지 못한다. 인내의 공덕은 매우 커 모든
것을 이룰 수 있다.

─── 『인간불교 시리즈(人間佛敎系列)』

행각승

반반半半

불광 성운(佛光星雲, 1927~)

낮이 반이요, 밤이 반이네.

선량함이 반이요, 사악함이 반이네.

남자가 반이요, 여자가 반이네.

진실이 반이요, 거짓이 반이네.

부처의 세계가 반이요, 마귀의 세계가 반이네.

그대가 반이요, 또 내가 반이네.

이 세상에는 누구도 나머지 반쪽을 합칠 방법이 없다네.

절반의 좋은 것을 더 노력하면 나쁜 것 절반은 저절로 감소하네.

절반의 아름다움을 흡수하고, 부족한 절반을 포용해야

완전한 하나의 인생을 누릴 수 있다네.

───『인간음연人間音緣』

부연: 세간의 복과 화는 서로 등을 맞대고 있다. 좋은 것이 반이요, 나쁜 것이
반이다. 선한 것이 반이요, 악한 것이 반이다. 세간이 완전무결하길 바라는
것은 불가능하다. 불완전이야말로 생명의 본질이자 세간의 실상이다.

칠불통게七佛通偈

동진東晉 구담 승가제바(瞿曇僧伽提婆, 생몰년도 미상) 한역

어떠한 악도 짓지 말고, 모든 선을 받들어 행하라.

스스로 그 뜻을 깨끗이 함이 모든 부처님의 가르침이다.

諸惡莫作　衆善奉行

自淨其意　是諸佛敎

──── 『증일아함경增一阿含經』

계율을 봉행하라

동진東晉 불타야사(佛陀耶舍, 생몰년도 미상) 한역

비방도 시기도 말고, 마땅히 계율을 봉행하며,

음식을 절제할 줄 알고, 한가한 시간을 즐기며,

마음은 정진하기를 즐기면, 이것이 모든 부처님의 가르침이로세.

不謗亦不嫉　當奉行於戒

飮食知止足　常樂在空閑

心定樂精進　是名諸佛敎

──── 『사분계본四分戒本』

천산天山을 넘으며 스님과 시 두 구를 읊다

원元 야율초재(耶律楚材, 1190~1244)

모래바람 뚫고 만리를 정벌하니,
동서남북 내 집 아닌 곳이 없네.
마음에 거리낄 것 하나 없게 되니,
고요한 마음은 한 떨기 '백련화'로세.

――― 『담연거사집湛然居士集』

바다 위 하늘에 닿다

명明, 주원장(朱元璋, 1328~1398)

하늘은 장막이 되고 땅은 융단이 되니,
해와 달과 별이 나와 함께 잠을 잔다.
한밤중 감히 다리를 뻗지 못하는 것은,
바다 위 하늘에 닿을까 두려워서이다.

――― 『고금도서집성古今圖書集成』

마침 웃음을 머금다

장대천(張大千, 1899~1983)

청련 구품대九品臺에서 법法을 설하시니,
천화天花가 법상法床 주위를 맴도는구나.
마침 웃음을 머금어 선심禪心이 안정되니,
그때 아난의 몸에 천화가 떨어지더라.

――― 장대천 화백의 '천녀산화天女散花' 제식題識

아름다운 마음세계

불광 성운(佛光星雲, 1927~)

아름다운 세계를 만드는 것은 자신으로부터 시작해야 한다.

타인이 나한테 냉담하고 거리를 둔다고 원망하지 말고,

내가 먼저 따뜻한 온기와 열정을 보여주어야 한다.

무질서한 사회를 두고 어쩔 수 없다 한탄만 하지 말고,

내가 먼저 규칙을 준수하고 청렴하며 검소해야 한다.

공리주의 우선의 풍토를 탄식만 하고 있는 당신,

왜 자신부터 타인을 자비로 사랑하고,

보답 없는 보시를 행하지 않는가?

아름다운 신세계는 모든 사람의 마음에서부터 시작해야 한다.

──── 『성운설유星雲說喩』

불교의 복수관福壽觀

경전에서는 "현재의 복은 조상이 쌓은 것이니 아끼지 않으면 안 되고, 미래의 복은 자손을 위해 잉태한 것이니 잘 배양하지 않으면 안 된다. 현재의 복은 등燈에 불을 붙이는 것과 같이 언제든 불을 붙이거나 끌 수 있고, 미래의 복은 기름을 붓는 것과 같아 기름을 부을수록 더욱 밝아진다" 하였다.

이미 가진 복덕福德의 인연을 꼭 잡고, 미래의 복덕 인연을 열심히 심어 가꿔야 한다. 이렇게 하면 필경 복락福樂이 항상 따르고, 달콤한 과보를 영원토록 누릴 것이다.

──── 『인간불교 시리즈(人間佛教系列)』

대자대비 大慈大悲

태허대사(太虛大師, 1889~1947)

대자大慈는 마땅히 일체의 중생에게 안락
함을 주어야 하고,
대비大悲가 있어 마땅히 일체 중생을 고통
에서 구해야 하네.
중생 구제는 어느 나라 어느 종족을 막론
하고 구제해야 하며,
세상 구제는 마땅히 일체의 생물에 이롭
고 유익하여야 한다네.

배움과 실천(學與用)

배움에서 중요한 것은
핵심을 아는 것이지,
많이 배우고자 하는 욕심이 아니다.
실천에서 중요한 것은
시기적절한 것이지,
옛것에 지나치게 얽매임이 아니다.

—— 『태허대사전서太虛大師全書』

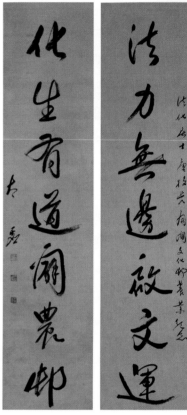

칠언절구, 태허太虛 作

은연 중 쌓이는 음덕

한은영(韓恩榮, 1901~1995) 수집

악한 사람은 다른 사람이 그를 두려워할지라도,

하늘만은 그를 두려워하지 않는다.

착한 사람은 다른 사람이 그를 속일지라도,

하늘만은 그를 속이지 않는다.

은밀하게 남몰래 쌓이는 음덕이 반드시 있으니,

멀리는 아들과 손자 대에 있고 가까이는 자신에게 있을 것이다.

타인의 잘못과 단점을 말하지 않도록 입을 잘 지켜야 하나니,

자신의 단점을 타인에게 말하는 경우는 없지 않던가?

일을 벌려놓고 그 벌어진 일에 대해 원망하지 말라.

타인에게 해를 끼치고 타인이 내게 해를 끼친다고 성내지 말라.

양심에 어긋나는 것을 다 부러뜨려버리면 평생의 복일지니,

단점을 행하면 하늘은 평생 가난함을 가르침으로 준다네.

―――― 『잠언집성箴言集成』

인로보살도引路菩薩圖

악양루기岳陽樓記 【절록節錄】

송宋 범중엄(范仲淹, 989~1052)

물질이 많고 적음을 기뻐하지 않고,

자신의 지위가 높고 낮음을 슬퍼하지 않는다네.

조정에 출사하여 높은 지위에 있으면 그 백성들을 먼저 근심하고,

조정에서 물러나 강호에 은거하면 그 임금을 또한 근심한다네.

이것은 나아가도 또한 걱정이요, 물러나도 또한 근심이라.

그러면 어느 때에 즐거울 것인가?

이때는 반드시

"먼저 천하의 근심을 걱정한 뒤에,

천하의 즐거움을 즐거워한다."

라고 말할 것이라네.

──『범문정집范文正集』

세상을 위해 뜻을 세우다(爲天地立心)

송宋 장재(張載, 1020~1077)

천하를 위하여 뜻을 세우고,

백성을 위하여 목숨을 바치며,

지난날의 성인을 위해 끊긴 학문을 계승하고,

천추만대를 위하여 태평을 연다.

──『장자전서張子全書』

적벽부를 바라보며 前赤壁賦 【절록節錄】

그대 물과 달에 대해 아는가?

흘러감은 물과 같으나 다 흘러가 버리지 않고,

차고 이지러짐은 또한 달과 같으나 끝내 줄거나 늘지 않네.

변화한다는 관점에서 보면 천지는 한순간도 되지 못하고,

변화하지 않는다는 관점에서 보면 만물과 내가 모두 다함이 없는데,

더 무엇을 부러워하랴?

천지간의 만물은 저마다 주인이 있으니,

나의 소유가 아니라면 티끌 하나일지라도 취하지 말아야 하네.

강물 위의 맑은 바람과 산 위에 떠 있는 밝은 달만이

귀로 들으면 소리가 되고, 눈으로 보면 아름다운 경치가 된다네.

이것을 가진다고 해서 금지하는 사람도 없고,

아무리 사용해도 소진되지 않는다네.

이는 조물주가 주는 다함이 없는 보물이니,

나와 그대가 함께 누릴 수 있는 것이라네.

───『경진동파문집사략輕進東坡文集事略』

흐르는 강물처럼, 이소곤李蕭錕 作

글 읽는 즐거움(觀書有感)

송宋 주희(朱熹, 1130~1200)

자그마한 네모진 연못이 한 거울처럼 열리니,
하늘빛과 구름 그림자가 안에서 함께 노니네.
맑기가 어찌 저와 같으냐고 물에게 물었더니,
근원으로부터 끊임없이 흐르는 물이 있어서라네.

길가 어지러이 자란 풀을 보고 감상을 읊음

세상에는 따뜻한 봄기운이 닿지 않는 곳이 없네.
우리가 다니는 길은 사람을 곤란하게 만든 적도 없네.
만일 이들이 싫어하고 미워하는 마음을 갖는다면
몸을 편안히 뉘일 곳은 어디에 있을까나?

———『회암집晦庵集』

인생행로

노사(老舍, 1899~1966)

재주는 칼날이요, 고생은 숫돌이라, 아무리 날카로
운 칼날도
오랜 세월 갈지 않으면 녹이 슬게 마련이다.

겸허함은 사람의 마음을 작게 만든다.
작지만 돌멩이처럼 지극히 견고하다. 견고하여 성
실하다.

오만과 자만은 지극히 무서운 함정이지만,
이 함정을 판 것은 우리 자신이다.

삼호인생三好人生,
성운대사 휘호

생활은 반복적인 움직임의 일종이다.
빛이 있으면 반드시 그림자가 있고,
왼쪽이 있으면 오른쪽이 있고,
맑을 때가 있으면 비가 올 때도 있다.
재밌는 것은 세차지도 않은 이런 변화의 굴곡 속에서,
서서히 어두워졌다가도 다시 밝아지니
어두움도 꽤 재미있고, 밝음은 그래서 더욱 밝다.

───『명인경전어록名人經典語錄』

불교사찰 주련 (1)

진강鎭江 정혜사定慧寺

내 앞에 있는 이들 나와 모두 인연 있어 서로 가깝고 친하니,

어찌 가슴 가득 기뻐하지 않을 수 있겠는가?

세상에 늘 참기 어려운 일이 많아, 자신이 짓고 자신이 받는다네.

넓은 마음으로 포용함이 어떠한가!

보타普陀 보제사普濟寺

저녁 법고소리와 새벽 종소리, 세간의 명리를 쫓는 인간을 깨우치네.

독경 소리와 염불 소리, 고해에서 허우적대는 인간을 일깨우네.

등봉登封 법왕사法王寺

선인善人은 마음이 바르고 몸이 편안하여 꿈속에서도 평안하며,

선행善行은 하늘이 알고 땅이 이해하며 귀신이 살펴 증명하네.

조성趙城 광승사廣勝寺

결과에는 원인이 있고, 원인에는 결과가 따른다네.

결과가 있음은 원인이 있음이니,

자기가 심은 원인에 따라 결과를 얻는다네.

마음이 곧 부처요, 부처가 곧 마음이네.

이 마음이 곧 부처이니, 부처에게 구하고 싶거든 먼저 마음에 구하라.

───『불광교과서佛光教科書』

좌우명

청淸 금영(金纓, 생몰년도 미상) 편저

기만할 한생각도 갖지 마라.

하늘과 땅, 귀신이 있어 그를 살핌을 알아야 하네.

경시할 한마디도 하지 마라.

앞뒤 좌우가 있어 그를 몰래 들음을 알아야 하네.

소홀할 하나의 일도 행하지 마라.

자신과 가족의 생명이 그와 연관됨을 알아야 하네.

교만할 한때도 짓지 마라.

내 자손이 화와 복을 대물림하게 됨을 알아야 하네.

경세격언警世格言

선을 행하는 것은 봄 동산의 풀과 같네.

자라는 것이 보이지는 않아도 날마다 늘어나는 바가 있네.

악을 행하는 것은 칼 가는 돌과 같네.

마모되는 것이 보이지는 않아도 날마다 줄어드는 바가 있네.

선善은 지극한 보배이다

악을 저지를 수 있는 상황에서도 악행을 저지르지 않음이 선이요,

선을 힘써 실천할 수 있는 데도 선행을 실천하지 않음은 악이라네.

선은 지극히 보배로워서, 한 평생을 쓰고 또 써도 다함이 없고,

마음에 비옥한 밭을 만들어 백 세대를 경작해도 남는 것과 같다네.

하루 종일 선한 말을 해도 선한 일 한 가지 하느니만 못하고,

하루 종일 선한 일을 해도 잘못하는 일 하나 예방하는 것만 못하네.

———『격언연벽格言聯璧』

강남을 바라보며 삼보에 귀의합니다

송宋 왕안석(王安石, 1021~1086)

부처님께 귀의하옵니다.

단숨에 무량겁 넘어 속히 무상각을 얻고,

부처님 도량에 계실 때와 같이 자비와 지혜가 원만하길 바랍니다.

가르침에 귀의하옵니다.

육근을 늘 청정하게 하여 밝은 달이 유리를 비추듯,

의심 없이 모든 가르침의 근본을 깨닫기를 바랍니다.

승가에 귀의하옵니다.

모든 불토를 주유하며 시방의 어질고 지혜로운 이와 함께

세간의 모든 어리석음 영원히 멸하기를 바랍니다.

───『임천문집臨川文集』

석회영 石灰詠

명明 우겸(于謙, 1398~1457)

천만 번 두드리고 파내어 깊은 산속을 나오니,
이번엔 세찬 불길이 날 태워 한가할 겨를조차 없네.
온몸 부서지고 가루가 되어도 원망하지 않고,
나의 청렴함을 인간 세상에 남길 뿐이라네.

─── 『어선명시御選明詩』

옥팔찌를 만들어내는 장인의 손

불광 성운(佛光星雲, 1927~)

『증일아함경增一阿含經』에
"어린아이는 울음으로 힘을 삼고, 여인은 교태로 힘을 삼으며, 임금은
위세로 힘을 삼고, 아라한은 소욕少欲으로 힘을 삼으며, 비구는 참음으
로 힘을 삼고, 보살은 대자비로 힘을 삼는다"라는 구절이 있다.
인욕은 우리를 강인하고 견고하게 단련시킨다.
"황금은 용광로에 달구어야 하고, 백옥은 뛰어난 장인의 손에서 깎고
갈아야 한다(黃金還要紅爐煉 白玉還須妙手磨)"는 격언이 있다. 조각가
의 정묘하고 세밀한 작업을 거쳐야 비로소 영원히 전해질 예술품이 탄
생된다. 매화는 눈서리라는 시련을 거쳐야 아름다운 향기를 세상에 퍼
뜨릴 수 있다. 사람이 한평생 이런 풍상한설의 시련을 겪지 않는다면
오히려 큰 그릇이 되기 어렵다. 그래서 맹자는 "하늘이 장차 그에게 큰
소임을 내리려 하면 반드시 먼저 그 마음과 뜻을 괴롭게 하고, 그 근육
과 뼈를 고단하게 하며, 그 몸과 살을 굶주리게 하고, 그 몸을 궁핍하게

하며, 그 행하는 바와 뜻이 맞지 않게 한다. 그리하여 마음을 흔들고 성품을 참게 하여 능히 하지 못하는 바를 잘 할 수 있게 한다"라고 하였다. 그러니 성공하여 큰일을 이루려는 사람은 반드시 남이 능히 견딜 수 없는 바를 견디고, 남이 능히 할 수 없는 바를 해야 한다.

───『인간불교 논문집人間佛教論文集』

제공중탑도찬題公中塔圖贊 우겸于謙 作

방생시(戒殺詩) 1

새를 때리는 자에게 권함

당唐 백거이(白居易, 772~846)

뭇 생물의 생명이 미약하다 누가 말했던가?
다 같은 골육이요, 또한 다 같은 피붙이이거늘.
권하노니 그대 나뭇가지로 새 때려죽이지 마시오,
어린 새끼는 둥지에서 어미 새 돌아오길 기다린다오.

─── 『연수필독蓮修必讀』

생명 연장의 묘방妙方

당唐 여순양(呂純陽, 796~?)

생물이 죽으려 할 때 그대가 그를 구원하면,
그대가 죽으려 할 때 하늘이 그대를 구원하네.
생명의 씨앗을 연장하는 데는 다른 방법이 없네.
살생을 멈추고 방생하는 것일 따름이네.   ─── 『연수필독蓮修必讀』

이름만 다를 뿐

송宋 황정견(黃庭堅, 1045~1105)

내 육신과 중생의 육신이 이름만 다를 뿐 체體는 다르지 않네.
본래 다 같은 성질이었으나 그 형체만 갈리었을 뿐이더라.
고통과 번뇌는 그가 받고, 맛난 것은 내가 받아 살찌우니,
죽어 염라대왕 판결 기다릴 것 없이 어찌할지 스스로 생각하라.

─── 『영각원현선사광록永覺元賢禪師廣錄』

방생시 2

수렵하는 이에게 보냄

당唐 두목(杜牧, 803~852)

이미 화살 맞아 떨어진 두 독수리 피
흘리고,
채찍 휘두르며 달리던 말은 가죽이
벗겨지네.
그대여 남쪽에서 오는 기러기 쏘지
말게나.
멀리 있는 가족이 보내는 소식일지
도 모르니.

────『영각원현선사광록永覺元賢禪師廣錄』

전쟁의 겁난

청淸 계현원운(戒顯願雲, 1610~1672)

수백 년 동안 먹어온 그릇 속의 국,
원성은 바다만큼 깊고 원한은 사라
지지 않네.
전쟁이 왜 일어나는지 알고 싶다면,
한밤 도살장에서 나는 소리를 들어
보시오.

────『연수기신록蓮修起信錄』

정오의 식사를 마치고 냇가에 한가로이 발우
를 씻음은 남은 밥알을 노니는 물고기에게
남겨주기 위함이라네.
풍일음豐一吟 作

군자와 소인

연음 홍일대사(演音 弘一大師, 1880~1942)

어떤 사람이 군자인지 모르지만,
매사 기꺼이 손해 보는 것이라 생각하네.
어떤 사람이 소인인지 모르지만,
매사 이익 찾길 좋아하는 것이라 생각하네.

세상을 대하는 원칙

양보를 조금 배우면 이로움을 조금 얻고,
향락이 조금 늘면 복과 혜택이 조금 준다.

일은 다함이 있어서는 안 되고, 말도 다함이 있어서는 안 된다.
친구는 담박하게 사귀고, 비방은 귀머거리처럼 그치게 하고,
자신은 엄격하게 질책하고, 타인의 공격에 맞대응하지 마라.

처리하기 어려운 일을 처리하면 더욱 너그러워지고,
다루기 어려운 사람을 다루면 더욱 후덕해지며,
지극히 다급한 일을 처리하면 더욱 부드러워진다.

─────『홍일대사전집弘一大師全集』

심중유불心中有佛,
아충阿虫 作

한 생각에 달라지는 경계

불광 성운(佛光星雲, 1927~)

외부에 있는 바람과 비는 그칠 때가 반드시 있지만, 우리 안에 있는 바람과 비는 어떻게 해야 고요하고 평탄하게 할 수 있을까?

『대장엄경大莊嚴經』에서는

"인연에 의지하여 머무름이 굳건하고 진실된 것이 없어,

바람 가운데의 등과 같고 물거품 덩어리와 같다."

라고 하였다. 거울에 비친 꽃과 물속에 비친 달처럼 허황되고 무상한 세간에 의지하고 있어, 우리의 몸과 마음은 편안히 머무를 수가 없다.

'울음과 웃음'은 본래 한 몸이지만 한 생각으로 경계가 달라진다.

비가 내린 뒤 질펙질펙해 잘 걸을 수도 없는 길을 원망할 때, 어찌 고개 들어 하늘 가득 떠 있는 별들을 볼 생각을 안 하는가? 그 별들이 당신 발아래 길을 비추고 있음을 어찌 모르는가?

───『성운설유星雲說喩』

황룡어록 黃龍語錄

송宋 정선선사(淨善禪師, 생몰년도 미상) 수집

그것을 정성껏 키우니, 봄여름에 더욱 성장하고,
그것이 서리와 눈 맞으니, 가을겨울에 더욱 여문다네.

회당어록 晦堂語錄

오래 방치하면 단숨에 이룰 수 없고,
오래 쌓인 폐단은 한꺼번에 없앨 수 없으며,
느긋하게 하면 오래 사랑할 수 없다.
사람의 정은 내 맘과 같을 수 없으며,
재앙과 환난은 비켜갈 수 없다.
선지식이 이 다섯 가지 일에 다다르면
세상을 살아가는 데 가히 번민이 없으리라.

불감어록 佛鑑語錄

도를 행하는 데 마음에 부끄러움이 없으면 삼가는 마음이 멀지 않고,
몸을 항상 편하게 하면 그 의지가 크게 쓰이지 못한다.
옛 사람은 괴로움을 견디고 힘난함을 경험한 뒤에야
평생의 안락함을 누렸다.
어려운 일을 만나면 의지를 더욱 다지고,
괴롭고 힘들 때면 더 깊이 생각하여
마침내 화를 복으로 바꿀 수 있었으며,
모든 문제를 순리에 맞게 바꿀 수 있었다. ──『선림보훈禪林寶訓』

2月
February

삶의 여행자를 위한

365 日

최고의 가르침

오성(悟醒, 생몰년도 미상) 한역

무병無病함은 이로움 가운데 으뜸이요,

지족知足함은 재물 가운데 으뜸이요,

신뢰信賴함은 친함 가운데 으뜸이요,

열반涅槃은 즐거움 가운데 으뜸이네.

無病最上利 知足最上財

信賴最上親 涅槃最上樂

진실로 힘씀

료참(了參, 1916~1985) 한역

항상 바른 생각을 일으키도록 힘쓰고,

청정하게 수행하면 능히 자신을 극복하네.

가르침 따라 생활하고 방종하지 않으면

아름다운 명성이 날로 쌓이게 된다네.

방종하지 않으며 힘써 노력하고

자신을 이기고 극복해야 한다네.

지혜로운 자는 홍수에도 가라앉지 않는

자신의 섬을 만드는 것과 같다네.

아둔하고 어리석은 사람은

꺼리길 것 없이 노는 것에 탐닉하지만,

지혜로운 자는 방종하지 않아

부자가 보물을 보호하는 것과 같다네.

———— 『법구경法句經』

송침공 送針工

원元 석옥청공(石屋清珙, 1272~1352)

칼과 자를 손에 들고 사방을 다니며,
실과 바늘 오고가니 날마다 바쁘네.
남의 장단점은 잘도 헤아리건만,
자기의 장단점은 언제나 헤아리려나.

산거시 山居詩 【절록節錄】

명리를 다투는 것은 자랑할 것이 못 되니,
홀로 한가로이 여기저기 노니네.
마음 밭에는 번뇌라는 풀 자라지 않고,
깨달음의 정토에선 지혜의 꽃이 피네.
비옥한 언덕 밭에는 고사리와 죽순 많고,
푸른 이끼 낀 땅엔 속세의 티끌이 적다네.
내 나이 서른 즈음 이곳에 온 뒤로,
저녁노을 맑은 창에 몇 번이나 비쳤는가.
사십여 년 홀로 은거했더니,
속세의 영고성쇠 몇 번이나 바뀌었는지 모르겠네.
밤에는 화로에 솔잎 태워 따뜻하고,
점심에는 야채 따다 발우에 담아 허기를 채우네.
바위에 앉아 한가로이 구름 보고,
아침볕에 승복 기우며 고요히 공부하네.
누가 내게 주지 소임 맡겠느냐 묻는다면,
가진 것 다 내주고 큰스님께 가라 하리. ─『복원석옥공福源石屋珙선사어록』

43

왕유王維 선시禪詩

당唐 왕유(王維, 699~759)

향적사를 지나며(過香積寺)

몇 리 길을 들어가도 구름 덮인 봉우리 뿐
향적사 있는 곳 찾을 수 없다네.
고목은 우거져 사람 다닐 길조차 없는데
깊은 산 어디선가 종소리 들려오네.
바위틈을 흐르는 샘물 소리 처량하고
푸른 소나무를 비추는 달빛이 서늘하네.
해질녘 인적 없는 연못가에 앉아
고요히 참선에 드니 온갖 번뇌 사라지네.

복생수경도伏生授經圖, 왕유王維 作

호 거사胡居士와 더불어 근심하며 이 시를 보내고 학인에게도 보인다네

티끌만한 망념이 한 번 일면
새벽이슬처럼 흔적조차 없이 사라지는 몸만 남는다네.
이와 같이 이 세계를 바라보면
아상我相과 인상人相을 둘 곳 어디 있겠는가.
현상계에 견고히 얽혀 있음이 주인 같으니,
공을 취하면 기꺼이 일체를 버리겠노라.
삿된 마음 씻어낸들 어찌 고통을 초월할까,
도를 깨달음이 곧 망령된 번뇌라네.
애욕의 원인으로 병이 생기는 결과가 오고,

탐욕을 통해 비로소 가난을 느낀다네.
색과 소리 그것은 망령된 것이 아니며,
허상이 곧 나라는 것이야말로 참 진리라네.

가을밤 홀로 앉아

홀로 앉아 귀밑머리 센 것을 서글퍼하고,
텅 빈 방에는 한밤의 고요만 가득하네.
빗줄기 속에 산나무 열매 떨어지고,
등불 아래 풀벌레는 찌르르 울어대네.
흰 머리 끝내 검게 바꾸기 어려우니,
쇠로 황금을 만들 수 없음과 같으리라.
늙고 병듦을 없애는 법 알고 싶다면,
오로지 불생불멸의 불도를 알아야 하리.

여름날 청룡사靑龍寺에서 조操 선사를 뵙고

노쇠한 몸 이끌고 느린 걸음으로 선사의 거처를 찾았네.
의심義心의 뜻을 물으려다, 공병空病의 공허함 알게 되었네.
산하는 천안天眼 안에 있고, 세상은 법신法身 가운데 있네.
무더위 없앤다고 기이할 것 없나니, 대지에 바람 일으킬 수도 있다네.

———『전당시全唐詩』

삼계三戒를 제자에게 가르침

송宋, 고봉원묘(高峰原妙, 1238~1295)

말이란 사람들에게 이롭지 않으면 차라리 말하지 말고,

생각은 사람들에게 이롭지 않으면 차라리 일으키지 말고,

행동은 사람들에게 이롭지 않으면 차라리 행하지 말라.

―――『고봉원묘선사어록高峰原妙禪師語錄』

한산시寒山詩에 화답하며

명明, 초석범기(楚石梵琦, 1296~1370)

혀는 흥망의 근본이고, 마음은 화복의 뿌리라네.

모든 일은 자신이 짓는 것인데, 천지가 좌우 한다 누가 말하는가.

복을 심음은 나무를 심음과 같고,

덕을 심음은 곡식을 심음과 같음이네.

쌓은 바가 이미 많으면, 모름지기 부족함이 없을 것이라네.

―――『연수필독蓮修必讀』

학도시學道詩

송宋 성공묘보(性空妙普, 1066~1142)

도를 배움에 궁궐을 수비하듯,

밤낮으로 깨어서 도적을 막아야 한다네.

군대의 대장이 능히 명령을 행하니,

싸우지 않고도 태평성세 이룬다네.

―――『대명고승전大明高僧傳』

소참小參

청淸 옥림통수(玉琳通琇, 1614~1675)

허문虛文을 삼가고 정성과 공경에 힘씀이 바로 참된 예의이다.

부귀영화를 경계하고 근검절약을 숭앙함이 바로 참된 일용이다.

인과를 분명히 하고 죄와 복을 확실히 아는 것이 참된 일처리이다.

명리에 담백함을 즐기고 구차함을 부끄러워함이 참된 가풍이다.

────『대각보제능인옥림수국사어록大覺普濟能仁玉琳琇國師語錄』

범부와 성인 모두 없애라

송宋 두율종열(兜率從悅, 1044~1091)

한가로이 길을 걷나니, 그 걸음마다 모두 한결같네.

비록 음악과 여색 속에 살아도, 어찌 있고 없음에 구애되랴?

한 마음에는 다름이 없고, 만법에는 차이가 없네.

본체와 작용을 나누지 말고, 정밀함과 거침을 구별 말라.

기회가 오면 꺼리지 않고, 일체 법을 대해도 굽히지 않네.

옳다 그르다 하는 뜻 가름이 없으니, 범부와 성인 모두 사라지네.

누가 얻고 누가 잃었나, 무엇을 가까이하고 무엇을 멀리하랴.

머리 집어 들어 꼬리 만들고, 실상을 가리키며 허상이라 하네.

마귀의 세계에서 몸을 뒤집고, 삿된 길에서 발을 돌리네.

조금도 역순함이 없다면 공부할 필요도 없을 것이네.

────『연등회요聯燈會要』

강가에 다다르니 신선이 된 것 같네

명明 양신(楊愼, 1488~1559)

양자강 도도히 동으로 흐르고,

그 물길에 영웅들 다 휩쓸려갔네.

시비성패是非成敗 모두 공허하네.

청산은 여전한데 노을은 몇 번이나 붉던가?

백발성성한 어부들은 강가에서

가을 달과 봄바람을 늘 바라보았겠지.

탁주 한 병 마주하고 앉아,

고금의 많은 일들 우스갯소리로 흘려보내겠지.

────『입일사탄사卄一史彈詞』

강남을 꿈꾸며

명明 굴대균(屈大均, 1630~1696)

떨어지는 꽃잎이 슬프다.

꽃잎 우수수 떨어지니 응당 봄이로구나.

해마다 꽃잎은 휘날려도 다시 피건만,

사람은 가고나니 더 이상 없구나.

붉은 띠에 눈물 자국 새롭다.

떨어지는 꽃잎이 슬프다.

꽃잎 떨어지면 그 시절 다시 돌아오지 못 하네.

설령 다시 돌아와 나무 가득 꽃 피운대도

새 가지는 지난 날 그 가지 아니라네.

흐르는 물은 내 맘대로 되지 않는다. ────『중화시사中華詩詞』

방생

불광 성운(佛光星雲, 1927~)

이른바 '방생放生'이란 생태계를 귀하게 여기고 중생에게 두려움과 근심이 없는 안전한 환경을 주려는 것이다. 냇가에서 낚시하지 않기, 동물을 학대하지 않기, 생명을 잔혹하게 죽이지 않기, 생태계를 파괴하지 않기 등이 바로 최고의 방생이다.

불교가 사람을 근본으로 삼는다면 '방생'보다 더 높은 개념으로 '방인放人'을 제창해 사람에게 삶의 길을 열어주어야 한다. 타인에게 믿음, 기쁨, 희망, 편리함을 주고, 괴로움을 벗어나게 하고, 타인을 구휼하고, 인연을 맺도록 하는 등 타인이 행복을 얻을 수 있도록 돕는 것이야말로 적극적인 '방생'일 것이다.

"유정한 것과 무정한 것 모두 일체종지 이루어지이다"라고 했다. 무정한 것인 꽃과 풀, 펜, 책상과 의자, 카펫까지도 어떤 물건에도 다 생명이 있으니 그 기능을 유지하고, 효율을 늘리며, 가치를 창조해 내도록 하는 것이 '방생'에 대한 불교의 포괄적 해석이다. 방생이라는 이름으로 방사放死하는 행위를 하고 있지는 않은지 우리는 신중하게 생각해봐야 한다.

"짐승의 목숨이 하찮다 누가 말하던가.
다 같은 뼈와 살이요 다 같은 가죽이라.
권하노니 그대 나뭇가지로 새 때리지 마오.
새끼가 둥지에서 어미 새 기다린다네."

———『백년불연百年佛緣』

법왕인法王印

당唐 한산(寒山, 생몰년도 미상)

백년도 못 사는 인생, 늘 천년의 근심을 안고 있네.
제 몸의 병 낫지도 않은데, 또 자손 아플까 걱정하네.

아래로는 벼의 뿌리 흙을 보고, 위로는 뽕나무 끝을 보네.
동해에 떨어뜨린 저울추가 바닥에 닿아야 비로소 쉴 것을 아네.

덧없는 인생을 한탄하는 이들은 그럭저럭 살다가 죽을 날을 맞네.
날마다 한가한 때가 없고 해마다 늙음을 깨닫지 못하네.

항상 좋은 음식과 옷을 구하면서 마음으로는 번뇌를 일으키네.
어지러이 백년 천년 살아도 삼악도三惡道를 오고갈 뿐이라네.

내가 보는 황하의 저 물도 무릇 몇 번은 맑았던 때가 있었겠지.
물은 화살처럼 급히 흐르고 인간의 삶은 부평초처럼 떠다니네.

어리석음은 근본 되는 업이라, 무명으로 번뇌의 구덩이에 빠지네.
몇 겁의 윤회도 알고 보면 미혹되고 무지해서 그러는 것이네.

———『한산자시집寒山子詩集』

꽃 피어 나무 가득 붉다

당唐 용아거둔(龍牙居遁, 835~923)

아침에 꽃 피어 온통 붉은 나무 보고,
저녁에는 꽃 져 비어 있는 나무 보네.
만일 꽃을 인간 세상사에 비유한다면,
꽃이 인간 세상사와 매한가지라 하겠네.

———『선문제조사계송禪門諸祖師偈頌』

번뇌 사라진 곳 한가하리

권문세도가에는 번민이 끊이지 않고,
대 부호는 우환이 산과 같다네.
산중에 머무는 한가한 이 없다 말게,
번뇌 끊어진 곳은 어디든 한가롭다네.

———『성운설게星雲說偈』

도성 남쪽 마을에서 쓰다

당唐 최호(崔護, ?~831)

지난 해 오늘 이 대문 안에는,
그녀 얼굴과 복사꽃이 서로 붉게 비추었지.
그녀는 어디로 갔는지 알 길 없고,
복사꽃만 봄바람에 여전히 미소 짓누나.

———『전당시全唐詩』

한산습득도寒山拾得圖, 가이호 유쇼(海北友松) 作

51

지공선사誌公禪師의 약 처방

남양南梁 보지(寶誌, 418~514)

양梁 무제武帝가 지공선사에게 물었다.

"어떻게 수행하면 영겁토록 인간의 몸을 잃지 않을 수 있습니까?"

지공선사가 대답했다.

"소승에게 오온산五蘊山에서 채취한 약 처방이 한 가지 있습니다. 성내지 않는 마음 한 구, 늘 즐거움 두 냥, 자비의 실천 세 마디, 인욕의 뿌리 네 근, 지혜로운 성품 다섯 되, 정진하려는 의지 여섯 홉, 번뇌 제거 일곱 알, 선지식 여덟 푼입니다.

위의 약을 총명이라는 칼로 평등이라는 다듬잇돌에 올려놓고 잘 다듬어 인아人我라는 뿌리를 없애고, 걸림이 없는 무애無碍의 절구에 넣고 금강金剛의 절굿공이로 일천 번을 찧어 바라밀을 넣고 환丸으로 만들어 매일 여덟 가지 공덕의 물로 한 알씩 복용하면 영겁토록 인간의 몸을 잃지 않게 됩니다.

그런데 이 약을 복용할 때는 삼갈 것이 있습니다. 말을 적게 함이 으뜸가는 보물이고, 인욕은 한량없이 진귀합니다. 또한 타인의 잘못을 말하지 말지니, 결국 나에게 돌아와 나의 몸을 해치게 됩니다. 다른 이를 욕하려면 차라리 자신을 욕하고, 다른 이에게 성내려거든 차라리 자신에게 성내며, 불속에서 타는 나무처럼 스스로를 태워 타인을 이롭게 하여야 합니다."

양 무제가 또 물었다.

"어떻게 하면 성불할 수 있습니까?"

지공선사가 대답했다.

"무상함을 알고, 커다란 이치를 이해하며, 삼보를 존경하는 것입니다.

끝과 시작이 한결같고, 좋은 일을 힘써 행하며, 악한 일은 멈추는 것입니다. 자신이 이로운 것을 취함은 옳지 않고 타인에게 베푸는 것이 옳습니다. 평등을 실천하십시오. 너와 나의 구별을 없애고, 타인에게 손해를 끼치지 말며, 자신을 이롭게 하지도 말아야 합니다. 탐욕과 성냄을 없애고, 늘 환희로워야 합니다. 부처를 찾을 방법은 그저 이것뿐입니다."

———『선문제조사게송禪門諸祖師偈頌』

지공선사와 양무제

인내를 스승으로 삼다

불광 성운(佛光星雲, 1927~)

세상에 큰 복덕을 가진 자는 포용할 수 없는 사람도 포용할 수 있고, 참을 수 없는 사람도 참아낼 수 있다.

불교에서는 인내를 자주 얘기한다. 도리와 인정에 맞는 요구를 참는 것은 당연하며 한 순간의 괴롭힘, 인정과 도리를 거스르는 오해까지도 인내해야 한다. 인내를 제불보살의 자비로운 가르침이자 복덕을 수행하는 것으로 삼아야 한다. 그 가운데에서 자아의 도덕적 인격을 확인해야 하며, 진리와 정의는 필경에 가서는 반드시 본 모습이 드러난다는 신념을 분명히 가져야 한다. 나는 어려서부터 비방과 칭찬, 영화와 치욕을 안중에 두지 않았지만, 불교를 위해서라면 울분을 참을 수도 있었고, 때로는 공손하게 머리 숙일 수도 있었다. 불도를 익히는 사람이 불법을 통한 이로움을 얻을 수 있는가의 여부는 '인내할 수 있는가'와도 매우 밀접한 관계가 있다.

생인生忍·법인法忍·무생인無生忍, 인내는 너 좋고 나 좋고 우리 모두 좋은 것이다.

———『인간불교총서人間佛教叢書』

득무생인得無生忍
성운대사 휘호

사마온공司馬溫公 가훈家訓

송宋 사마광(司馬光, 1019~1086)

자손에게 물려주고자 금화를 모아도,
자손이 반드시 지킨다고 할 수 없다.
자손에게 물려주고자 서책을 모아도,
자손이 반드시 배운다고 할 수 없다.
차라리 드러나지 않게 음덕을 쌓음이
자손만대를 위한 방책이리라.
이처럼 좋은 선현의 글귀를
후손들은 귀감으로 삼을지어다.

───『고금도서집성古今圖書集成』

경어축警語軸

청淸 임칙서(林則徐, 1785~1850)

옳지 않은 생각을 일으키지 말고,
선하지 않은 사람과 어울리지 말라.
보지 않은 일을 입에 담지 말고,
의롭지 않은 재물은 취하지 말라.
건강할 때에 병들었을 때를 미리 생각하면
몸을 보호할 수 있고,
부유할 때 부족할 때를 미리 생각하면
집안을 지킬 수 있다.

───『불광산명가백인비장佛光山名家百人碑牆』

동자예불도童子禮佛圖
진홍수陳洪綬 作

인仁으로 세상을 구하다

손문(孫文, 1866~1925)

불교는 세상을 구할 어짊을 가지고 있다.
불교는 철학의 어머니로서 불학을 연구하면
과학적인 편중을 막을 수 있다.
국민은 종교적 사상이 없어서는 안 된다.
무릇 교육은 정부를 보좌하는 능력이 있고,
정부는 교육을 보호하는 힘을 가지고 있다.
정부로서 몸을 다스리고 교육으로 마음을 다스려,
서로의 유익함을 협력 보완하고 병행하면
서로 어긋남이 없을 것이다.

──── 『이병남 거사 문집李炳南居士文集』

혜거사慧居寺를 묘사하는 시

청淸 옹정제(雍正帝, 1687~1735)

이 마음이 곧 부처라는 것은
옳기도 하고 옳지 않기도 한다네.
부처가 아니면 마음도 아니라는 것은
그르기도 하고 그르지 않기도 한다네.
옳고 그름을 모두 끊어버려라.
마음이니 부처니 갈라서 무엇 하리오.

──── 『불광교과서佛光敎科書』

관용

장애령(張愛玲, 1920~1995)

사랑했기에 자비가 있고,
이해했기에 관용이 있다.

떠안아야 할 뿐!

기이하고 다채로운 인간세상에서
흘러가는 구름이나 흐르는 물처럼
유유자적한 나날을 보낼 수 있는
사람은 드물 것이다. 그러나 나는
언제나 믿는다. 뿌연 안개로 앞이
보이지 않는 호수를 걸으며 고난
과 불행을 두루 경험하고 인생의
다양함을 고루 맛본 사람은 더욱
역동적이고 열정으로 가득 차 있
다는 것을. 시간은 언제나 방관자
일 뿐이다. 모든 과정과 결과는 결
국 우리 자신이 떠안아야 하는 몫
일뿐이다.

— 『장애령의 회고록(張愛玲的傾城往事)』

옛 곡조를 사랑하나, 이젠 연주하는 이 드물다.
풍일음豊一吟 作

인간세상의 참모습

천하에는 두 가지 어려움이 있다.
등천登天이 어렵고 사람 구제는 더욱 어렵다.
천하에는 두 가지 괴로움이 있다.
황련黃連이 쓰고 빈궁함은 더욱 괴롭다.
천하에는 두 가지 위험함이 있다.
강호江湖가 험하고 인심은 더욱 험하다.
천하에는 두 가지 박정함이 있다.
초봄의 얼음이 얇고 인정은 더욱 박정하다.
그 어려움을 알고, 그 괴로움을 감내하며,
그 위험을 예측하고, 그 박정함을 인내하면
사람들과 더불어 살아갈 수 있을 것이다.

자신에겐 엄격하게, 타인에겐 관대하게

타인이 나에게 따지거든 변론하기보다는 잠자코 받아들이고,
타인이 나를 업신여기거든 맞서기보다는 그대로 받아들이라.
타인의 나쁜 점을 책망함에 지나치게 모질지 말며
상대가 감내할 수 있어야 하고,
타인의 좋은 점을 가르침에 지나치게 높이지 말며
상대가 따를 수 있어야 한다.

―――――『채근담菜根譚』

지장보살상

물방울이 돌을 뚫다

먹줄로 톱질하면 나무도 자르고,

떨어지는 작은 물방울은 돌도 뚫는다.

무릇 도道를 구하려는 자는 모름지기 힘써 찾아야 한다.

물이 흐르면 자연히 도랑이 생기고,

오이가 익으면 절로 꼭지가 떨어진다.

무릇 도를 얻으려는 자는 하늘의 이치에 맡겨야 한다.

세상에 순응하는 지혜

일이 없어도 일이 있는 것처럼 항상 대비해야

의외의 변고를 메울 수 있다.

일이 있어도 일이 없을 때처럼 항상 침착해야

어려운 처지를 벗어날 수 있다.

심신이 한가롭고 고요하다

이 몸을 항상 한가한 곳에 두면,

영욕과 득실로 누가 나를 부릴 수 있으랴.

이 마음을 항상 고요한 곳에 두면,

시비와 이해로 누가 나를 속일 수 있으랴.

——— 『채근담菜根譚』

감사하는 인생

불광 성운(佛光星雲, 1927~)

감사할 줄 아는 사람은 정과 의리가 있고,
감사할 줄 아는 사람은 마음이 부유하다네.
감사할 줄 아는 인생만이 내어줄 줄 알고,
감사할 줄 아는 인생만이 부귀를 안다네.

우리는 여름날의 밝은 태양,
가을과 겨울의 서리와 눈에 감사해야 한다네.
그들은 벼이삭을 자라게 하고 익게 한다네.
높이 솟은 크고 작은 산과 출렁이는 망망대해에도 감사해야 한다네.
그들은 겸손하게 세상을 가슴에 품도록 가르쳐 준다네.

감사할 줄 아는 인생은 행복한 인생이고,
감사할 줄 아는 관념은 지혜로운 재물이며,
감사할 줄 아는 마음은 풍요로운 보물이고,
감사할 줄 아는 습관은 처세의 본보기라네.
마음에 항상 감사함을 가지는데 인생이 어찌 아름답지 않겠는가.

──── 『인간음연人間音緣』

최상의 근기(上上機)

당唐 향엄지한(香嚴智閑, ?~898)

일격에 아는 바를 모두 잊으니,
수행의 힘을 빌릴 것도 없다네.
안색을 움직여 고도를 선양하고,
초연한 심기에 떨어지지 않네.
곳곳에 발자취는 없어도
성색聲色 밖으로 위의가 흘러나오네.
시방에서 온 도에 통달한 자들이
한결같이 최상의 근기라고 말하네.

───『선종송고련주통집禪宗頌古聯珠通集』

지난해의 가난

지난해의 가난은 가난도 아니요,
올해의 가난이야말로 참 가난이다.
지난해 가난에는 송곳 세울 곳 정도는 있더니만,
올해 가난에는 송곳조차 없구나.
去年貧未是貧　今年貧始是貧
去年貧猶有卓錐之地　今年貧錐也無

───『연등회요聯燈會要』

승복 입고 꽃밭에 서다

오대五代 법안문익(法眼文益, 885~958)

누빈 승복 입고 꽃밭에 서니, 그 속의 정취가 세속 느낌과 남다르네.
오늘에사 내 머리가 반백인데, 꽃은 지난해와 마찬가지로 붉었도다.
꽃의 아름다움은 새벽이슬처럼 잠시 머물다 사라지고,
그윽한 꽃향기만 밤바람 따라 사방에 흩날리네.
어찌 가지와 잎 지고 난 뒤에야 공空의 이치를 깨달으려 하는가?

———『오등회원五燈會元』

파리가 창을 뚫으려 하다

송宋 백운 수단(白雲守端, 1025~1072)

빛을 좋아해 창호지를 뚫으려 해도,
나갈 곳 찾지 못해 얼마나 부딪쳤던가.
우연히 들어올 때의 길 다시 찾고 나니,
평생 눈에 속았음을 비로소 알게 되었네.

———『임간록林間錄』

고요히 노스님의 말씀 들으며
해질녘 종소리 때까지 앉아 있네
이소곤李蕭錕 作

이러한 이 또 누가 있던가

송宋 설두중현(雪竇重顯, 980~1052)

마주하면 손가락을 치켜세워 주며 깊은 사랑 베푼 구지俱胝 선사!
하늘과 땅이 열린 이래로 이러한 이 또 누가 있었는가?
일찍이 검푸른 생사의 바다 한가운데에 나무판자 띄워 놓고,
파도치는 밤 눈 먼 거북이 잡고 피안에 도달할 수 있게 하더라.

───『선종송고련주통집禪宗頌古聯珠通集』

복사꽃 바람에 떨어지다

송宋 자수회심(慈受懷深, 1077~1132)

그저 옛날에 늘 다니던 곳일 뿐, 혼란함 일어도 마음에 두지 않으리.
밤새 무심한 광풍 몰아쳐, 복사꽃잎은 또 얼마나 떨어졌으랴!

───『오등회원五燈會元』

들기와 내려놓기

불광 성운(佛光星雲, 1927~)

우리는 인생에서 끊임없이 무언가를 소
유하고자 한다. 그러나 그 인생에서는 실
망을 맛볼 공포가 가득하고, 더불어 그
공포는 얻지 못하는 데서 오는 고통으로
이어진다. 북적대고 왁자지껄한 인간세
계라는 객잔에서 포대화상의 소탈하고
거리낌 없는 모습을 왜 조금이나마 배워
보려 하지 않는 것일까.

들어야 할까, 내려놓아야 할까는 인연을
따라야 한다. 여행할 때는 들었다가 그렇
지 않을 때는 내려놓는 여행 가방처럼 들
어야 할 때는 들고, 내려놓아야 할 때는
물론 내려놓아야 한다. 이 '내려놓다'의
지혜를 이해하면 오욕五欲의 추격을 벗어
나 얻고자 하는 것이 없는 세상으로 나아
갈 수 있고, 백년의 수명이 다하고 난 뒤
에도 죽지 않는 법신을 얻게 된다.

—— 『인생의 계단(人生的階梯)』

방하放下, 성운대사 휘호

가정에서의 네 가지 위의威儀

송宋 자수회심(慈受懷深, 1077~1132)

집안에서의 행行,
항상 순응하고 다투지 말아야 한다.
걸음걸음마다 계급이 없음을 안다면
구태여 연꽃 발아래 태어나려 하는가.

집안에서의 주住,
아침에 문을 열고 밤이면 문을 닫는다.
물 긷고 나무하는 사람 부리지 말지니,
부처님도 범부로 시작했음을 알라.

집안에서의 좌坐,
방안이 텅 비어 넓은 것은 왜일까?
신기한 불빛 하나로 모든 것이 분명하거늘,
구태여 청산에서 달마를 찾는가.

집안에서의 와臥,
다리를 벌리고 오므리고 모두가 내 맘이다.
새벽이 오자마자 알아챌 수 있다면
참선으로 나태함을 이기는 걸 믿게 될 것이다.

—— 『자수회심선사광록慈受懷深禪師廣錄』

능엄게송 楞嚴偈頌 【절록節錄】

당唐 반자밀제(般刺密帝, 656~706 추정) 한역

오늘부터 수행 정진하여 불과佛果를 얻고 성불할 것이며, 다시 세간에 태어나 강가의 모래만큼 많은 중생들을 모두 제도하기를 발원합니다.

대중을 제도하겠다는 저의 깊은 마음을 한량없는 사바세계의 모든 중생에게 바침으로써 제가 이치를 깨우치도록 해주신 부처님의 깊은 은혜에 보답하려 하옵니다.

지금 세존께서 저를 증명해 주시길 엎드려 청하옵니다.

오탁악세五濁惡世에 저는 제일 먼저 들어가 중생을 교화하고, 만일 깨달아 성불하지 못한 중생이 하나라도 있다면 열반에 들어 즐거움을 누리지 않을 것을 서원하옵니다.

—— 『대불정만행수능엄경大佛頂萬行首楞嚴經』

이소곤李蕭錕 作

권발보리심문勸發菩提心文 【절록節錄】

청淸 성암(省庵, 1686~1734)

입도入道의 중요한 요문要門은 발심發心이 그 첫 번째이고, 수행하는 데 급선무는 서원誓願이 으뜸이다. 서원해야 중생을 제도할 수 있고, 마음을 발하면 불도를 이룰 수 있다.

『화엄경華嚴經』에서는 "보리심을 잃고서 바른 가르침을 닦는다면 이를 일러 마업魔業이라 한다"고 하였다.

한 생각마다 위로는 불도를 구하고,
한 마음마다 아래로는 중생을 교화한다.
불도가 장구하다는 말을 듣고도 겁나 물러나지 않아야 하고,
중생을 제도한다는 것이 어렵다고 생각해 싫증내지 않아야 한다.
만 길이나 되는 산을 오르듯 반드시 그 정상까지 꼭 도착하고,
구 층이나 되는 탑을 오르듯 반드시 그 꼭대기에 도달해야 한다.
한 생각도 아주 작고 가볍다고 말하지 말며,
공허한 서원이라 무익하다 하지 말라.
마음이 참되면 일이 진실되고, 서원이 넓으면 실천이 깊다.
마음은 허공보다 더 크고, 서원의 힘은 금강보다 더 견고하다.

───『성암법사어록省庵法師語錄』

오십 번째 생일을 맞는 감회

태허대사(太虛大師, 1889~1947)

나는 우환이 들끓던 시기에 태어났고, 슬픔과 분노로 많은 잘못을 저질렀다. 고향 떠난 지 오래니 친족 소식도 끊기고, 갚지 못한 은혜가 마음 한쪽에 남아 있다. 생일이 되면 늘 생각나는 나의 어머니, 그리고 나의 어머니 같은 할머니는 보기 드문 미덕을 지녔다.

출가해 승가에 의탁하니 인연은 더욱 넓어졌고, 스승과 도반, 후학들이 대나무 숲처럼 총총하였다. 불교의 쇠퇴를 목격한 나는 구제하고자 노력했고, 승단제도를 어떻게 개혁하면 좋을지 고민하였다.

지금 국토는 만신창이가 되고, 능욕당한 국민들은 피눈물을 흘리고 있다. 온 세상이 악마의 불길에 핍박당하고, 연이은 재앙에 억압받고 있다. 나는 전국을 돌며 불법을 전파하고, 온 세상을 다니며 대중을 제도하였다. 온 세상은 극심한 궁핍에 처해 있고, 불제자들과 부처님의 나라로 순례를 떠났다. 강인하고 용맹스런 마음을 지닌 불제자는 부귀영화를 뜬구름처럼 하찮게 여긴다.

정직하고 고상한 인품의 담譚 거사는 중국과 인도의 불교문화 융합을 위해 애써 왔다. 그 담 거사가 생일을 맞은 내게 오래 사시라고 축수를 해주었지만, 나의 삶은 망망대해 위의 작은 물거품에 지나지 않는다고 생각한다.

그렇지만 나는 소망한다. 물거품이 모든 괴로움을 걷어내 주기를!

나라와 민족의 모든 소망이 이루어지기를! 세상 사람들이 모두 전쟁과 살생을 멈추기를! 자애로운 눈으로 서로를 바라보며 무기를 내려놓기를! 물보라가 퍼져나가듯 온 세상에 안락함이 퍼지기를!

부처님의 밝은 빛이 온 우주에 두루 빛나기를!

──── 『태허대사전서太虛大師全書』

나는 즐겁다

불광 성운(佛光星雲, 1927~)

세상에는 돈도 있고 명예도 있고 부귀도 있지만, 그건 중요한 것이 아니다. 즐거운 것이야말로 가장 중요하다. 세상의 모든 것을 가졌더라도 기쁘지 않으면 인생에 무슨 의미가 있을까? 즐거움은 다른 사람과 함께 나누어야 하고, 타인이 가진 것을 시기하지도 않아야 한다. 무사무아無私無我한 즐거움을 누릴 줄 아는 것이 진정 가치 있는 것이다.

'즐거움'은 이 세상을 다채롭게 만들고, 우리 인생을 희망으로 가득 차게 만든다.

즐거움이 없고 근심과 슬픔만이 가득하다면 삶을 제대로 이해하지 못하는 것이다. 사람이라면 누구나 환희와 근심, 슬픔을 두루 갖고 있다.

근심 없이 즐거움만 가지려 노력하는 것은 더욱 높은 수양을 쌓는 것이고, 인생을 환희로 가득 채운다는 것이야말로 가장 지혜로운 처세의 도리이다.

——— 『인간불교어록人間佛教語錄』

인자유력忍者有力, 성운대사 휘호

칠십사七十詞

명明 당인(唐寅, 1470~1524)

인생 칠십 살기 어렵다지만,

앞의 어린 시절과 뒤의 노년을 빼면

중간 세월 그리 길지도 않은데,

그나마도 염량炎凉과 번뇌로 가득하네.

한가위를 지나면 달도 밝지 않고,

청명절을 지나면 꽃도 아름답지 않네.

달밤에 꽃을 마주하고 크게 노래 부르며,

서둘러 금동이의 술을 가득 따르네.

세상의 돈 많아도 다 거둬들일 수 없고,

조정의 관직 많아도 다 누리지 못하네.

벼슬 높고 재물 많아도 마음엔 근심 가득,

물러나 고향에 돌아오니 이미 백발이라.

봄·여름·가을·겨울 한 순간에 지나가고,

황혼의 종소리와 새벽의 닭 울음소리 들리네.

그대 앞에 있는 사람 자세히 보시오.

일 년에 한 번 황폐한 풀들은 땅에 묻힌다네.

그 풀 속에 높고 낮은 무덤이 얼마인가,

벌초하러 오지 않는 무덤이 반이라네.

──── 『육여거사전집六如居士全集』

선도대사善導大師 진영
현진顯眞 作

번뇌하지 말라

청淸 석천기(石天基, 1659~?)

번뇌하지 말라, 번뇌하지 말라.
번뇌가 많은 사람 늙기도 쉽다네.
세상만사가 완벽할 리 없으니,
탄식만 하는 어리석은 사람 근심도 끝없네.
재물과 벼슬은 자기 마음대로 부려도,
해마다 도처에 무덤은 늘어난다네.
즐거움을 두고도 누릴 줄 모르면서
어찌 스스로를 번뇌로 괴롭히는가.
번뇌하지 말라, 번뇌하지 말라.
밝은 달도 흐리고 맑은 날이 늘 있나니.
부모 슬하에서는 즐거움 누리고
온 가족 다함께 화목하다면,
거친 베옷 입고 나물 반찬을 먹어도
이 즐거움을 어디서 얻을 건가?
부귀영화는 한낮 눈앞에 있는 꽃이려니
어찌 스스로 번뇌를 일으키는가.

쾌락명快樂銘

책이 있음이 진정한 부귀요,
일이 없으니 작은 신선이로다.
언제나 늘 좋은 날이요,
어디서나 늘 무릉도원이로다.

마음속의 밭을 일구고,

본성 안의 하늘을 길러 쌓으리라.

마음 속 생각은 꿈속을 거닐고,

티끌 많은 세상은 구름과 연기와 같네.

거리낌이 없음은 족함을 알기 때문이고,

너그럽고 평온함은 인연을 듣기 위함이네.

이를 폐부에 깊이 새기면,

복이 늘어나고 수명이 더욱 길어지네.

인내가 忍耐歌

인내하는 것은 좋은 것이지, 암 좋고말고.

인내라는 두 글자는 기이한 보물이라네.

한 순간의 울분도 참지 못하면

다툼이 잦아 큰 화를 부르게 되나니,

이로 인해 몸을 망치고,

자신과 가족의 생명을 보존하기 더욱 어렵네.

재물과 세력을 과시하여 원한을 만들면,

후에 얻고자 해도 얻을 수 없으니,

남에게 한 걸음 양보한들 어떠랴,

마음이 넓으면 복도 많아지고 번뇌도 없다네.

──『전가보전집傳家寶全集』

시간과 인과

불광 성운(佛光星雲, 1927~)

사람이 도덕, 학문, 수양 등을 갖췄는지 보려면 억울한 일을 당한 그가 얼마나 참아내는지, 즉 인내할 수 있는 힘이 얼마나 있는지를 봐야 한다. 조금의 억울한 일이나 부당함을 조금도 견딜 수 없다면 장차 어떻게 사업적 성공을 거두고, 타인과는 어떻게 어울릴 수 있을까?

부당한 대우를 받아도 그 속에서 배우는 바가 있어야 고생과 좌절 등을 견뎌낼 수 있음도 배우게 된다.

모욕, 억울함, 질책, 비난을 받아도 억누를 수 있어야 하며, 떠벌리거나 변명하지 않고 있으면 시간이 저절로 우리의 모든 억울함을 벗겨줄 것이다.

당신은 성공하고 싶은가? 복을 받고 싶은가? 사실 타인에게 억울함과 비방을 당하면 당할수록 그 가운데서 역량과 복이 생겨나고, 더 시간이 흐르면 필경에는 원만한 성공을 거둘 수 있다.

누구든 나를 억울하게 하고 기만할 수도 있지만, 인과因果와 불보살만은 나를 억울하게 하거나 나를 기만하지 않는다.

──『인간불교어록人間佛教語錄』

인과경회권因果經繪卷 제5권 (부분)

'인내'가 세상에서 으뜸이다

수隋 나련제야사(那連提耶舍, 490~589) 한역

'인내'가 세상에서 으뜸이요,

'인내'는 안락함에 드는 길이다.

'인내'는 고독을 멀리하게 하니,

성현이 기뻐하며 즐기는 바이다.

'인내'는 능히 중생을 드러나게 하며,

'인내'는 친한 벗을 맺게 해주네.

'인내'는 아름다운 명예를 늘려주고,

'인내'는 세상에서 사랑받게 해주네.

'인내'는 부의 자재로움을 얻게 하고,

'인내'는 능히 단정함을 갖추게 하네.

'인내'는 능히 위력威力을 얻게 하고,

'인내'는 세간을 비추게 한다네.

'인내'는 모든 욕락欲樂을 얻게 하고,

'인내'는 능히 정교함을 이루게 하네.

'인내'의 힘은 증오를 항복하게 하고,

'인내'는 근심과 괴로움을 제거하게 하네.

'인내'는 아름다운 용모를 얻게 하고,

'인내'는 능히 모든 권속을 갖추게 하네.

'인내'는 모든 수승한 과보를 불러오고,

'인내'는 능히 선한 도를 취하게 하네.

'인내'는 타인을 낙관적으로 보게 하고,

'인내'는 능히 묘호妙好를 얻게 하네.

'인내'는 능히 모든 괴로움을 멈추게 하고,
'인내'는 장구한 수명을 연장하게 하네.
'인내'는 능히 모든 원망을 멈추게 하고,
중생에게 해로움을 끼치지 않게 하네.
'인내'는 능히 도적을 멀리하게 하고,
'인내'는 능히 음욕을 버리게 하네.
'인내'는 능히 망령된 말을 그치게 하고,
거짓말과 악담을 그치게 하네.
'인내'는 능히 욕심과 성냄을 없애게 하고,
'인내'는 삿된 견해를 멀리 하네.
'인내'는 힘은 보시와 지계를 이루고,
정진바라밀과 선정바라밀을 이루네.
또한 반야바라밀을 이루게 하여
능히 이 육바라밀이 가득 차게 하네.

──『대방등대집경大方等大集經』

안인安忍, 성운대사 휘호

십공게十空偈

송宋 오산부단(吳山浮端, 1031~1104)

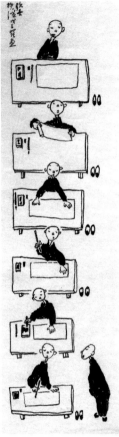

사경 이소곤李蕭錕 作

사람은 백세까지 살기 어렵고

꽃은 열흘 이상 붉은 적이 없으니,

돈 있을 때 보시하지 않으면 죽고 나서

아무 것도 남지 않는다네.

세속의 일은 깨알처럼 많고

망령된 생각은 거듭거듭 일어나니,

탐하는 마음 많고 족함을 모르면

본전을 밑지고 아무 것도 남지 않는다네.

우리의 몸은 견고하지 않으니

항상 근심이 불길처럼 치솟는 집에 있는 것과 같아,

부처님의 말씀 지니고 외우지 않으면

한가히 지낸 뒤에 아무 것도 남지 않는다네.

부귀함이 많고 풍족하면 전생에 심은 인연의 공로

이니,

이번 생애에 복을 닦지 않으면 다음 생에는 아무 것

도 남지 않는다네.

그대에게 권하노니,

집에 남아 네 가지 깊은 은혜에 보답하시게나.

인연을 맺음은 반드시 서둘러야 하나니,

잡지 않으면 아무 것도 남지 않는다네.

──── 『오산부단선사어록吳山浮端禪師語錄』

3月
March

삶의 여행자를 위한

365 日

봄을 찾아서

당唐 무진장(無盡藏, 생몰년도 미상)

종일 봄을 찾아 헤맸으나 보지 못하고,
짚신이 헤지도록 구름 낀 고개를 헤매었네.
돌아오다 우연히 매화 향기 맡고 나니,
가지 끝에서 봄이 벌써 무르익었음을 아네.

終日尋春不見春 芒鞋踏破嶺頭雲
歸來偶把梅花嗅 春在枝頭已十分

────『능엄경종통楞嚴經宗通』

평상심이 곧 도이다

송宋 무문혜개(無門慧開, 1183~1260)

봄에는 백화가 만발하고, 가을에는 달이 휘영청 밝다.
여름에는 시원한 바람 불고, 겨울에는 하얀 눈 소복이 내린다.
덧없는 세상사를 마음에 담아두지 않는다면,
인간 세상에 머물러도 좋은 시절이라네. ────『선종무문개禪宗無門開』

의고擬古

명明 연지주굉(蓮池袾宏, 1535~1615)

추위가 싫을 때는 여름을 간절히 바라고,
무더위에는 다시 겨울을 생각한다.
망령된 생각을 사라지게 할 수 있다면,
몸을 누이는 곳곳마다 편안하다. ────『운서법휘雲棲法彙』

인내로 처세하다

불광 성운(佛光星雲, 1927~)

인내는 우주와 인생의 실상을 인식하는 지혜이자, 또한 받아들이고, 책임지고, 화해하고, 해결하고, 해탈하게 해주는 힘이다. 인내는 마음속 지혜이자 도덕적 용기이며, 관용적 자비이자 견성의 보리이다. 더불어 위없는 역량의 일종이기도 하다.

불교에서는 우리가 살고 있는 이곳을 '사바세계'라 부른다. '감내하다', '참고 견디다'의 의미이다. 인생에서 일어나는 모든 일이 꼭 자신의 마음과 부합되기는 어렵고, 살아나가기 위해 참아야만 할 때가 많다. 괴로움, 어려움, 가난함, 배고픔, 추위, 더위, 성냄, 원망 등을 참는 것은 물론, 부유함, 즐거움, 이로움, 명예로움까지도 참아야 할 경우가 있다. 참아내고 감내하는 것이 곧 힘이다! '인내로 세상을 살아가라'는 것은 모든 사람이 반드시 수련해야 하는 필수항목이다.

───『인간불교논문집人間佛教論文集』

심안음 心安吟

송宋 소옹(邵雍, 1011~1077)

마음이 편안하면 몸은 자연히 안정되고,

몸이 편안하면 자신이 있는 집도 크고 넓게 보이는 법이다.

몸과 마음이 모두 편안한데 나를 번뇌하게 할 것이 뭐가 있는가?

사람의 몸이 작다 누가 말했는가?

편안하고 고요하다면 태산만큼 크다네.

방 한 칸이 좁다고 누가 말했는가?

마음이 넓다면 천지와도 같이 드넓다네.

——— 『격양집擊壤集』

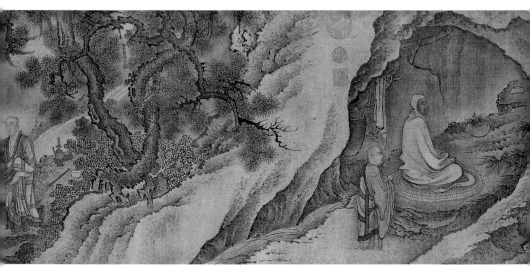

선종육조도禪宗六祖圖의 초조 달마初祖達磨, 대진戴進 作

무진인연無盡因緣

불광 성운(佛光星雲, 1927~)

푸성귀 이파리 한 장의 가치는 얼마나 될까? 범부의 마음에는 고작 동전 몇 푼 밖에 안 된다고 치부해 버리지만, 성현은 무한한 인연의 마음으로 아끼고 사랑한다. 평생 일이 뜻대로 되지 않아도, 반대로 술술 잘 풀리더라도 모두 인연과 관련이 있다. 원망의 과보를 받으면 어제 내가 심었던 인연을 곰곰이 생각해보아야 한다.

우리가 일군 복전福田을 사랑하고 소중히 여겨, 탐진치貪瞋癡라는 삼악三惡의 소가 어린 묘목을 밟아 망치도록 내버려두지 않는 것이 석복惜福이다.

봄바람과 비, 이슬 등의 자양분을 모아 우리들 마음의 밭에 꽃이 피고 열매를 맺게 하는 것이 결연結緣이다.

자신의 복을 사랑하고 아끼는 것이 자신의 현재를 소중히 하는 것이며, 사람들과 널리 선한 인연을 맺는 것은 자신의 미래를 풍성하게 하는 행위이다.

장미는 한때의 허영심에 만족하지만, 소나무는 오랜 시간 묵묵히 자신의 광채를 드러낼 뿐이다. 우리는 소나무처럼 외부에서 몰아치는 훼방과 침입을 따스한 햇살과 청량한 바람으로 바꿀 줄 알아야 한다.

———『인생의 계단(人生的階梯)』

너른 들판 작은 소나무, 훗날 거송이 되리.
풍일음豐一吟 作

뿌린 대로 거둔다

당唐 의정(義淨, 635~713) 한역

설령 백겁百劫을 지난다 해도,
지은 바 업은 사라지지 않는다.
인연이 모이고 만났을 때에
과보는 반드시 자신이 받게 된다.
假使經百劫 所作業不亡
因緣會遇時 果報還自受

———『대보적경大寶積經』

인과因果의 유래

송宋 왕일휴(王日休, ?~1173)

지난 생에 지은 바를 알고 싶거든,
이번 생에 받는 것을 보라.
다음 생에 받을 것을 알고 싶거든,
이번 생에 짓는 것을 보라.
欲知前世因 今生受者是
欲知來世果 今生作者是

———『용서정토문龍舒淨土文』

행한 대로 거둔다

법구法救 지음, 요진姚秦 축불념(쓰佛念. 생몰년도 미상) 한역

내가 다른 사람을 해치면 또 다른 사람이 나를 해치고,
내가 다른 사람을 원망하면 또 다른 사람이 나를 원망
한다.
내가 다른 사람을 욕하면 또 다른 사람이 나를 욕하고,
내가 다른 사람을 때리면 또 다른 사람이 나를 때린다.

──── 『출요경出曜經』

고통이 쌓이는 인연

조위曹魏 백연(白延, 생몰년도 미상) 한역

기만은 모든 악의 근본이니,
선행으로 쌓은 업 절로 사라진다.
이것은 괴로움이 모이는 원인이니,
거짓말이 사람에게 어찌 이로울까.

──── 『불설수뢰경佛說須賴經』

신장 위구르 자치구
시크친(Shikchin) 사지寺址
승원굴僧院窟 수업승도修業僧圖

조화의 중요성

불광 성운(佛光星雲, 1927~)

진정 고귀한 사람은 천성이 부드럽고 유연하기가
마치 굽이굽이 크고 작은 지류를 마다하지 않고 흘러가
커다란 바다를 이루는 강물과 같다.
당신이 옳고 내가 틀리다는 마음은
단단한 설원을 녹일 수도 있고,
당신이 높고 내가 낮다는 마음은
우뚝 솟은 높은 산도 잘게 부수고,
당신이 있고 내가 없다는 마음은
사랑과 결혼의 속박에서 해방시키고,
당신이 즐겁고 내가 괴롭겠다는 마음은
보살의 자비로움을 배우게 한다.

'전환' 수행

인간의 삶은 '전환'이라는 글자와 밀접한 관련이 있다. 큰 일은 작은 일
로 바꿔야 하고, 괴로움은 즐거움으로 바꿔야 하고, 미혹은 깨달음으로
바꿔야 하고, 삿됨은 올바름으로 바꾸어야 한다. 안 좋은 모든 경계를
선하고 아름다운 경계로 바꾸는 것이 수행의 요지이다.
용감하게 적극적으로 수용하고, 잘 변화시켜 나가며 번뇌를 보리로 바
꾸는 것이 인간불교 수행의 포인트라 할 수 있다.

───『성운설유星雲說喩』

손가락에 비유함(指喩) 【절록節錄】

명明 방효유(方孝孺, 1357~1402)

천하의 일이란 항상 지극히 미묘하고 겉으로
드러나지 않는 곳에서부터 시작되어 결국에
는 커다란 재앙이 되는 경우가 많다. 처음에는
해결할 필요조차 느끼지 못 하고 있다가, 결국
수습 불가능한 지경에까지 이르게 된다.
사건 해결이 쉬운 발생 초기에는 조그마한 힘
을 들이는 것조차 아까워 심사숙고하지 않다
가, 재앙으로 발전하면 오랜 시간 공들이고 골
치를 썩여 진을 다 뺀 뒤에야 어렵사리 극복할
수 있게 한다. 천하의 일이란 이 엄지손가락과
같은 것이 너무도 많다.

───『고문관지古文觀止』

서식도, 소어小魚 作

아내를 위한 기원문 【절록節錄】

불광 성운(佛光星雲, 1927~)

자비롭고 위대하신 부처님!

깊고 고요한 밤이면

생활 속 소소하고 번잡한 일들을 돌아보곤 합니다.

저는 아이들을 낳고 양육하는 제 아내의 고생을 알고 있습니다.

저는 빨래와 집안을 청소하는 제 아내의 노고를 알고 있습니다.

아내는 저의 기쁨과 취미를 위해

자신의 흥미와 포부를 포기하였습니다.

아내는 저의 욕구와 이상을 위해

자신의 소유와 집착을 버렸습니다.

집에 돌아올 때마다 아내는 늘 따뜻한 말로 저를 위로하고,

집에 돌아올 때마다 아내는 늘 맛있는 음식으로 저를 배부르게 하며,

집에 돌아올 때마다 아내는 반드시 관심과 보살핌으로 저를 대하고,

집에 돌아올 때마다 아내는 반드시 충고와 격려를 제게 아끼지 않습니다.

제가 만약 아내에게 거칠고 상스러운 말을 한 적이 있다면,

저의 참회를 아내가 받아주기를 바랍니다.

제가 만약 아내의 곁에 항상 함께 있어주지 못한다면,

저의 고충을 아내가 너그럽게 봐주길 바랍니다.

저의 봉급이 가계를 꾸려나가는 데 부족하다면,

제 능력이 부족함을 아내가 이해해 주기를 바랍니다.

부처님의 가피로 저의 아내가

아이들 마음속 현대적 어머니의 표상이 되기를 바랍니다.

시부모 마음속 현숙한 며느리의 표상이 되기를 바랍니다.

이 가정이 아내의 작은 우주가 되게 하옵고,

이 가정이 아내의 좋은 반려자가 되게 하옵소서.

당신께 드리는 저의 간절하고 지극한 기도를 들어주시옵소서.

───『불광기원문佛光祈願文』

정행품淨行品　【절록節錄】

당唐 실차난타(實叉難陀, 652~710) 한역

보살이 집에 있을 때, 중생이 집의 성품이 공한 것을 알아
그 핍박을 면하길 원하옵니다.
부모에게 효도할 때, 중생이 부처님을 잘 섬기듯
모든 것을 공양하고 보호하길 원하옵니다.
부처님께 귀의할 때, 중생이 부처의 씨앗을 융성하게 하여
위없는 뜻을 발하길 원하옵니다.
가르침에 귀의할 때, 중생이 불경에 깊이 들어가
지혜가 바다처럼 넓어지길 원하옵니다.
승가에 귀의할 때, 중생이 대중을 통솔하고 다스리어
모든 장애가 없어지길 원하옵니다.
괴로워하는 사람을 볼 때, 중생이 근본지根本智를 얻어
모든 괴로움을 소멸하길 원하옵니다.
질병이 있는 사람을 볼 때, 중생이 이 몸이 공하고 쓸쓸함을 알아
어그러지고 다투는 법을 여의길 원하옵니다.
음식을 먹을 때, 중생이 선정에 드는 즐거움을 먹고
부처님 가르침 듣는 기쁨이 충만하길 원하옵니다.
음식을 먹고 났을 때, 중생이 할 바를 모두 마치고
모든 부처님의 법을 갖추길 원하옵니다.
잠을 잘 때, 중생이 몸은 편안히 기대고
마음은 어지럽게 흔들림이 없길 원하옵니다.
잠에서 처음 깰 때, 중생이 온갖 지혜를 깨달아
시방을 두루 돌아보기를 원하옵니다. ──『화엄경華嚴經』

심왕명心王銘 【절록節錄】

남양南梁 부대사(傅大士, 497~569)

마음인 공왕空王을 살피니 현묘玄妙하여 헤아리기 어렵네.

모양도 없고 형태도 없는데 커다란 신비로운 힘 지니고 있네.

능히 천 가지 재앙을 없애고 만 가지 덕을 성취하게 하네.

능히 색신을 부려 삿된 일도 짓게 하고 바른 일도 짓게 하네.

이런 연유로 서로 권하노니, 스스로 잘 방비하고 삼가야 하네.

찰나의 순간에 업을 짓는다면 다시 떠돌다 가라앉는 지경이 되네.

청정한 마음의 지혜는 이 세상의 귀한 황금과 다름이 없다네.

지혜로운 진리의 창고는 그저 우리의 몸과 마음에 있을 뿐이라네.

──『선혜대사어록善慧大士語錄』

목인화조木人花鳥

그저 스스로 만물에 무심하다면

만물이 항상 둘러싸고 있다 한들 무슨 상관인가.

무쇠소가 사자의 울부짖음을 두려워 않고

나무인형이 꽃과 새를 보는 것과 같다네.

나무인형은 본래 감정이 없는 물체이니

꽃과 나무가 인형을 만나도 놀라지 않는다네.

마음과 경계가 변함없이 다만 이러할 뿐이거늘

보리도를 못 이룰까 근심할 필요 없다네.

──『대혜보각선사어록大慧普覺禪師語錄』

불교사찰 주련 (2)

중경重慶 진운사緒雲寺

이 몸이 오래 머물지 못함을 아는 그대여,
서둘러 나쁜 일을 저지를 필요 무엇 있겠나.
예전의 몸이 모두 운명 지어졌던 것을 아는 나는
그저 바르게 좋은 사람 노릇 하려네.

곤명昆明 원통사圓通寺

불광佛光이 대지를 널리 비추니,
박을 심으면 박을 얻고 콩을 심으면 콩을 얻네.
이로써 인과는 진리로 정해진 바를 알겠네.
법륜法輪이 인간을 항상 도니,
선행에는 선한 과보를 악행에는 악한 과보를 얻네.
이로써 피안의 세계에 신령함이 있음을 알겠네.

계족산雞足山 금정사金頂寺 문수원文殊院

보고 난 뒤에는 곧바로 행하고, 행하고 난 뒤에는 곧바로 내려놓으니,
마치고 마치면 마치지 못할 것이 무엇 있겠는가?
지혜는 깨달음에서 생겨나고, 깨달음은 자유자재한 데서 생기나니,
생겨나고 생겨나도 여전히 생겨남이 없도다!

태주泰州 광효사光孝寺

동으로 흐르던 강물도 십 년 지나면 서쪽으로 물길을 바꾸나니,
가장 좋은 시기를 헛되이 흘러가도록 버려두지 말라.
다리 하나는 문 안쪽에 걸치고, 다리 하나는 문 밖에 두고 있어,
걷는 걸음마다 조심하고 주의를 기울일 것을 명심하여라.

개봉開封 개보사開寶寺

모든 악행 짓지 말고, 모든 선행 받들어 행하면,
이미 부처님의 참된 뜻 이해한 것이라네.
사대는 본시 공空하고 오온 또한 있지 않으니,
이는 잘 갈무리하여 새기고 삶에 녹아들게 하게나.

————『불광교과서佛光敎科書』

불교와 사회통치의 관계

양계초(梁啓超, 1873~1929)

불교라는 신앙은 지신智信이지, 미신迷信이 아니다.

불교라는 신앙은 겸선兼善이지, 독선獨善이 아니다.

불교라는 신앙은 입세入世이지, 염세厭世가 아니다.

불교라는 신앙은 무량無量이지, 유한有限이지 않다.

불교라는 신앙은 평등平等이지, 차별差別이지 않다.

불교라는 신앙은 자력自力이지, 타력他力이 아니다.

───『음빙실합집飮冰室合集』

불법佛法, 종교이자 철학이다

탕용동(湯用彤, 1893~1964)

불법은 종교이자 철학이다.

종교는 감정적으로 사람의 마음 깊은 곳에 자리를 잡는다. 종종 '막수유(莫須有: 그럴 수도 있다)'라는 사실을 상징으로 삼아 신묘함을 일으키는 작용을 한다. 이처럼 흔적에 의지해 찾고 연구하지만 공감을 얻지 못하는 암묵적 반응은 진실성을 얻지 못함이 분명하다.

철학은 심오하며 실상을 깨닫게 해준다. 고대의 철학적 지혜는 자연에서 비롯되었다. 신중하게 사고하고 분명하게 결론을 내린다. 종종 말은 평범하지만 그 속에 담긴 뜻은 깊다. 가까운 것을 예로 들지만 그 안의 이치는 깊고도 넓은 것을 볼 수 있다. 그러므로 마음으로 느끼는 경험 없이 헛되이 문자에만 의지해 고증하려 한다면, 얻는 것은 그 찌꺼기일 뿐이다.

───『한위양진남북조불교사漢魏兩晋南北朝佛教史』

문명門銘

송宋 여이간(呂夷簡, 979~1044)

충성으로 임금을 섬기고, 효도로 부모를 봉양한다.

관대함으로 대중을 포용하고, 삼가함으로 몸을 닦는다.

청정함으로 풍속을 따르고, 정성으로 백성을 가르친다.

겸손함으로 높은 곳에 머물고, 즐거움으로 빈한함에 안주한다.

근면함으로 배움을 쌓고, 고요함으로 정신을 맑게 한다.

총명함으로 쓰임을 베풀고, 굳셈으로 진실을 온전히 갖춘다.

절약으로 자신을 배양하고, 널리 다른 사람에게 베푼다.

소중하게 아랫사람을 다스리고, 공경으로 손님을 대접한다.

그를 열거한 것이 도道이고, 그를 모은 것이 인仁이다.

집에 머물 때는 자손이 되고, 조정에 거할 때는 신하가 된다.

이 말을 필히 실천하여 덕을 두텁게 하고 새롭게 닦아야 한다.

집안에 이를 깊이 새겨 명심하고, 대대손손 허리띠에 써서 남겨라.

――――『불광교과서佛光教科書』

각의刻意 【절록節錄】

전국시대戰國時代 장자(莊子, B.C. 369~286)

보통 사람은 이익에 치중하고,
청렴결백한 선비는 명성을 중시하며,
현명한 군자는 의지를 숭상하고,
성인은 정신을 중히 여긴다.

인간세人間世 【절록節錄】

산에서 자란 나무는 자연이 필요로 하기에 벌목되어지고, 기름은 밝게
비출 수 있기에 태워진다. 계수나무는 식용으로 사용할 수 있어서 베
어지고, 옻나무 역시 이용 가치가 있어 껍질을 벗겨 쓴다. 사람들은 쓸
모 있는 쓰임에 대해서는 잘 알지만, 쓸모없는 더 큰 쓰임에 대해서는
알지 못한다.

─── 『장자莊子』

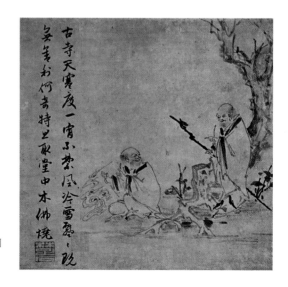

단하소불도丹霞燒佛圖
인타라因陀羅 作

연평왕사고매가 延平王祠古梅歌 【절록節錄】

연횡(連橫, 1878~1936)

제갈공명 사당 앞 오랜 측백나무 가지가 청동처럼 꿋꿋하다.

사람들은 정절을 나타내는 자연의 솜씨라고들 말한다.

악비의 무덤 위 오래된 회나무는 하늘에 닿을 정도로 키가 크며,

무성한 가지는 충성심을 나타내듯 남쪽으로 구부러져 있다고 한다.

지각이 없는 이 고목들이 어찌 이처럼 사람들의 추앙을 받는 걸까?

역사를 아는 이라면 두 사람의 충정을 헤아릴 수 있을 것이다.

한나라의 영토를 넓힌 제갈공명의 충심과

오랑캐를 물리쳤던 악비의 정신을 이어받은 것이 바로 연평왕이다.

그 무예 정신을 이어받은 '연평왕'이야말로 참 영웅이다.

연평왕 사당의 지붕은 하늘에 닿아 있고,

사당 앞 매화나무는 붉은 꽃이 만개하였다.

거대한 나무 몸통에서 뻗어 나온 가지들 무성한 나뭇잎으로 덮이고,

아스라한 향기는 따스한 봄날의 미풍을 타고 퍼져 나간다.

연평왕은 의분義憤이 솟구쳐 홀로 분연히 일어났으며,

하늘에 올라 곧장 용맹함을 뽐냈다.

한 손에 긴 칼을 들고 공동산崆峒山을 지났으나

노양魯陽의 위기를 종식시킬 수 없었고,

새로운 활력을 불어넣을 수도 없었다.

천산天山에 말 세우고 일찍이 활 걸어놓았으니

어째서 북으로 가던 도중 포기하고 강 건너 남쪽으로 갔던가?

어지러운 세상에서 동해의 동쪽에 새 세상을 열었지만,

상서로운 고래 사라지니 안개비만 자욱하다.

봉화가 주변 강과 산위로 올랐으나

몇 번의 상전벽해가 있었는지 그 흔적조차 찾을 길 없다.

오직 해마다 무성한 꽃을 피우는 오랜 매화나무만 볼 수 있을 뿐.

그 나무는 이백 여년의 봄과 겨울을 지냈다고 전한다.

서로 엉킨 뿌리에서 올라오는 생기가 가득하고

뿌리는 눈에 덮이고 가지는 구름에 감춰져 있다.

밝고 맑은 달이 붉은 담장 구석에서 빛나고,

칼의 차가운 반영이 한밤에도 빛을 발한다.

나는 이곳에서 노래 부르며 즐기겠지만,

구주九州를 생각하면 마음이 무겁다.

보이는 것은 오로지 고요한 봄날 활짝 핀 매화나무뿐.

―――『연아당선생전집連雅堂先生全集』

기회를 잡아라

불광 성운(佛光星雲, 1927~)

대중에게는 이롭고 사회에 공헌할 수 있는
일이라면, 기회나 인연이 다가오길 기다리다
놓치고 평생 후회하지 말고, 기회가 왔을 때
꼭 붙잡아 노력해 나가야 한다. 특히 젊은이
들은 흰머리 듬성듬성 난 뒤에 '헛되이 보냈
구나'라고 한탄하지 말고 젊고 아름다운 시절
을 더욱 아끼고 분발해 나가야 한다.

총명한 사람은 지나간 것에 연연하지도 않고,
미래를 동경만 하지도 않는다. 오히려 현재를
놓치지 않고 움켜잡아 더욱 노력해 나간다.

――― 『인간불교 시리즈(人間佛敎系列)』

홍매도, 석축마釋竺摩 作

본래인本來人
당唐 장사경잠(長沙景岑, 생몰년도 미상)

도를 배우는 사람은 참됨을 알지 못하고,
다만 지금까지도 식신識神만을 알더라.
무량겁 이래로 나면 죽는 것이 근본인데,
어리석은 사람은 식신이 자신인줄 안다네.

―――『경덕전등록景德傳燈錄』

매화향梅花香
당唐 부상좌(孚上座, 생몰년도 미상)

아직 깨닫지 못하던 시절을 회상해보니,
호각소리 한 번에 슬픔 한 번 배어나네.
지금 베개 베고 누웠어도 잡념 없으니,
매화가 크건 작건 향기는 매한가지라네.

―――『잡독해雜毒海』

언제 나가려나
당唐 고령신찬(古靈神贊, 생몰년도 미상)

열려 있는 문으로 나가지 않고,
창문을 뚫으려 하니 참으로 어리석도다.
천년 묵은 종이를 아무리 뚫으려 한들,
어느 세월에 머리를 내밀 것인가.

―――『능엄경종통楞嚴經宗通』

불 속에서 꽃을 피운다

송宋 동안상찰(同安常察, 생몰년도 미상)

깃 있는 것과 뿔 달린 짐승으로 이 세상에 왔지만,
우담바라 꽃 불 속에서 피우리.
번뇌의 바다 가운데에 비와 이슬이 되고
무명의 산 위에 구름과 번개가 되리라.

───『경덕전등록景德傳燈錄』

말로 살인하다

원元 천여유즉(天如惟則, 1280~1350)

경전으로 전해져 오는 말 가깝게 느껴지지만,
풀이가 새로운 뜻으로 바뀌기 쉽다.
사람들은 남의 말을 듣기 좋아하지만,
말이란 예로부터 살인까지도 할 수 있다.

───『사자림천여화상어록師子林天如和尚語錄』

푸른 연 잎은 하늘과
맞닿은 듯 끝이 없네,
이소곤李蕭錕 作

현장삼장회권玄奘三藏繪卷 제4권 (부분), 타카시나 타카(高階隆兼) 作

법어法語

당唐 현장(玄奘, 602~664)

말에는 명리名利가 없어야 하고,

행동은 실속 없이 겉만 번지르르 해서는 안 된다.

言無名利 行絶虛浮

─── 『속고승전續高僧傳』

관자재觀自在

당唐 현장玄奘 한역

관세음보살이 깊은 반야지혜를 수행할 때,

오온(즉, 色受相行識)이 모두 공한 것임을 비추어 보고 통찰하여

일체의 괴로움과 재난을 다 여의었도다.

觀自在菩薩 行深般若波羅密多時 照見五蘊皆空 度一切苦厄

─── 『반야바라밀다심경般若波羅密多心經』

4살 노인

불광 성운(佛光星雲, 1927~)

한 청년이 우연히 만난 노인에게 지나가는 말처럼 한마디 건넸다.

"어르신은 올해 연세가 어떻게 되십니까?"

그러자 노인이 웃으며 대답했다.

"난 올해 네 살이라네."

이미 팔순이 넘은 노인이었지만, 4년 전에야 비로소 우연히 불교와 인연을 맺어 인생의 참된 진리를 얻었기에 이렇게 대답한 것이다. 만약 우리의 생명이 오래도록 이어지길 바란다면, 총명한 당신은 자신이 일생 동안 추구해온 것이 무엇인지를 곰곰이 생각해본 적 있는가?

『대장엄경론大莊嚴經論』에는

"사람의 몸은 지극히 얻기 어렵고, 믿음의 마음 또한 생겨나기 어렵다. 재물과 보물은 만족하기 어렵고, 복전은 다시 만나기 어렵다(人身極難得 信心亦難生 財寶難可足 福田復難遇)"라고 나와 있다.

"아침에 도를 들으면 저녁에 죽어도 좋다(朝聞道 夕死可矣)!"라고 하지 않던가! 네 살 된 노인을 동정할 필요는 없다. 아직도 꿈속에서 꿈같은 소리나 읊어대고, 거짓 연기를 진짜처럼 행하고 있는 우리들이 더욱 안타까운 사람들이다. 마치 꿈에서 깬 장자가 자신이 나비인지 나비가 자신인지 헷갈려 하며 평생을 망연하게 지낸 것처럼 말이다.

──『성운설유星雲說喩』

소동파蘇東坡 선시

송宋 소식(蘇軾, 1036~1101)

야래게夜來偈

계곡 물소리 모두 부처님의 설법이고,
산 빛깔은 청정한 법신 아닌 것이 없다.
간밤에 들은 팔만 사천 가지 게송을,
후일 다른 이에게 어찌 전해줄 것인가.

제서림벽題西林壁

기울여 보면 고개이나 옆에서 보면 봉우리라네.
멀고 가까우며 높고 낮음에 따라 그 모습 달라지네.
여산의 참 모습을 내 알지 못하는 것은
내가 이 산 속에 있기 때문이라네.

제침군금題沈君琴

만일 거문고 소리가 거문고에서 나는 것이라면
갑匣 안에 넣었다고 어찌 울리지 않는가.
만일 거문고 소리가 손가락에서 나는 거라면
그대의 손끝에서는 어이하여 들리지 않는가.

──── 『동파시집東坡詩集』

무상송 無相頌

당唐 혜능(惠能, 638~713)

마음이 평온한데 어찌 계를 지니려 애쓰는가?

행실이 바른데 선을 닦아 무에 쓰랴?

은혜로워 부모를 효성으로 봉양하고,

의로워 윗사람과 아랫사람이 서로 아껴준다.

겸양하니 신분의 높고 낮음 없이 화목하고,

인내하니 모든 악에도 시끄럽지 않다.

만일 능히 나무를 비벼 불을 일으킨다면,

진흙탕에서도 필히 홍련紅蓮이 피리라.

입에 쓴 약은 몸에도 좋다 했으며,

귀에 거슬리는 것은 필시 충성된 말이리라.

잘못을 고치면 지혜가 반드시 생겨나고,

단점을 보호하려는 마음은 현명하지 않다.

일상에서 항상 유익한 일을 하고,

도를 이룸은 금전 보시에서 말미암지 말라.

보리菩提는 다만 마음 안에서 찾아야 하는데,

어찌 밖에서 현묘함을 찾으려 애쓰는가.

이 말씀에 의지해 이대로 수행하면,

극락정토가 바로 내 앞에 있을 뿐이라네.

──── 『육조단경六祖壇經』

육조 혜능대사六祖惠能大師

당저가 신릉군에게 권하다 【절록節錄】

서한西漢 유향(劉向, B.C. 77~6) 편저

위魏나라의 신릉군信陵君이 진비
晉鄙를 척살하고 한단邯鄲을 구했
으며, 진군秦軍을 격파하고 조趙
나라를 위기에서 구했다. 그러자
조나라의 효성왕孝成王이 직접
신하들을 이끌고 교외까지 마중
하러 나왔다. 그때 신릉군의 곁
에 있던 당저唐雎가 이렇게 권하
였다.

"남이 나를 비방하고 미워하는 것
에 관해 내가 몰라서는 안 되고,
내가 남을 비방하고 미워하는 바
를 절대 그가 알게 해서는 안 됩
니다. 또한 타인이 내게 베푼 은
혜는 절대 잊어서 안 되고, 내가

문도도問道圖, 오위吳偉 作

타인에게 베푼 은혜는 늘 마음에 담아둬서는 안 됩니다. 지금 신릉군
께서는 진비를 척살하고 한단을 구했으며, 진군을 쳐부수고 조나라를
보존케 하였으니 이는 커다란 은혜가 아닐 수 없습니다. 이제 조나라
왕이 직접 마중을 나왔다고 하니 창졸간에 조왕을 만나시더라도 자신
의 커다란 은덕을 다 잊으시길 바라옵니다."

신릉군은 이 말을 들은 뒤 겸허히 그 가르침을 따랐다.

──『전국책戰國策』

인문적 소양의 배양 【절록節錄】

엄장수(嚴長壽, 1947~)

고매한 성품을 기르려면 우선 '평정'을 유지하는 법을 배워야 한다. 『대학大學』에 이러한 의미를 가장 명확하게 분석한 구절이 있다. "그침을 안 뒤에야 능히 머물고, 머물고 난 뒤에야 능히 고요하며, 고요하고 난 뒤에야 편안하고, 편안한 뒤에야 능히 헤아리며, 헤아린 뒤에야 능히 얻는다(知止而後有定 定而後能靜 靜而後能安 安而後能慮 慮而後能得)."

현대인들은 대부분 곧바로 드러나는 효과에 너무 치중한다. '7일 만에 영어 마스터', '6개월이면 당신도 부자가 될 수 있다' 등등 무슨 일이든 빠를수록 좋다.

예술을 감상하는 법, 아름다운 사물을 아끼고 사랑하는 법을 단시간 내에 '결과'를 얻을 수는 없다. 주광잠朱光潛은 "미감美感의 세계는 순수한 이미지의 세계이며, 예술 감상은 실용적인 세계로부터 이상적인 세계이자 이해관계가 전혀 없는 세계로 걸어가는 것이다"라고 했다. 옳은 말이다. 당신이라면 마음에 실타래처럼 엉킨 고민을 안고 있으면서 차분한 마음을 갖고 감상할 수 있을까? 그러므로 어떤 일에서는 이해관계를 초월해 보답을 바라지 않는 마음을 가져야 한다. 이렇게 함으로써 또 다른 분야로부터 자신을 발견하고, 평정을 가져다 줄 경지를 찾을 수 있다. ──『어풍이상御風而上』

사계절, 독서의 즐거움

송宋 옹삼(翁森, 생몰년도 미상)

봄날 산 빛은 난간을 덮고 물은 사랑채를 에둘러 흐르네.

무우無雩에서 노닐다 시를 읊으며 돌아오매 봄바람이 향기롭네.

나뭇가지에 앉아 지저귀는 예쁜 새도 나의 친구가 되고,

물에 떨어진 꽃잎도 모두 문장文章처럼 아름다워라.

시기를 놓치고 아름다운 시절 덧없이 흘려보내지 말라.

인생에는 오직 독서하는 즐거움이 있어 좋으니라.

독서의 그 즐거움 어디에 견줄 만한가?

창 앞에 싱그러운 풀들 베지 않아 가득한 것과 같다네.

─── 『일표고一瓢稿』

책의 활용

청淸 장조(張潮, 1650~?)

책을 모으기는 쉬워도 읽기는 어렵고,

책을 읽기는 쉬워도 공부하기는 어렵다.

책을 공부하기는 쉬워도 활용하기는 어렵고,

활용하기는 쉬워도 명심하기는 어렵다.

그것도 복이다

책 읽을 시간 있으면, 그것도 복이다.

남을 도와줄 힘 있으면, 그것도 복이다.

책을 펴낼 학문이 있으면, 그것도 복이다.

시비가 귀에 들리지 않으면, 그것도 복이다.

박학하고 곧고 성실한 친구 있으면, 그것도 복이다. ─── 『유몽영幽夢影』

마음이란 무엇인가?

불광 성운(佛光星雲, 1927~)

원숭이처럼 제어하기 어려운 것이 마음인데,
그대 그 마음 잘 관리할 수 있는가?
번갯불처럼 한순간에 사라지는 것이 마음인데,
그대 그 마음을 잡을 수 있는가?
산노루처럼 소리와 빛을 좇는 것이 마음인데,
그대 거짓됨을 비춰볼 수 있는가?
도둑처럼 공덕을 빼앗는 것이 마음인데,
그대 심마心魔를 항복시킬 수 있는가?
원수처럼 몸을 괴롭게 하는 것이 마음인데,
그대 멀리 떼어놓고 대할 수 있는가?
노비처럼 모든 번뇌를 부리는 것이 마음인데,
그대 겸손하고 자유로울 수 있는가?
국왕처럼 능히 명령을 행하는 것이 마음인데,
그대 선으로 타인을 이끌 수 있는가?
샘처럼 끊임없이 흘러나오는 것이 마음인데,
그대 유정한 것에 보시할 수 있는가?
화가처럼 갖가지 채색을 하는 것이 마음인데,
그대 세간을 아름답게 할 수 있는가?
허공처럼 넓고 끝이 없는 것이 마음인데,
그대 삼라만상을 모두 포용할 수 있는가?

———『인간불교어록人間佛教語錄』

열 가지의 인연

스즈키 쇼오산(鈴木正三, 1579~1655) 수집

단정함은 인욕에서 오고, 궁핍함은 인색함에서 온다네.

고귀함은 공경에서 오고, 비천함은 교만함에서 온다네.

벙어리는 비방에서 오고, 눈멀고 귀먹음은 불신에서 온다네.

장수함은 자비에서 오고, 단명함은 살생에서 온다네.

몸과 정신이 온전하지 못함은 계율을 지키지 않는 데서 오고,

몸과 정신이 온전함은 계율을 지키는 데서 온다네.

──── 『반고집反故集』

수승한 1일 게송

역자 미상

진실로 과거는 좇지 말고, 또한 미래에 의탁하지도 말라.

과거의 일은 이미 사라지고, 미래는 아직 도래하지 않았네.

바로 지금 이 순간에 진실되게 행동하고 두루 살피어라.

행하는 바가 이에 머문다면 안정되고 장애가 없을 것이라네.

마땅히 오늘 정진하여야지, 내일을 기다리면 늦을 것이라네.

죽음은 기약할 수 없으니 나는 어찌 계획을 세워야 하는가?

만일 이러한 사람이 있다면 정념正念에 안주하여라.

밤낮으로 끊임없이 성인의 이름을 불러 깨달아 앎이

홀로 머무는 것보다 낫다네.

──── 『승묘독처경勝妙獨處經』

영가永嘉 선사의 증도가證道歌

당唐 영가현각(永嘉玄覺, 665~712)

남이 비방하건 비난하건, 내버려두라.
불로 하늘을 태워도 공연히 자신만 피로해질 뿐.
내 듣기로는 꼭 감로수를 마시는 것과 같아서
녹아들어 순식간에 부사의한 해탈의 경지에 들어간다 하더라.
나쁜 말을 잘 관찰하는 것이 공덕이며,
이는 곧 나의 선지식이 된다.
헐뜯고 비방함에 따라 원망과 친한 마음 일지 않으니,
생겨남이 없는 자비와 인욕의 힘 드러낼 필요가 뭐 있는가.

영가선종집주永嘉禪宗集註

성품은 따뜻하고 부드러워 타인의 허물을 구하지 않고,
자신의 선행을 말하지 않으며 사물을 두고 다투지 않는다.
미워하거나 친하거나 모두 평등하여 분별을 일으키지 않고
증오와 사랑이 생겨나지 않게 한다.
남의 물건은 바라지 않고 나의 재물은 인색하지 않으며
피해 주는 것을 즐거워하지 않는다.
항상 질박하고 정직함을 간직하여 마음이 흉악하지 않으며
항상 겸손하여 자신을 낮추는 걸 즐긴다.
입으로는 나쁜 말을 하지 않고, 몸으로는 나쁜 행동을 하지 않으며
마음으로는 아첨하지 않으니 삼업三業이 청정하다.

───『선종영가집禪宗永嘉集』

권학편勸學篇 【절록節錄】

전국시대戰國時代, 순자(筍子, B.C. 313~238)

흙이 쌓여 산이 되니 바람과 비가 여기에서 일어나고,
물이 모여 깊은 못이 되니 교룡이 여기에 살게 된다.
반걸음도 나아가지 않고 천리를 다다를 수 없고,
시냇물이 모이지 않고 강이나 바다를 이룰 수 없다.
뛰어난 말이라도 한 번 뛰어올라 열 걸음 갈 수 없고,
둔한 말이라도 수레를 열흘 끌면 공이 있어 버리지 않는다.
자르다 포기하면 썩은 나무도 부러뜨릴 수 없고,
포기하지 않으면 금석도 뚫을 수 있다.

대략편大略篇 【절록節錄】

추운 날씨에 소나무의 진면목을 알 수 있고,
위기상황에서 군자의 참모습을 알 수 있다.

—— 『순자筍子』

이승출파도二僧出坡圖, 이소곤李蕭錕 作

번뇌를 벗어나다

당唐 황벽희운(黃檗希運, ?~850)

번뇌를 벗어나는 일이 예삿일 아니니,
승두를 꽉 잡고 한바탕 공부할지어다.
뼈 속 깊이 사무치는 추위가 없었다면,
코를 찌르는 매화향기 어찌 얻을 수 있으랴.

塵勞迥脫事非常　緊把繩頭做一場
不經一番寒徹骨　爭得梅花撲鼻香

───『완릉록宛陵錄』

일 없는 손

마음은 망망대해와 같이 끝이 없으니,
널리 연꽃을 심어 심신을 기르리라.
우리에게는 일 없는 두 손이 있으니,
세간을 위한 자비로운 사람이 되자.

───『벽암록碧巖錄』

기이하다

당唐 동산양개(洞山良价, 807~869)

기이하고 기이하도다.
무정설법은 참으로 불가사의하네.
귀로 듣고자 하면 듣기 어려우나,
눈으로 소리를 들으려니 비로소 알겠구나.

다른 곳에서 구하지 말라

다른 곳에서도 얻을 방법 찾지 마라.
내 본심과 아득히 멀어질 뿐이네.
이제 나 홀로 방법을 찾아 길 떠나니
곳곳에서 도를 만날 수 있네.
도가 바로 나였음을 알았지만,
나는 결코 도가 아니라네.
이처럼 직접 경험하고 터득하여야
비로소 진실과 부합된다 하겠네.

———『동산양개선사어록洞山良价禪師語錄』

감숙성 돈황 막고굴 제465굴
공양보살상

도연명陶淵明 시선

진晉 도잠(陶潛, 365~427)

귀원전거歸園田居　【절록節錄】

남산 아래 콩을 심으니,
풀은 무성한데 콩의 싹은 드물다네.
이른 아침부터 거친 밭 일구고,
밤늦게 호미 메고 돌아온다네.
좁은 길에 초목이 길게 자라,
저녁이슬이 내 옷을 적신다네.
옷 젖는 것은 아깝지 않으니,
농사나 내 바람과 어긋나지 않기를!

음주飮酒　【절록節錄】

초가 짓고 마을 근처에 살아도
말과 마차 소리 시끄럽지 않도다.
그대 어떻게 그럴 수 있는가?
마음이 멀어지니 있는 곳이 절로 외지구나.
동쪽 울타리 아래 핀 국화꽃 꺾어
여유롭게 남산을 바라보네.
산 빛이 저녁노을에 더욱 아름답고,
나는 새들도 함께 돌아오네.
이 속에 있는 자연의 참뜻을 말하고 싶었으나
할 말을 잊고 말았네.

잡시雜詩 【절록節錄】

인생은 뿌리도 꼭지도 없어, 길가에 흩날리는 먼지와 같네.

흩어져 바람 따라 뒹구느니, 이는 이미 고정불변의 몸 아니네.

세상에 태어났으면 모두 형제인 걸, 어찌 핏줄만 친하려 하는가.

기쁨을 얻었으면 마땅히 즐기고 술 한 말 빚어 이웃을 부르네.

젊은 시절은 다시 오지 않고, 하루에 새벽 다시 맞이하기 어렵네.

때를 놓치지 말고 응당 힘써야 하나니,

세월은 사람을 기다리지 않는다네.

귀거래사歸去來辭 【절록節錄】

돌아가야지!

황폐해질 전원을 두고 어찌 아니 돌아가리?

기왕 자신의 마음이 몸의 부림을 받았으면서

어째서 실망하고 홀로 슬퍼하는가?

지난날의 잘못 돌이킬 수 없음을 깨달았으니,

앞으로는 그러할 일 없으리라.

길을 잘못 들었어도 멀리 온 건 아니며,

지난날이 그르고 지금이 옳음을 깨달았네.

───『도연명집陶淵明集』

청계수조도清溪垂釣圖,
막시룡莫是龍 作

4月
April

삶의 여행자를 위한
365 日

그대를 사랑하는 사람을 위해 살아라

모옌(莫言, 1955~)

질곡의 인생에서 그대를 좋아하는 사람을 위해 살아라. 그대를 좋아하지 않는 사람 때문에 행복을 잃어버리거나, 그대를 좋아하는 사람과 함께 있으면서도 굳이 더 행복해지는 방법을 찾으려 애쓰지 마라.

억지로 안 되는 일을 쫓아다니느라 애쓰지 마라. 그대가 지치고 포기할 때쯤이면 상대방은 더 싫증을 느낄 것이다. 멈춰 서서 내버려두면 하늘이 무너질 리 없고, 세상 모든 사람을 위해 찬란한 구름이 항상 비추고 있음을 발견하게 될 것이다.

우리는 모두 세속의 진흙탕에서 허우적대고 있다. 그 안에는 그대를 사랑할 운명을 타고 난 사람도 있고, 그대에게 가르침을 주기 위해 태어난 사람도 있을 것이다. 그대가 공들여 하는 일이 상대방에게는 관심 밖의 일일 수도 있고, 그대가 뼈에 사무치게 싫어하는 것이 오히려 다른 사람에게는 평범한 일일 수도 있다.

좋아하는 것에는 필사적으로 매달리고, 싫어하는 것은 떼어내려 몸부림친다. 그럼에도 불구하고 이것이 인생이다. 때로는 따뜻하게 너의 마음을 녹이기도 하고, 때로는 뼈가 시리도록 춥게 만들기도 하면서 그대의 인생을 더욱 풍부하게 또 완전하게 만들 것이다.

광활한 인생의 여정에는 그대를 기꺼이 감싸줄 찬란한 구름이 항상 존재할 것이다. 그대가 싫어하거나 너를 싫어하는 사람 주변에서 몸부림치는 것보다는 그 찬란한 구름 아래서 산책을 즐기는 게 낫지 않을까? 세상에 즐거움을 주는 일이 많을 필요는 없다. 단지 구름 한 조각이면 족하다.

——— 『그대를 사랑하는 사람을 위해 살아라(要爲喜歡自己的人活著)』

육도염불가六度念佛歌

명明 우익지욱(蕅益智旭, 1599~1655)

진실하게 염불하여 신심의 세계를 내려놓는 것이 커다란 보시이다.

진실하게 염불하여 탐진치를 일으키지 않는 것이 커다란 지계이다.

진실하게 염불하여 인아와 시비 가지지 않는 것이 커다란 인욕이다.

진실하게 염불하여 끊거나 잡생각 하지 않는 것이 커다란 정진이다.

진실하게 염불하여 망상에 휘둘리지 않는 것이 커다란 선정이다.

진실하게 염불하여 곁가지에 미혹되지 않는 것이 커다란 지혜이다.

真能念佛 放下身心世界 即大布施

真能念佛 不復起貪瞋癡 即大持戒

真能念佛 不計是非人我 即大忍辱

真能念佛 不稍間斷夾雜 即大精進

真能念佛 能不妄想馳逐 即大禪定

真能念佛 不爲他岐所惑 即大智慧

자신을 탓하다

소인배는 자신의 잘못을 타인의 잘못으로 삼아

항상 하늘을 원망하고 남을 탓한다.

군자는 타인의 잘못을 자신의 잘못으로 삼아

항상 자신을 되돌아보고 책망한다.

小人 以己之過爲人之過 每怨天而尤人

君子 以人之過爲己之過 每反躬而責己

───『영봉우익대사종론靈峰蕅益大師宗論』

중도의中道義

용수龍樹 지음, 동진東晉 구마라즙(鳩摩羅什, 344~413) 한역

여러 인연으로 생겨난 법을 나는 공이라 하고,

또한 가명이라 하며, 또한 중도의라 한다.

衆因綠生法 我說卽是空 亦爲是假名 亦是中道義

────『중론中論』

법무자성法無自性

용수龍樹 지음, 동진東晉 구마라즙(鳩摩羅什, 344~413) 한역

모든 법은 본디 성품이 없으니

생겨나는 것도 사라지는 것도 없으며,

본래 모든 번뇌 여의어 고요하니

그 성품을 가리켜 열반이라 한다.

────『대지도론大智度論』

제법인연諸法因緣

법칭法稱 지음, 송宋 법호(法護, 963~1058) · 일칭(日稱, 생몰년도 미상) 공동 한역

이 세상에 존재하는 모든 사물은 인연에 의해 생겨나고,

이 세상에 존재하는 모든 사물은 인연에 의해 사라지며,

우리 부처님이신 커다란 사문께서는 항상 이렇게 말씀하신다.

────『대승집보살학론大乘集菩薩學論』

신생아를 위한 기원문 【절록節錄】

불광 성운(佛光星雲, 1927~)

자비롭고 위대하신 부처님!

하나의 새 생명이 탄생하였습니다!

원하옵건대 당신의 가피를 받아

아이가 아무런 탈 없이 몸과 마음이 건강하고,

아이가 밝고 활기차며 무사히 자라게 하옵소서.

아이에게 행복의 열매를 얻게 하시되,

약간의 좌절과 시련을 함께 맛보게 해주십시오.

아이에게 즐거움의 꽃동산을 얻게 하시되,

약간의 가시와 덤불을 함께 맛보게 해주십시오.

타인의 노력에 감사할 줄 아는 아이가 되고,

타인의 공헌에 보답하는 미덕을 지닌 아이가 되고,

허영심에 물들지 않고, 여색에 미혹되지 않는 아이가 되게 하옵소서.

아이가 좌절과 실패를 겪을 때에는

믿음과 용기를 주어 상심하고 탄식하지 않도록 해주시고,

아이가 곤란함에 빠져 있을 때에는

지혜와 힘을 주어 슬퍼하거나 실망하지 않도록 해주십시오.

이 작은 마음이 삼천대천세계에 가득하길 희망합니다.

이 작은 소망이 무량겁의 미래에 가득하길 희망합니다.

이 어리고 작은 생명이

제발 천진한 본성을 잃지 않게 해주시고,

이 어리고 작은 생명이

제발 선량한 감정을 잃지 않게 해주십시오.

자비롭고 위대하신 부처님!
제자의 간절하고 정성된 기도를 귀 기울여 받아주시옵소서.

──── 『불광기원문佛光祈願文』

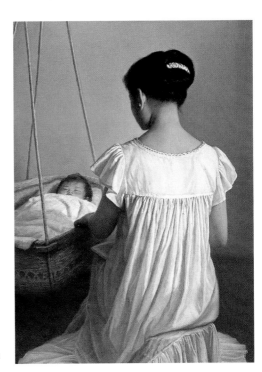

요람搖籃, 이자건李自健 作

한식첩寒食帖 【절록節錄】

송宋 소식(蘇軾, 1036~1101)

내가 쓸쓸한 황주에 온 뒤로
이미 세 차례의 한식이 지났구나.
해마다 가는 봄날을 아쉬워하나,
봄은 지나는 나그네처럼 아랑곳 않네.
올해 장마는 멈출 기미 없고 두 달 동안 쉼 없이 내리니
마치 늦가을처럼 쓸쓸하네.
병중에 해당화 향기를 맡으니
연지 찍은 부끄러운 새색시 얼굴 같네.
이 꽃 만발한 계절을 누가 남몰래 훔쳐
깊은 밤 바꿔놓았나 보네.
내가 병을 오래 앓은 소년과 같으니
다 나을 때면 이미 백발이 되었겠지.
봄 강물이 넘쳐 집으로 들어오려 하는데
비는 오락가락 그칠 기미가 없네.
고깃배처럼 작은 나의 집은
몰아치는 물구름 사이에서 표류하네.
오늘이 한식인 걸 어떻게 알까?
다만 까마귀 물고 온 지전보고 알았네.
임금님은 아홉 개의 문 안 깊은 곳에 있고,
조상 묘는 만리길 아득히 떨어져 있네.
나는 길 끝 도달하면 통곡할지 모르나,
싸늘히 식은 내 맘은 불어도 불붙지 않는다네.

맹호연孟浩然 시선詩選

당唐 맹호연(孟浩然, 689~740)

봄날 새벽

봄날 늦잠 자느라 아침이 밝는 줄 모르더니,
여기저기서 새 지저귀는 소리 들리네.
밤사이 비바람 소리 요란했는데,
꽃은 또 얼마나 떨어졌는지 모르겠구려.

──── 『맹호연집孟浩然集』

밤에 녹문산鹿門山으로 돌아가며

산사에서 울리는 종소리 어느덧 날은 어두워지고,
어촌마을 부둣가는 강 건너려는 사람들로 시끄럽네.
행인들은 모랫길 따라 강가 마을을 향해 가고,
나도 또한 작은 배 타고 녹문산으로 돌아가네.
녹문산 위에 걸린 달은 안개 자욱한 나무를 비추고,
어느덧 방덕龐德 공이 은거해 살던 곳에 다다랐네.
바위문과 소나무 오솔길에는 오랫동안 인적 드문데,
오로지 은자隱者인 나만이 이 길을 오가는구나.

──── 『전당시全唐詩』

인도 구법여행에서 경전을 가지고 돌
아오는 현장玄奘 법사를 장안성에서
영접하는 당 태종太宗.
로버트 잉펜(Robert Ingpen) 作

불법佛法이 있는 곳에 방법이 있다

불광 성운(佛光星雲, 1927~)

무엇이 불법佛法일까?

인과因果와 응보應報가 불법이요,

세상살이 고초가 불법이요,

자비慈悲와 희사喜捨가 불법이요,

인간세상을 이롭게 함이 불법이요,

인내忍耐와 무아無我가 불법이요,

적극적인 선행이 불법이다.

팔정도八正道가 곧 불법이요,

육화경六和敬이 곧 불법이요,

칠각지七覺支가 곧 불법이요,

삼해탈三解脫이 곧 불법이다.

무릇 세간의 좋은 사리事理라면 불법 아닌 것이 없다.

"불법이 있는 곳에 방법이 있다." 진실 되게 믿어라.

———『미오지간迷悟之間』

어진 이를 등용하라 【절록節錄】

당唐 이세민(李世民, 599~649)

구리로 거울을 만들면 의관을 단정히 할 수 있고,
옛 것을 거울로 삼으면 홍망성쇠를 알 수 있으며,
사람을 거울로 삼으면 득실을 분명히 알 수 있다.
항상 이 세 거울을 지니고, 자신의 잘못을 예방하는 거울로 삼아라.

―――『정관정요貞觀政要』

백자명百字銘

농부는 힘써 일해도 대부분 밤을 지낼 식량이 부족하고,
베 짜는 여인은 부지런히 베를 짜도 추위를 막아줄 의복이 부족하다.
하루 세 끼 먹으면서 마땅히 농부의 노고를 기억하여라.
몸에 걸친 옷을 보면 베 짜는 여인의 노고를 기억하여라.
실은 가닥마다 수천 마리 누에의 생명에서 얻어지고,
밥 한 그릇에도 백여 차례의 도리깨질이 있는데,
아무런 수고 없이 받으려니, 침식寢食이 편안치 않는구나.
덕 있는 친구를 사귀고, 이롭지 못한 친구와는 절교하라.
올바른 재물만을 취하고, 명분이 없는 술을 경계하라.
항상 삼가는 마음을 품고, 시비의 근원인 입을 닫으라.
능히 이 말을 따른다면 부귀와 공명이 오래 지속될 것이네.

―――『성세시사선醒世詩詞選』

술이편述而篇 【절록節錄】

춘추시대春秋時代, 공자(孔子, B.C. 551~479)

세 사람이 함께 길을 가면, 반드시 그 가운데 나의
스승이 될 만한 사람이 있다. 그의 좋은 점을 택하
여 따르고, 그의 나쁜 점은 살펴서 고쳐야 한다.

三人行 必有我師焉 擇其善者而從之 其不善者而
改之

옹야편雍也篇 【절록節錄】

지혜로운 자는 물을 좋아하고, 어진 자는 산을 좋
아한다.

지혜로운 자는 동動적이고, 어진 자는 정靜적이다.

지혜로운 자는 즐겁게 살고, 어진 자는 오래 산다.

智者乐水 仁者乐山 智者动 仁者静

智者乐 仁者寿

공자상

안연편顔淵篇 【절록節錄】

예가 아니면 보지 말고, 예가 아니면 듣지 말라.

예가 아니면 말하지 말고, 예가 아니면 움직이지
말라.

非禮勿視 非禮勿聽 非禮勿言 非禮勿動

───『논어論語』

애련설愛蓮說 【절록節錄】

송宋 주돈이(周敦頤, 1017~1073)

진흙 속에서 피어도 물들지 않고
맑은 물에 씻기어도 요염함을 뽐내지 않기에 나는 연꽃을 좋아한다.
줄기의 속은 텅 비고 겉모양은 곧게 뻗으며
마디가 없고 곁가지가 나지 않는다.
맑은 향은 멀리 퍼질수록 더욱 짙어지고
빼어난 자태 멀리서 감상만 할 뿐 가지고 놀 수는 없다.

연꽃 찬양

땅 위의 모든 꽃과 아름다운 향기를 다투고,
푸르른 물 가득한 못 옆에서 묵묵히 향을 피운다.
복숭아꽃 오얏나무와 봄바람을 다투지 않고,
음력 7월 더위를 보내고 선선함을 불러온다.

───── 『주원공집周元公集』

영정양零丁洋을 지나며

송宋 문천상(文天祥, 1236~1283)

경문을 열심히 공부해 어렵사리 벼슬자리 얻었건만,
전쟁에서 포로가 된 지 어느새 네 해가 흘러갔구나.
강산은 깨어지고 부셔져 바람에 날리는 버들 솜 같고,
부침하는 나의 신세는 비 맞은 부평초와 같구나.
황공탄惶恐灘에서 붙잡혔을 때는 당황하고 두려웠으며,
영정양零丁洋에서 포로생활 할 때는 고단하고 외로웠다.
예로부터 한 번 태어나 죽지 않는 사람이 어디 있으랴?
변치 않는 나의 붉은 마음 청사에 길이 남기고자 하노라.

———『문산집文山集』

역정기가譯正氣歌 【절록節錄】

조우배(趙友培, 1913~1999)

우주에 생명을 가득 불어넣는 호방한 정기!
산과 강, 태양과 별 등 밝고 위대한 형체는
시들지 않는 영혼을 품고 성장시킨다.
이것은 숭고한 인류의 불굴 의지를 상징한다.
평화 시기에는 나라를 위하여 헌신하는 동량이요,
세상이 어지러울수록 의지는 더욱 굳건해지고,
환경이 험악할수록 절개는 더욱 빛을 발한다.
드높은 명성은 천년만년 후대 사람의 마음에 살아 있다.
장렬하게 희생한 수많은 호걸들은 모두 세상의 인재였다.

새로운 역사의 한 페이지가 펼쳐질 때,

내가 눈 깜짝하는 사이 높이 솟은 빙산이 쾅 무너졌다.

봄날 아침의 밝은 햇빛은 대지와 산하를 비추고

인간세상의 정기로 스며들어 만대에 전해진다.

그들의 충심어린 희생은 태양과 달과 함께 밝게 빛나고,

개인의 생사는 바다에 떠다니는 부평초처럼 여긴다.

오, 바른 정신이여!

인간 역사에 스며들어 있는 정기여!

세계의 질서를 확립한 이가 바로 그대로구나.

사회의 윤리를 유지한 이가 바로 그대로구나.

도덕의 근간을 확고히 한 이가 바로 그대로구나.

죽음, 예로부터 오늘날까지 누가 죽음으로부터 면죄를 받았던가?

이 몸이 찢기고 뼈가 부서질지라도 나는 갈망한다.

충성을 다 하고자 하는 내 마음은 영광과 환희로 가득찰 것이다.

───『고금문선古今文選』

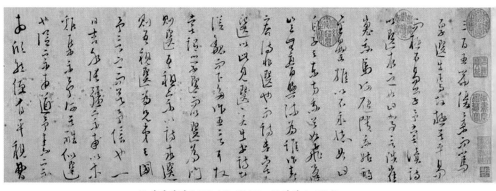

목계집서권木雞集序卷 (부분), 문천상文天祥 作

함양 涵養

청清 금영(金纓, 생몰년도 미상) 편술

좌절 한 번 겪고 나면 식견이 한 번 자라고,
엇나감을 한 번 포용하면 도량이 좀 더 늘어나고,
조금만 덜 타산적이면 도덕성이 좀 더 많아지고,
조금 더 양보하면 좀 더 편리함을 받을 수 있고,
조금 더 많이 즐기면 복은 좀 더 줄어들고,
물욕이 조금 옅어지면 건강이 더욱 두터워진다.
조금 더 살피면 세상물정 좀 더 알게 된다.

부귀빈천론 富貴貧賤論

부유하면 보시함을 덕으로 삼고,
가난하면 구걸하지 않음을 덕으로 삼으며,
귀하면 아랫사람을 덕으로 삼고,
비천하면 권세를 잊음으로 덕을 삼는다.

일념각지 一念覺知

고요히 앉은 뒤에야 평소 기운이 들떴음을 알았네.
침묵하고 난 뒤에야 평소 말이 조급했음을 알았네.
일을 줄이고 난 뒤에야 평소 마음이 바빴음을 알았네.
문을 닫고 난 뒤에야 평소 사귐이 지나쳤음을 알았네.
욕심을 줄인 뒤에야 평소 탐욕의 병 많았음을 알았네.
감동을 받은 뒤에야 평소 인정이 각박했음을 알았네. 『격언연벽格言聯璧』

대자비 大慈悲

불광 성운(佛光星雲, 1927~)

『관무량수경觀無量壽經』에서는 "모든 부처님의 마음은 대자비 그 자체이니, 인연이 없어도 자애로움을 베풀어 모든 중생을 거두신다(諸佛心者 大慈悲是 以無緣慈攝諸衆生)"하였다. 보살은 중생을 긍휼히 여기고, 가깝고 멀고를 나누지 않으므로 우리는 반드시 모든 불보살을 본받아 좁은 의미의 사랑을 탈피해 국가와 온 세상을 사랑해야 한다. 우리는 자비심으로 더 널리 사랑하고, 지혜로움으로 사랑하는 것들을 더욱 정화하며, 존중하는 마음으로 사랑하는 것들을 대하고, 희생하는 마음으로 사랑하는 것들을 이루도록 해야 한다. 사람과 사람이 서로 사랑하고 가깝게 지내면 우주세간만큼 넓은 곳이 또 있을까!

───『인간불교논문집人間佛教論文集』

석가모니불 좌상

푸른 소나무와 꽃

명明 유기(劉基, 1311~1375)

선善은 푸른 소나무와 같고, 악惡은 꽃과 같아
눈앞에 두고 보기는 꽃에 못 미치지만,
어느 아침 한 차례 서리 맞고 나면
꽃은 보이지 않고 오로지 푸른 소나무만 보인다네.

─── 『성운설게星雲說偈』

선악엔 과보果報가 있다

명明 오승은(吳承恩, 1500~1582)

사람이 마음에 한 생각을 품으면 천지가 모두 알아차린다.
선악에 만약 과보가 없다면 건곤乾坤도 사심을 가졌음이라.
人心生一念 天地悉皆知 善惡若無報 乾坤必有私

─── 『서유기西遊記』

사소우賜蕭瑀

당唐 이세민(李世民, 599~649)

질풍을 맞고서야 어느 풀이 억센지를 알 수 있고,
혼란한 정국 속에서 누가 충신인지 알 수 있다.
용맹한 자가 어찌 도의를 깊이 알 수 있겠는가,
오로지 슬기로운 자만이 어진 마음을 지닌다.
疾風知勁草 板蕩識忠臣 勇夫安識義 智者必懷仁

─── 『전당시全唐時』

나는 부처다

불광 성운(佛光星雲, 1927~)

마음속에 항상 '나는 부처다'라는 두 마디를 간직하고 있으면, 타인을
대하거나 일 처리할 때 커다란 도움을 준다. 다른 사람과 대화를 할 때
도 나는 부처님이 말을 하는 거라고 생각하고, 대중에게 법문을 할 때
도 나는 부처님이 법문을 한다고 생각한다. 그래서 나는 근기를 보고
가르침을 주어 중생이 두려움을 가지지 않도록 제도한다.

완고한 제자들을 가르칠 때는 부처님께서 가르침을 준다고 생각하고
인내심을 갖고 차근차근 일깨워주고 이끌어준다. 겁약怯弱한 중생을
대할 때는 부처님이 그들 앞에 있다고 생각하고 그들의 입장이 되어
믿음과 희망을 심어준다.

비록 나는 아직도 범부에 지나지 않고 '부처'의 경지와는 거리가 멀지
만, 마음마다 생각마다 늘 부처님이 내 곁에 있기에, 나 자신도 부처님
의 가피를 받고, 부처님의 힘을 얻는 듯하다.

『법화경法華經』에서는 "나무불 한 번 부르면 모두 불도를 이룬다(一稱
南無佛 皆共成佛道)" 하였으니 진실되게 믿어라.

———『왕사백년往事百年』

법해사 대웅보전 서벽, 오불상

'무릉춘武陵春' 봄날 밤

송宋 이청조(李淸照, 1084~1155)

바람도 멎었고 흙 속에 밴 꽃향기도 사라지고 없다네.

고개 들어보니 해가 중천이건만 나는 머리 빗기가 귀찮구나.

경치는 그대로인데 사람은 없으니 일은 손에 잡히지 않고,

하소연을 하려니 눈물이 먼저 흘러내리네.

쌍계의 봄 경치가 좋다고 하니, 배나 띄워 놀아 볼까나.

쌍계의 거룻배가 나의 무거운 근심까지 실을 수 있을까 걱정이로세.

───『수옥사漱玉詞』

'우미인虞美人' 청우聽雨

송宋 장첩(蔣捷, 1245~1301)

젊어 가루歌樓에서 빗소리 들을 때는,

붉은 촛불 아래 비단 휘장 어스름하였고,

장년에 배 위에서 빗소리 들을 때는,

드넓은 강과 낮게 드리운 구름, 외기러기 갈바람에 울었다.

지금은 절집에 유하며 빗소리를 듣노니,

귀밑머리는 이미 희끗희끗하다.

슬픔 기쁨 헤어짐 만남은 모두 덧없으니,

밤새 섬돌 앞에 물방울 떨어지게 두노라.

───『죽산사竹山詞』

'당다령唐多令' 석별惜別

송宋 오문영(吳文英, 1200~1260)

'근심할 수愁'는 어떻게 만들어진 것인가?

이별하는 사람의 마음 위에 가을 하나 올려놓았네.

가을비 그친 뒤라도 파초에 부는 바람은 쌀쌀하거늘,

저녁 무렵 서늘할 때 날씨가 가장 좋다고들 말하네.

휘영청 밝은 달 아래 높은 누각에 오르기 두렵다네.

꽃잎이 안개 낀 수면으로 내려앉아 물 따라 흘러가듯,

지나간 날들도 꿈속인양 쉼 없이 흐르는구나.

제비는 이미 남쪽 고향으로 돌아갔는데,

객인 나만 홀로 여기 남아 있구나.

휘영청 늘어진 버들가지는 그녀의 치마끈도 붙잡지 못하고,

외려 내가 타고 갈 배를 꼭꼭 동여매었구나.

────『화암사선속집花菴詞選續集』

좌관운기坐觀雲起
이소곤李蕭錕 作

계자서誡子書 【절록節錄】

삼국시대 제갈량(諸葛亮, 181~234)

무릇 군자는 행동함에 있어 고요함으로 자신을 수양하고, 근검함으로 자신의 고상한 품성을 기르나니, 욕심이 없고 마음이 깨끗하지 않으면 뜻을 밝게 할 수 없고, 안정되지 않으면 원대한 뜻을 펼칠 수 없다.

배움에는 반드시 고요해야 배울 수 있고 배움이 없이 재능을 넓힐 수 없으며, 고요함 없이 배움을 이룰 수 없다. 나태하면 세밀한 연구를 할 수 없고, 사납고 충동적이면 이성적일 수 없다.

세월이 시간과 함께 흘러갈 때 의지도 세월 따라 점점 무디어간다. 마르고 시든 나처럼 세상에서 내쳐지고 사회에서 쓸모없게 되어 홀로 집이나 지키는 신세가 되고 난 뒤에는 후회해도 때는 이미 늦으리라.

―――『계자통록誡子通錄』

'산파양山坡羊' 십부족十不足

명明 주재육(朱載堉, 1536~1610)

굶주림 면하고자 동분서주했건만, 음식 생기니 옷 생각이 나는구나.

비단 옷 몸에 걸치고서 고개를 들어보니 집이 누추하게 여겨지네.

커다란 집에 높은 누각까지 짓고 보니 잠자리에 예쁜 아내가 없구나.

사랑스러운 처첩까지 맞이하고 나니 외출할 때 탈 말도 없구나.

훌륭한 말을 돈 주고 사들이니 앞뒤에서 수행할 시종들이 적구나.

집안 하인 불러 열 명을 채우니 돈 갖고 허세를 부린다고 놀리네.

현령에 뽑혀 관리의 반열에 올랐더니 또 관직이 낮다고 멸시하네.

오르고 올라 재상의 지위에 올랐더니 매일 제위에 오를 생각하네.

천하를 다스리는 황제가 되었더니 또 신선과 바둑 두고 싶어지네.

여동빈과 바둑 두며 하늘로 올라가는 사다리 어디 있는지 묻는다.

하늘로 가는 사다리 밟기도 전에 염라대왕이 귀신 보내 재촉하네.

만일 이 사람 죽지 않고 하늘에 오른다 해도 누추하다 싫어할 것이네.

───『성세사醒世詞』

고일도高逸圖, 손위孫位 作

오계五戒

불광 성운(佛光星雲, 1927~)

살생하지 않음은 타인의 생명을 침해하지 않는 데서 더 나아가
적극적으로 생명을 아끼고 보호하는 것이다.
도둑질하지 않음은 타인의 재산을 침해하지 않는 데서 더 나아가
타인의 재산을 존중하는 것이다.
음행하지 않음은 타인의 신체를 침해하지 않는 데서 더 나아가
타인의 정절을 존중하는 것이다.
거짓말 하지 않음은 타인의 명예를 침해하지 않는 데서 더 나아가
타인의 미덕을 널리 알리는 것이다.
술을 마시지 않음은 자신의 이성을 상하지 않는 데서 더 나아가
자타의 신심의 건강을 존중하는 것이다.

———『당대인심사조當代人心思潮』

존중과 포용

타인의 자유를 존중한다면
침범과 강탈하는 대신 오계를 받들어 지니어라.
생명의 가치를 존중한다면
생명을 해치는 대신 기쁘게 나누고 보시하여라.
대중의 소유를 존중한다면
자신의 이익 대신 함께 누리고 이롭게 하여라.
천지의 생물을 존중한다면
해치고 파괴하는 대신 보호하고 보살펴주어라.

———『인간불교어록人間佛教語錄』

수월관음보살상

심안평안 心安平安

청淸 정섭(鄭燮, 1693~1765)

가득하면 줄어들 계기가 되고,
부족하면 채워질 차례가 된다네.
자신이 손해를 봄은 곧 타인에게 이익이 되니,
밖으로는 타인의 마음을 평안케 하고,
안으로는 내 마음을 편안하게 한다네.
이미 평안하다면 복은 바로 그 안에 있을 것이네.

어수룩하기 어렵다

총명하기 어렵고, 어리석기도 어렵지만,
총명한 사람이 어수룩해 보이기는 더욱 어렵다.
한 집착 내려놓고 한 걸음 물러나는 순간 마음은 편안해지니,
이는 훗날에 복을 받고자 함이 아니다.

죽석 竹石

청산을 단단히 붙잡아
갈라진 바위 사이 뿌리를 내렸네.
천만번 좌절과 시련 겪고도 굳건하니
동남풍이든 서북풍이든 마음대로 하여라.

───『판교전집板橋全集』

어찌 처세할까

명明 경정향(耿定向, 1524~1597)

세속적인 감정이 무성할 때는 엷어질 수도 있어야 하고,

세속적인 감정으로 괴로울 때는 참을 수도 있어야 하고,

세속적인 감정으로 우울할 때는 해소할 수도 있어야 하고,

세속적인 감정으로 탐닉에 빠질 때는 건져 올릴 수도 있어야 하고,

세속적인 감정으로 혼란할 때는 한가로울 수도 있어야 하고,

세속적인 감정으로 엉켜 있을 때는 잘라낼 수도 있어야 하고,

세속적인 감정으로 자만할 때는 누를 수도 있어야 하고,

세속적인 감정으로 낭비할 때는 절약할 수도 있어야 하고,

세속적인 감정으로 인내하기 어려울 때는 인내할 수도 있어야 하고,

세속적인 감정으로 포용하기 어려울 때는 포용할 수도 있어야 한다.

───『사서선四書選』

침묵

양실추(梁實秋, 1903~1987)

깨달음을 이룬 선비는 속세의 번뇌를 이미 마음에 담아두지 않기에 자연히 침묵의 경지를 감상할 수 있다. '침묵'이란 말을 입 안에서 다시 삼키는 것이 아니라 근본적으로 할 말이 없는 것이다. 그러므로 "도를 아는 자는 아는 것을 함부로 말하지 않으며, 말을 하는 자는 알지 못 하는 것이다"라고 하였다. 부처님께서 영산회상에서 꽃을 들고 대중에게 보이시자 대중이 모두 그 뜻을 알지 못해 조용했지만, 오로지 가섭존자만이 얼굴에 미소를 지었다 한다. 이 회심의 미소가 천만 마디의 말을 뛰어넘는 것이다. ───『아사소품속집雅舍小品續集』

선禪의 세계

불광 성운(佛光星雲, 1927~)

선자禪者는 세상을 대할 때 천지를 존경하고 공경하며 하나의 기연機緣
이라도 절대 포기하지 않는다.

그들은 일상생활을 평상심으로, 미래세계를 청정심으로 장엄하게 하
며, 그 자리에서 마음을 변환하여 생명의 경계를 더욱 끌어올린다.

선禪의 생활

물고기가 물을 떠나 살 수 없고 나무에게 흙이 없어서는 안 되는 것처
럼, 선자禪者는 의식주행을 하는 일상생활에서 울력을 떠나 살 수 없다.
생활 속 울력은 선자의 도량이다. 수많은 선사들 모두 장작을 패고 가
마니를 나르며 깨달음을 얻었다.

마찬가지로 우리도 인생을 살면서 저마다 직업을 갖고 실질적으로 일
처리를 하며, 경험하고 의지를 단련하며, 뼈를 갈고 닦아야 한다. 우리
의 인생은 그 안에서 수없이 되풀이하면서 천신만고를 겪지 않으면 깨
달음을 얻거나 성공을 이루기 어렵다.

───『선문어록禪門語錄』

한가하게 놓아 두어라.
이소곤李蕭錕 作

도일체고액度一切苦厄
왕북악王北岳 作

보살이 불도를 닦는 방법

동진東晉 구마라즙(鳩摩羅什, 344~413) 한역

어째서 보살의 마음이 견고하고 권태롭지 않다 하는가?
첫째는 모든 중생에게 대비심을 일으키는 것이고, 둘째는 정진하여 나태하지 않는 것이며, 셋째는 생사는 꿈과 같음을 이해하고 믿는 것이고, 넷째는 부처님의 지혜를 깊이 헤아리는 것이다.

어째서 보살은 대를 거듭해 태어나도 보리의 마음을 잃지 않는가?
첫째는 항상 부처님을 생각하고 염불하는 것이고, 둘째는 지은 모든 공덕이 보리가 되게 하는 것이며, 셋째는 선지식을 가까이하는 것이고, 넷째는 대승大乘을 칭송하여 널리 알리는 것이다.

어째서 보살이 중생 가운데서 방편을 잘 안다 하는가?
첫째는 중생의 뜻에 순응하는 것이고, 둘째는 타인의 공덕에 기쁜 마음을 일으키는 것이며, 셋째는 잘못을 뉘우치고 죄를 없애는 것이고,

넷째는 모든 부처님께 청하여 권하는 것이다.

어째서 보살은 남의 가르침을 받지 않고 스스로 육바라밀을 수행할 수 있는가?
첫째는 보시로 타인을 인도하는 것이고, 둘째는 타인이 계법을 무너뜨린 죄를 발설하지 않는 것이며, 셋째는 사람의 마음을 거두는 법을 잘 알아 중생을 교화하는 것이고, 넷째는 깊은 가르침을 이해하고 통달하는 것이다.

어째서 보살은 부처의 종자를 끊지 않는가?
첫째는 서원誓願이 물러나지 않는 것이고, 둘째는 말한 바는 반드시 실천하는 것이며, 셋째는 정진하고자 하는 마음을 크게 내는 것이고, 넷째는 깊은 마음으로 불도를 행하는 것이다.

───『사익범천소문경思益梵天所問經』

듣지도 보지도 않는 세계

불광 성운(佛光星雲, 1927~)

"진정 들을 줄 아는 이는 소리가 없는 소리도 들어야 하고,
진정 볼 줄 아는 이는 모습이 없는 모습도 볼 줄 알아야 한다."

조용히 눈을 감고 칠흑 같은 어둠의 세계에서 마음에 등불 하나를 켠
다. 아, 본디 세상의 모든 것은 나의 마음에 있었구나! 나는 밖이 아닌
안을 보는 법을 배웠으며, 유有가 아닌 무無를 보는 법을 배웠으며, 허
망이 아닌 진실을 보는 법을 배웠으며, 타인이 아닌 자신을 보는 법을
배웠다.

3개월 뒤, 나는 난간에 서서 지그시 눈을 감고 푸르른 산과 강, 파란 하
늘과 흰 구름을 보았다. 그 아름다움이란 이루 형용할 수가 없었다.

자신의 내면을 들여다보던 나날이 지나자 산은 여전한 산이요, 강도
여전한 강이었지만, 마음에 자리한 느낌은 이미 예전과 크게 달라져
있었다.

지금도 밤길을 걷고 계단을 오르내림에 눈으로 보지 않더라도 걸림이
없이 무척 자유롭다. 더구나 나는 마음의 눈으로 세간의 일을 느끼는
것이 육신의 눈으로 관찰하는 것보다 더 사실적이고 진실 된다고 늘
느껴왔다.

─── 『왕사백어往事百語』

신심명信心銘 【절록節錄】

수(隋) 승찬(僧璨, ?~606)

도에 이르기는 어렵지 않지만, 오로지 선택하는 것을 싫어할 뿐이네.

다만 미워하고 사랑하는 마음이 없다면 밝고 환하게 알게 되리라.

역행과 순행이 서로 다투면 이것은 마음의 병이 되리라.

현묘한 뜻을 알지 못하고 생각만 고요하게 하니 헛된 일일 뿐이네.

인연이 있다고 해도 쫓아가지 말며 공하다고 해도 머물지 말라.

한 가지를 바르게 가지고 있다면 모두 사라져 저절로 다하게 되리라.

잠깐 동안이라도 시비가 생기면 혼란스러워져 마음을 잃게 되리라.

육진六塵을 싫어하지 않으면 여실하게 깨닫는 것과 동일하리라.

꿈속의 허상과 허공에 핀 꽃을 어째서 움켜잡으려 애쓰는가.

얻고 잃음, 옳고 그름을 일시에 놓아버려야 할 것이네.

산사에서 듣는 소나무 소리(부분), 이소곤李蕭錕 作

방촌론方寸論 【절록節錄】

수隋 도신(道信, 580~651)

헤아릴 수 없이 많은 법문은
모두 한 방촌(方寸, 마음)으로 돌아간
다네.
강가의 모래처럼 많은 수승한 공덕은
오로지 자신의 마음에 존재한다네.
일체의 계정혜戒定慧 삼문三門과 신통
변화는
모두 스스로 구족하여, 그대의 마음에
서 떠나게 하지 말아야 하리.
일체의 번뇌와 업장이 본래 텅 비고
고요하니,
일체의 인과가 모두 꿈속의 허상 같
다네.
벗어나야 할 삼계三界도 없고, 구해야
할 보리도 없다네.
사람인 것과 사람 아닌 것의 성품은
서로 평등하다네.

──── 『어선어록御選語錄』

첨하설법도簷下說法圖, 이소곤李蕭錕 作

천자문 千字文 【절록節錄】

남양南梁 주흥사(周興嗣, 469~521)

잘못을 알면 반드시 고쳐야 하고,

얻은 뒤에는 능히 잊지 말아야 한다네.

남의 단점을 꺼내 말하지 말고,

자신의 장점은 과신하지 말아야 한다네.

행실이 올바르면 어진 사람이 되고,

생각을 다스릴 줄 알면 성인이 된다네.

항상 덕을 행하면 이름이 바로 서고,

몸이 단정하면 올바름이 겉으로 드러난다네.

화禍는 악행을 쌓은 것이 원인이고,

복福은 선행으로 맺어진 인연이라네.

한 자나 되는 구슬은 보배가 아니요,

한 치의 시간을 아끼는 것이 중요하다네.

아버지를 섬기듯이 임금을 섬기되,

항상 엄숙함과 공경함을 함께 해야 한다네.

부모에게 효도할 때는 힘을 다하고,

나라에 충성할 때는 목숨을 다해야 한다네.

知過必改 得能莫忘 罔談彼短 靡恃己長

景行維賢 剋念作聖 德建名立 形端表正

禍因惡積 福緣善慶 尺璧非寶 寸陰是競

資父事君 曰嚴與敬 孝當竭力 忠則盡命

──── 『양문기梁文紀』

젊은이의 인생에 대하여 【절록節錄】

당군의(唐君毅, 1909~1978)

젊은이 여러분, 천성적인 맑고 순수함에서 벗어나 빈번히 마음속의 먼지와 때를 털어낸 적이 있습니까?

여러분은 진정으로 자신의 역량을 배양하여 역사와 문화의 토양에 뿌리를 깊이 내리고 자양분과 수분을 흡수하듯이 압력에 굴하지 않고 권위에 도전하며 장애물을 헤쳐 나가 본 적이 있습니까?

여러분은 사회의 최고의 정의가 뭔지 곰곰이 생각하고, 온 힘을 다해 그 정의를 실현하려고 해본 적이 있습니까?

여러분은 넓은 포부와 드높은 기개, 그리고 밝은 미래를 보고자 스승 같은 친구나 오래된 현인과 벗하고자 갈망한 적이 있습니까?

이런 것들은 여러분 자신의 노력에 따라 얻어지는 것이지, 젊은이가 가진 특권이라며 당연시해서는 안 됩니다. 젊은이들이 가진 특권은 젊음과 함께 왔다가 젊음과 함께 가버리고 만다는 것을 알아야 합니다.

"그대들이 젊음을 믿고 오늘은 나를 누를 수 있지만, 훗날 마찬가지로 백발이 그대들을 곱게 보내주지 않을 것이다"라는 말이 있습니다.

여러분이 중년이 되면 과연 어떤 모습이 되어 있을까요? 한때 자신이 경멸했던 무기력한 중년 또는 늙어 꼬부라진 노인이 될 것입니까?

"6국을 멸한 진왕조의 통치자는 자신의 멸망을 통탄할 겨를이 없고, 대신 그 슬픔은 후손들의 몫이 되었다. 그러나 그 후손도 슬퍼만 하고 이를 경계로 삼지 않는다면 그 슬픔은 또 다시 다음 후손에게 물려줘야 한다"라고 했습니다.

세상에서 "우리가 겪었던 것을 후대가 똑같이 겪어야 한다"는 것보다 더 큰 비극이 또 있을까요? ——— 『청년과 학문(靑年與學問)』

四月 28日

학습과 처신 【절록節錄】

전목(錢穆, 1895~1990)

인간의 품성은 아주 어릴 때부터 배우고 익히면서 배양해야 한다. 나이가 들었다 하여도 마땅히 끊임없이 공부하고 열심히 익혀야 한다. "늙어죽을 때까지 배워야 한다"는 속담처럼 배움에는 끝이 없다. 학생은 졸업이 있지만, 인생에는 영원히 졸업이 없다. 죽음의 순간조차도 해야 할 것들을 해야 하는 것이 인간이다. 죽은 뒤에야 이 학습과정은 끝이 난다.

왜 인간은 배움을 통해 더 높은 단계로 나아간다고 하는 걸까? 책으로부터 본보기가 되는 우수한 인생경험과 심오한 정서를 가진 다양한 종류의 사람들을 만날 수 있기 때문이다. 그들은 수천 수백만 명 사람들 가운데 부각된 것이고, 오랜 시간의 검증을 통해 그들의 전설이 오늘날까지도 전해져 오고 있는 것이다. 공자의 예를 들어보자. 공자의 시대로부터 2,600여 년이 흘렀지만, 공자에 대적할 만한 사람이 과연 몇이나 될까?

더 나아가 석가모니, 예수, 무함마드 등을 우리가 존경하고 숭배하는 이유는 그들의 인간성과 됨됨이 때문이다.

복권 당첨으로 백만장자가 된 사람의 전설은 후대에까지 전해지는 법은 없다. 심지어 대통령이나 황제조차도 오래도록 기억되거나 추앙받는 경우는 드물다.

우리가 인간이 되기를 진정으로 바란다면 남은 인생에서 다음의 말을 모토로 삼으면 된다.

"감정은 키우고, 정신세계는 고양시켜라."

——『전빈사선생전집錢賓四先生全集』

석여의釋如意

뜻대로, 뜻대로, 만사가 뜻대로 되어라.

저 사람은 저 사람의 뜻이 있고, 나는 나의 뜻이 있네.

저 사람 뜻에 맞는다고 나의 뜻과도 맞지는 않으리라.

나의 뜻에 맞는다고 저 사람 뜻에 맞지도 않을 것이니,

저 사람 뜻과 나의 뜻이 하늘의 뜻은 아닐 것이네.

하늘의 뜻에 맞으면 자연 뜻대로 될 것이라네.

뜻대로, 뜻대로, 만사가 뜻대로 되어라.

───『반야문해般若文海』

감숙성 돈황 막고굴 제112굴
관무량수경변상 악무樂舞

인생에 대한 이해 【절록節錄】

임어당(林語堂, 1895~1976)

자연의 법칙을 거스르지 않고도 자유롭고 행복한 사람이 된다는 것은, 마치 연극에 비유할 수 있다. 뛰어난 배우는 거짓임을 알면서도 실제 생활보다 더 사실적이고, 자연스럽고, 더 즐겁게 자기 자신을 표현할 수 있다.

인생 또한 이러하다. 참과 거짓, 득과 실, 명예와 이익, 존엄과 비천함, 부와 가난을 따지지 않는 것이 가장 중요하다. 차라리 매일 매일을 행복하게 사는 방법과 그 안에서 인생의 시적 부분을 어떻게 찾을 것인가를 고민하라.

어떤 면에서 보면 인생은 불완전한 것이 정상이고, 원만한 것은 오히려 비정상이다. "달이 이지러진 날은 많지만, 둥근 날은 많지 않다"라는 이치와 같다.

우리가 이런 식으로 인생을 이해한다면, 우리는 좀 더 많이 이해하게 되고, 더 많이 자유로울 것이다.

고뇌와 우울한 나날들은 바람과 함께 사라질 것이다.

―――『인생은 그저 이러하다(人生不過如此)』

5月
May

삶의 여행자를 위한
365 日

시자侍者가 부모를 그리워하다

당唐 김교각(金喬覺, 696~794)

불문이 적적하여 네가 집 생각이 나는구나,

구름 서린 사찰과 이별하고 산을 내려가거라.

고향에선 친구들과 말을 타며 즐거이 지내느라,

절에서 했던 진리 탐구는 게을리 하겠지.

병으로 계곡의 달을 건져 담으려 하지 말고,

찻잎 끓이는 중에 쓸데없이 꽃일랑은 꽃지를 마라.

아쉬움에 눈물 흘리지 말고 너는 내려가거라.

나는 안개와 구름 벗하며 지낼 터이니!

———『지장본원경과주地藏本願經科註』

주리반특가周利槃特迦 이야기
도노度魯 作

향림소탑 香林掃塔

청清 금농(金農, 1687~1764)

불문佛門에서는 제일 먼저 물 뿌리고 비로 쓸기를 한다.
사미에서 노승까지 각자 맡은 바 일이 있으니,
아침 일찍 일어나 성실하게 일하지 않는 자가 없다.
향림에는 탑이 있으니 비로 쓸고 씻어내고, 씻어내고 또 비로 쓴다.
부처님 사리의 밝은 빛은 탑이 아니라 손에서 나는 것이다.

───── 금농金農의 '향림소탑도香林掃塔圖' 화제畵題

경서재명敬恕齋銘 【절록節錄】

송宋 주희(朱熹, 1130~1200)

자신이 하기 싫으면 남에게도 시키지 말라.

스스로 그것을 행하면 다 같이 화목하다.

안으로는 가족에 순응하고 밖으로는 나라와 함께 하라.

큰일이든 작은 일이든 관계없이 원망과 두려움을 내지 말라.

어짊을 행한 공로는 이처럼 지극하다 말할 수 있나니,

타인을 공경하고 용서로 대하면 영원토록 싫어함이 없을 것이다.

이론과 행동 【절록節錄】

아는 것과 행하는 것 모두 함께 힘써야 한다.

이론이 투철할수록 행동은 더욱 진실해진다. 행동이 진실할수록 이론
은 더욱 분명해진다. 이 두 가지 중 어느 한쪽도 소홀히 해서는 안 된다.
사람의 두 발이 앞서거니 뒤서거니 하여야 점점 앞으로 걸어 나갈 수
있는 것과 같은 이치이다. 만일 한쪽이 제 기능을 못한다면 한 걸음도
나아가기 힘들 것이다.

또한 먼저 깨달아 얻은 뒤에 실천하여야 한다. 그러므로 『대학』에서는
먼저 알아 깨우쳐야 한다(致知)고 말하고, 『중용』에서는 인仁과 용勇에
앞서 지知를 말했으며, 공자는 '먼저 지혜가 거기에 미쳐야 한다(知及
之)'고 하였다.

배우고, 신중히 생각하고, 명백하게 분별하고, 힘써 실천하는 데 어느
것 하나도 부족해서는 안 된다.

───『주자전서朱子全書』

장사숙張思叔 좌우명

송宋 장역(張繹, ?~1108)

무릇 믿음이 가도록 말을 하고, 공경스럽게 행동하라.

반드시 절제 있게 음식을 먹고, 반드시 반듯하게 글을 써라.

반드시 단정하게 용모를 가꾸고, 반드시 정갈한 옷차림을 하라.

반드시 차분하게 걸음을 걷고, 반드시 조용하게 머물도록 하라.

반드시 계획을 세워 일을 처리하고, 실천을 염두에 두고 말하라.

공중도덕은 반드시 준수하고, 약속할 때는 반드시 신중히 대답하라.

선을 보면 자신이 행한 듯하고, 악을 보면 자신의 병인 듯 여기라.

무릇 이 열 네 가지를 나는 아직 깊이 성찰하지 못했으니,

이를 써서 응당 한쪽에 두고 조석으로 보며 경계로 삼을 것이다.

──────『송명신언행록宋名臣言行錄』

안좌차화도晏坐茶話圖, 이소곤李蕭錕 作

차라리 어릿광대가 되리

불광 성운(佛光星雲, 1927~)

우리는 항상 타인의 얼굴 표정 하나하나에 희노애락을 드러내며 휘둘리고 있다. 또한 오욕의 허망한 세계 안에서 행복을 만들어 가고 있다.
말 한마디에 연연하고, 일 하나에 좌불안석이다.
누군가에게 정신을 뺏기고, 생각 하나에 평생을 후회하기도 한다.
외경에 대해 굳건한 의지를 가지면 바로 고통을 없앨 수 있다.
시비를 가리고 비교하기를 멀리 하면 인간사의 온갖 시달림을 떨쳐버릴 수 있다.
어디에도 기우는 마음이 없으면 날마다 봄바람에 머리감은 듯 항상 아무런 근심 없이 시원할 것이다.

───『성운설유星雲說喩』

한 생각

일상에서 수많은 사람들은 습관적으로 타인과 비교하고, 마음에 항상 의심과 원망을 가득 품고 있다. 온종일 탐욕과 성냄과 어리석음, 또는 번뇌와 근심 등에 얽매여 있어 일상생활이 지옥이나 다름없다. 항상 청정한 마음을 지니고 가슴을 활짝 열어 모든 것을 포용하며, 생각이 바른 길로 향하도록 한다면 그 순간이 바로 극락세계일 것이다.
마음 하나에 부처나 현자가 될 수 있고, 생각 하나에 윤회에 떨어질 수도 있다. 생각 하나로 성자가 되느냐 범부가 되느냐가 결정된다.

───『인간불교어록人間佛教語錄』

스스로 삼가다

명明 황종희(黃宗羲, 1610~1695)

화禍와 복福의 득실은 하늘에 맡기고,

칭찬과 비방의 주고받음은 타인에게 맡기며,

몸을 수행하고 덕을 세움은 자신이 책임진다.

以禍福得失付之天 以贊毀予奪付之人 以修身立德責之己

───『명유학안明儒學案』

극기명리克己明理

성냄을 다스리는 것도 어렵고,

두려움을 다스리는 것 또한 어렵다.

자신을 극복하면(克己) 성냄을 다스릴 수 있고,

이치를 밝히면(明理) 두려움을 다스릴 수 있다.

───『송원학안宋元學案』

양지良知와 자신自信

장태염(章太炎, 1869~1936)

양지良知는 가늘고 미세하며 고요한 소리이다.

소수의 의견을 솔직하게 드러내게 한다. 어짊에는 반드시 용기가 필요

하고, 잔혹한 폭력에는 반드시 무력이 동반된다.

반드시 스스로 굳센 믿음을 갖추어 자신의 양심에서부터 시비를 명확

히 가릴 줄 알아야 하고, 다수의 옳고 그름을 무조건 따르거나 무조건

반대해서는 안 된다. ───『장태염전집章太炎全集』

고자편告子篇 【절록節錄】

전국시대戰國時代 맹자(孟子, B.C. 372~289)

하늘이 장차 그에게 큰 소임을 내리려 하면,

반드시 먼저 그 마음과 뜻을 괴롭게 하고,

그 근육과 뼈를 고단하게 하며,

그 몸과 살을 굶주리게 하고, 그 몸을 궁핍하게 하며,

그 행하는 바와 뜻이 맞지 않게 한다.

그리하여 마음을 흔들고 성품을 참게 하여,

능히 하지 못하는 바를 잘할 수 있게 한다.

생선도 내가 원하는 것이고, 곰발바닥도 내가 원하는 것이다.

두 가지 모두를 얻을 수 없다면

물고기를 버리고 곰발바닥을 취할 것이다.

삶(生)도 내가 원하는 것이고, 의義 역시 내가 원하는 것이다.

두 가지 모두를 얻을 수 없다면, 삶을 버리고 의를 취할 것이다.

이루편離婁篇 【절록節錄】

군자가 사람들과 다른 까닭은 마음에 품은 것에 있다.

군자는 어짊을 마음에 간직하고, 예의를 마음에 품고 있다.

어진 자는 다른 이를 사랑하고, 예의로운 자는 타인을 공경한다.

타인을 사랑하는 자는 타인이 항상 그를 사랑하고,

타인을 존경하는 자는 타인도 그를 항상 존경한다.

君子所以異於人者 以其存心也 君子以仁存心 以禮存心

仁者愛人 有禮者敬人 愛人者人恒愛之 敬人者人恒敬之

―――『맹자孟子』

158

삼경계 三境界

청淸 왕국유(王國維, 1877~1927)

예나 지금이나 커다란 업적과 학문을 이룬 사람은 반드시 다음 세 가
지의 경계境界를 거쳤다.

"어젯밤 서풍西風에 푸른 나무 시들고,
홀로 높은 곳에 올라, 저 먼 하늘 끝을 하염없이 바라보네."
이것이 첫 번째 경계이다. (목표를 세우는 단계)

"의대衣帶가 점점 느슨해지더라도 결코 후회하지 않으리니,
그대를 위해 초췌해질 가치가 있네."
이것이 두 번째 경계이다. (목표를 향해 매진하는 단계)

"무리 가운데에서 수없이 그대를 찾았건만,
문득 고개 돌려보니, 그대는 등불 찬란히 비추는 곳에 있구나."
이것이 세 번째 경계이다. (목표를 이루는 단계)
───『인간사화人間詞話』

단장 斷章

변지림(卞之琳, 1910~2000)

그대는 다리 위에서 경치를 바라보고,
경치를 감상하는 사람은 누각 위에서 당신을 바라본다.
밝은 달은 그대의 창을 한껏 치장하고,
그대는 다른 사람의 꿈을 물들인다. ───『십년시초十年詩草』

유자음 遊子吟

당唐 맹교(孟郊, 751~814)

자애로운 어머니는 손수 실을 꿰어
떠나가는 아들의 옷을 지으시네.
떠날 때에 꼼꼼히 기우심은
행여 아들이 늦게 돌아올 때를 대비해서라네.
조그마한 풀의 마음으로
봄날 따스함의 은혜를 갚을 수 있다 누가 말했던가.

장안長安에서의 타향살이

십여 일에 한 번 머리를 단장하니
빗질할 때마다 사방에 먼지가 날리네.
한 달 남짓 동안 몇 차례 술 마신게 고작이고
음식도 변변찮은 것뿐이네.
봄이 오니 만물이 소생하여 경치가 아름답지만
나 홀로 봄을 느끼지 못하네.
과거에 낙방하니 찾아오는 이 하나 없는데,
급제한 이와는 서로 친함을 다투네.
곧게 솟은 나무에 새들이 조용히 둥지 틀고
고요히 흐르는 물에는 물고기 떼 지어 다니지 않는다네.
명리를 다투는 이곳은 군자의 몸으로 머물 곳이 아님을
이제 비로소 알았네.
숲에 은거하며 대나무 지팡이 짚고 산나물에 고사리나 캐먹어야지.

도연명의 '귀거래사' 홍얼대며 속세와 담쌓고 자연에서 노닐어야지.

회향우서回向偶書 이수二首

당唐 하지장(賀知章, 659~744)

어려서 고향 떠나 노년에 돌아오니,
고향사투리 여전한데 귀밑머리 새었구나.
손자는 나를 알아보지 못 하고,
웃으며 손님은 어디서 오셨냐고 묻는구나.

고향을 떠난 지 오랜만에 다시 돌아오니
고향사람 대부분은 이미 떠나고 없네.
문 앞의 거울 같은 호수만이
예나 지금이나 변함없이 봄바람에 물보라 일으키네.

──『전당시全唐詩』

따뜻한 겨울
이자건李自健 作

모난일母難日: 모순된 세계

여광중(余光中, 1928~)

행복한 세상!
우리가 처음 만났을 때
어머니는 미소로 나를 반겼지만,
나는 울음으로 대답했지.
하늘이 놀라고 땅이 흔들리도록!

슬픔의 세상!
마지막으로 우리가 헤어질 때
나는 통곡으로 어머니를 배웅했지만,
어머니는 아무 말이 없으셨지.
하늘이 무너지고 땅이 갈라지도록!

모순된 세계!
첫 만남이든 마지막 이별이든
나는 늘 통곡으로 어머닐 대했었지.
울음의 세계는 어머니의 미소로 시작했으나
행복은 당신이 눈 감으면서 막을 내렸다네.

———『여광중시선余光中詩選』

백세감언百歲感言 【절록節錄】

양강(杨绛, 1911~)

내가 올해 백세이니, 이미 인생의 끝에 와 있는 셈이다. 내가 앞으로 얼마나 더 살 수 있을지 나 자신도 자세히 모르겠다. 수명은 내가 어쩔 수 있는 것이 아니니까. 하지만 곧 "집으로 돌아간다(回家)"는 것은 분명히 알고 있다.

나는 (『맹자』에서 말한) "태산에 올라보니 천하가 작구나(登泰山而小天下)"라는 느낌을 가진 적도 없고, 그저 나만의 작은 세상에서 조용히 살아왔다.

어린 시절엔 노는 데 미치고, 젊어서는 사랑에 목메고, 중년에는 명성과 일가를 이루는 데 급급하고, 노년에는 스스로 편안하다고 자기최면에 빠진다. 인간의 수명은 얼마나 될까? 쇠붙이를 녹여 제련하는 데는 또 얼마나 걸릴까? 단련하는 정도의 차이가 있으니 그 결과도 당연히 정도의 차이가 있을 것이다. 절제 없이 탐닉하는 정도에 따라 고집 세고 악질적인 차이가 반드시 있게 된다.

사람은 서로 다른 강도의 단련을 통해 수양과 효과에서 정도의 차이를 보인다. 이것은 향료에 비유할 수 있다. 곱게 찧고 빻을수록 향은 더욱 짙어진다. 우리도 이와 같은 운명의 파도를 갈망한 적이 있었다. 인생에서 가장 감미롭고 아름다운 풍경은 결국 마음속의 차분함과 여유라는 것을 결국 마지막에서야 알게 된다. 우리는 이처럼 외부세계가 인정해 주길 기대했던 적도 있지만, 결국 이 세상은 나 자신의 것이며, 타인과 아무런 관련도 없다는 것을 마지막에서야 알게 된다.

부처님, 어디에 계십니까? 【절록節錄】

불광 성운(佛光星雲, 1927~)

부처님, 당신은 어디에 계십니까?

출가자로서 칠십오 년 동안

전 세계 구석구석 당신을 찾아 헤매었습니다.

저는 여덟 차례 인도를 다녀왔습니다.

부처님의 조국에서, 혹시 당신을 뵐 수 있지 않을까 생각했습니다.

저는 인도 부다가야의 금강좌 옆에 엎드려 높이 솟은 마하보디 대탑의 장엄하고 웅장한 모습을 바라보았지만, 당신이 나투신 모습은 보지 못했습니다.

저는 항상 대웅보전의 바닥에 엎드리고, 항상 밤마다 등불 아래 당신의 법어法語를 읽으며, 아침 종소리와 저녁 북소리에서 당신의 음성을 듣길 갈망해 왔습니다.

부처님 제게 잠시라도 모습을 나투어 주실 순 없으십니까?

어린 시절을 지나 청년이 되고, 다시 중년이 되고,

지금은 저도 이미 노쇠한 노인이 되었습니다.

당신을 찾을 수 없다니, 저는 이대로 단념할 수 없습니다.

그래서 저는 세계를 주유하며, 세상의 어딘가에서 당신을 우연이라도 만날 수 있을 것이라 생각했습니다.

제가 기차와 고속철도, 자기부상열차를 타고 갈 때 창밖을 스치는 나무줄기와 전원풍경 그 가운데서 부처님 당신을 친견할 수 있는 것입니까?

제가 비행기를 타고 뭉게뭉게 표류하는 흰 구름 가운데서 부처님께서 잠깐 모습을 나투어 주실 수는 없습니까?

배를 타고 태평양, 대서양, 인도양을 건너면서 바닷물 출렁이는 망망대해에서 좌우를 살피지만 부처님 당신은 어디에 계십니까?

아! 드디어 『금강경』이 제게 소식을 주었습니다.
"만일 색신으로써 나를 보고자 하거나 음성으로써 나를 찾고자 하면,
이 사람은 삿된 도를 행하는 것이므로 여래를 볼 수 없을 것이다."

원래 사물의 형상에서 당신을 보려고 해서는 안 되는 것이었으며,
환상 속에서 당신을 보고자 해서는 안 되는 것이었습니다.
당신은 형체도 모습도 없으며, 온 우주 가운데 계시기 때문입니다.
알고 보니 당신은 이미 제 마음에 들어와 계셨습니다.
제가 밥을 먹을 때면 당신은 저와 함께 식사를 하고,
제가 길을 걸을 때면 당신은 저와 함께 걸었던 것입니다.
심지어 잠을 잘 때도,
저는 "아침마다 부처님과 함께 일어나고, 밤마다 부처님을 품고 잡니다."

드디어 저는 당신이 어디에 계신지를 알았습니다.
당신은 모든 사람의 마음속에 안주해 계십니다.
그때부터 저는 더 이상 당신을 찾을 필요가 없어졌습니다.
제 마음 속에 이미 당신이 계시니까요.
부처가 곧 내 마음이고, 내 마음이 곧 부처이니까요.
원래 사람을 완성시켜야 당신과 서로 감응할 수 있는 것이군요.
원래 꽃 하나에도 세상이 하나 들어 있고, 나뭇잎 하나에도 여래가 들어 있는 것이군요.

'세상은 마음으로부터 비롯되고 법계는 언제나 변함없으며,
미래세가 다하도록 부처님은 영원히 마음속에 계십니다.'
──『시가인간詩歌人間』

165

금루의金縷衣

당唐 두추낭(杜秋娘, 생몰년도 미상)

그대에게 권하노니 화려하게 수놓은 금실 옷 소중히 여기지 마시오.
그대에게 권하노니 젊고 한창인 이때를 소중하게 여겨야 한다오.
만개한 꽃가지는 적당한 때 잘라야지,
그렇지 않으면 꽃 떨어진 뒤 빈 가지 꺾게 된다오.

───『전당시全唐詩』

권학勸學

당唐 안진경(顔眞卿, 709~785)

삼경에 등불 밝히고 오경에 첫닭 울 때까지,
바야흐로 사나이 열심히 공부할 좋은 때다.
젊어서 열심히 공부할 줄 모른다면,
늙어서야 공부 늦은 것을 후회하게 되리라.

───『독서성讀書聲: 중국고대독서권학시선中國古代讀書勸學詩選』

봄날 밤

송宋 소식(蘇軾, 1036~1101)

봄날 하룻밤은 아주 짧지만 천금의 값어치 있다네.
꽃은 은은한 향기 내뿜고 달빛은 어슴푸레 그림자 만드네.
누각 위에서 나는 노래와 악기 소리가 가늘게 이어지고.
깊은 밤 그네 걸린 정원은 온통 적막함에 묻혔구나.

───『동파시집東坡詩集』

승만부인勝鬘夫人 10대 서원 (백화문 해석본)

불광 성운(佛光星雲, 1927~)

부처님! 저는 오늘부터 모든 계율을 어기거나 범하지 않겠습니다.

부처님! 저는 오늘부터 여러 어른들에게 오만하지 않겠습니다.

부처님! 저는 오늘부터 일체의 중생에게 성내지 않겠습니다.

부처님! 저는 오늘부터 타인의 복락을 시기하지 않겠습니다.

부처님! 저는 오늘부터 제가 가진 재물에 인색하지 않겠습니다.

부처님! 저는 오늘부터 널리 재물을 베풀어 중생을 성취시키길 원합니다.

부처님! 저는 오늘부터 사섭법으로 중생을 거두어들이길 원합니다.

부처님! 저는 오늘부터 불법을 널리 알리어 중생을 이롭게 하길 원합니다.

부처님! 저는 오늘부터 바른 도리를 수호하여 중생을 깨우치길 원합니다.

부처님! 저는 오늘부터 바른 가르침을 받아들여 영원토록 잊지 않길 원합니다.

─── 『인간불교 시리즈(人間佛敎系列)』

낙양 용문석굴 제140굴, 빈양중동賓陽中洞의 황후예불도皇后禮佛圖(부분)

칠필구七筆勾 【절록節錄】

명明 연지주굉(蓮池袾宏, 1535~1615)

봉황과 난새 한 쌍, 서로 은애함이 언제나 그칠까?
생 귀신으로 변장하고 살다가 인연이 다하면 결국 헤어진다네.
쯧, 두 사람이 서로 엉키어 벗어나지 못하도록 족쇄를 채워놓았네.
부부는 전생의 원수가 만난 것임을 알아야 하나니,
결국 각자 갈 길로 간다네.
그러니 물고기와 물 같은 부부관계를 탁 놓아버려라.

우리네 몸은 부스럼이나 사마귀와 같으니
자손을 위해 애쓰며 힘들이지 말라.
지난날 자식을 잘 길러냈던 연산燕山의 두寶 씨는
지금 어디에 있는가?
쯧, 결국에는 그만 둘 때가 있고
후손이 당신 뜻 이어받지 않을 것이네.
사람으로 만고에 길이 변하지 않는 것을 아는 이 누구인가?
자손의 입신출세를 바라는 헛된 망상을 탁 놓아버려라.

어렵고 힘들게 학문을 갈고 닦아 드디어 장원급제하니
더 없는 영광이로다.
커다란 금인金印 허리에 차고 있어도
명성과 권세는 한 때일 뿐, 영원하지 않다네.
쯧, 명리를 구하고자 분주히 뛰어다니느라
젊은 시절 헛되이 보내고 말았네.

온갖 부귀영화 누리다 꿈에서 깨면 헛헛한 웃음만 흘려보낼 뿐이네.
부귀와 공명을 바라는 마음을 탁 놓아버려라.

나라님보다 부유하면 그대는 기쁜 일이라 하지만
나는 근심이라 말하네.
구하려는 자는 더 많이 받길 바라고,
이미 얻은 자는 손실이 날까 근심한다네.
쯧, 변변찮은 음식이 산해진미보다 낫고
승복 한 벌이라도 따뜻하면 족하네.
하늘과 땅이 나의 초가집이니
커다란 집 엮어 만들 필요가 없다네.
주택과 전원에 얽매이는 마음을 탁 놓아버려라.

———『연수필독蓮修必讀』

불광회원 사구게四句偈

자비慈悲와 희사喜捨의 마음 법계에 두루 퍼지고,

석복惜福과 결연結緣으로 인간과 하늘을 이롭게 하며,

선정禪淨과 계행戒行을 동등하게 견뎌내게 하고,

참괴慚愧와 감은感恩으로 큰 원심願心을 내게 하소서.

불광인 근무신조: 네 가지 베풂

삶의 진선미眞善美를 증진하고 영원한 생명력을 이해하는 데 인생의 의미가 있다.

타인에게 좋은 말 한마디 건네고, 미소를 지어 보이고, 작은 정성을 표현하는 등 누군가에게 '베푼다'는 것은 세상에서 가장 아름다운 일이다. 그러므로 불광인은 "타인에게 믿음을, 타인에게 기쁨을, 타인에게 희망을, 타인에게 편리함을 준다"는 근무신조를 봉행하고 있다.

───『인간불교어록人間佛教語錄』

불광산사 대웅보전 삼보불상 , 진벽운陳碧雲 作

발 닿는 곳 모두 도량이다

송宋 영명연수(永明延壽, 904~975)

진백(眞柏: 측백나무과)은 두텁게 쌓인 눈에도 의연하지만,
위태로운 화려함은 가벼운 서리조차도 겁낸다네.
쉼 없이 흐르는 강물은 의지할 곳 하나 없으니,
발 닿는 곳 모두 도량임을 알아야 하리라.

사료간四料簡

참선도 잘하고 정토수행도 잘하면 마치 뿔이 달린 호랑이와 같아,
현세에서는 사람들의 스승이 되고, 내생에는 부처나 조사가 된다네.
참선은 안 하고 정토수행만 해도 만 명이 닦아 만 명 모두 왕생하니,
만일 아미타불을 만나 뵐 수 있다면 깨닫지 못할까 어찌 근심하리요.
참선은 잘하고 정토수행은 안 하면 열 명 중 아홉은 발을 헛디디나니,
음한 경계가 만일 바로 앞에 있으면 잠깐 사이 그를 따라가 버리네.
참선도 안 하고 정토수행도 안 하면 쇠로 만든 마루에 구리 기둥이니,
만겁을 지나고 천 번을 태어나도 기대고 의지할 사람이 하나 없다네.

有禪有淨土 猶如帶角虎 現世為人師 來生作佛祖
無禪有淨土 萬修萬人去 若得見彌陀 何愁不開悟
有禪無淨土 十八九磋路 陰境若現前 瞥爾隨他去
無禪無淨土 鐵床並銅柱 萬劫與千生 沒個人依怙

찬승시讚僧詩

청淸 순치황제(順治皇帝, 1638~1661)

천하의 사찰은 산과 같이 많으니,

발우 들고 어디를 가도 음식을 먹을 수 있네.

황금과 백옥만 귀하다 여기지 마오,

이 어깨에 가사 걸치기는 더욱 어렵다네.

비록 나는 천하의 주인인 황제이지만

나라와 백성 근심이 번뇌가 되었도다.

백년 하고도 삼만 육천 일이

승가에서의 반나절보다도 한가롭지가 않구나.

어리석게 왔다 어리석게 가니,

마지막 까지 깨닫지 못하면 헛살다 가게 된다네.

이 세상에 오기 전 '나'란 누구이고,

태어난 뒤에 나는 또 누구란 말인가?

자라 성인이 된 때의 내가 '나'라면,

눈 살짝 감고 꿈속에 들어가는 나는 누구인가?

차라리 이 세상에 오지도 가지도 않으면,

올 때 기쁨도 갈 때 슬픔도 없을 것을.

슬픔과 기쁨, 이별과 만남이 많이 괴롭지만

한가한 날 언제일지 누가 알리오?

만일 출가인의 일에 정통하고 막힘이 없으면

이제 고개를 돌려도 늦지 않으리.

세간의 사람을 출가자와 비교하기 어려우니,

그들은 마음에 걸림 없어 편안하네.

입으로는 청정하고 담백한 것 먹고,
몸에는 항상 가사 장삼 걸치고 지내네.
세상 어디를 가더라도 높이 받드니
모두 속세의 보리 선근 쌓은 덕이라네.
열심히 수행하여 저마다 참 나한이 되니,
여래가 허락한 삼의三衣를 걸친다네.
삶을 위해 동분서주해도 덫을 못 벗어나니,
명리를 위해 계략을 쓰지 마시오.
한평생이 마치 꿈처럼 눈 깜짝할 새 지나고,
만리 강산은 장기판에 불과하다네.
우 임금이 구주九州의 백성에게 존경받고,
폭군 걸주는 탕왕에 의해 유배당했네.
진나라가 육국六國을 합병하고
한나라가 진나라를 복속시켰네.
예로부터 영웅들 수없이 많았어도
결국 곳곳에 황폐한 무덤으로 남았을 뿐이네.
자색 가사 대신 황포로 바꿔 입은 것은
오로지 당시 한 생각의 차이!
나는 본래 서쪽에서 온 한 납자였거늘
어째서 제왕의 가문에 태어났는가?
18년간 한순간의 자유도 없이 살아온 세월,
전쟁터와 같은 나날들 언제 끝나려나.
이제 모든 다 내려놓고 서방정토로 가니,
천만년 종묘사직은 내게 아무 의미 없다네.

───『성지청량산지聖地清凉山志』

순치황제順治皇帝(부분)

사구게 四句偈

동진東晉 구마라집(鳩摩羅什, 344~413) 한역

일체의 유위법은 꿈이요, 환상이요, 거품이요, 그림자와 같다.

또한 이슬과 같고 번개와 같으니, 마땅히 이러하게 보아야 한다.

一切有爲法 如夢幻泡影 如露亦如電 應作如是觀

제상비상 諸相非相

무릇 상相이 있는 것은 모두 거짓되고 망령되니,

모든 형상이 형상이 아님을 보게 되면, 이는 곧 여래를 보는 것이다.

凡所有相皆是虛妄 若見諸相非相 卽見如來

——— 『금강경金剛經』

부연: 한 신혼부부가 있었는데, 본래는 아끼고 사랑함이 지극하였다. 결혼 1주년을 기념해 남편이 아내를 지하의 술 저장고로 데려갔다. 술항아리를 들여다 본 아내는 남편이 술항아리 속에 아리따운 여자를 감춰두고 있음을 알게 됐다. 아내는 씩씩대며 남편에게 화를 냈다.

"어떻게 술항아리에 여자를 숨겨놓을 수가 있죠?"

남편은 절대 아니라며 직접 가서 살펴보았다. 그런데 이번에는 남자가 항아리 안에 들어있는 게 아닌가? 두 사람의 다툼은 결국 수습 불가능한 지경에 이르렀고 스님을 청해 시비를 가려달라고 했다. 스님은 전후사정을 다 들은 뒤, 돌을 집어 술항아리를 깨버렸다. 항아리가 깨지면서 안에 있던 술이 다 쏟아져 나왔다. 그 순간 안에 있던 남자와 여인은 모두 사라졌다.

그래서 '무릇 형상이 있는 것은 모두 허망하다' 한다. 생활 속에서 우리는 항상 거짓된 모습에 집착한다. 집착하는 허상을 참된 것이라 믿는다면 자연히 번뇌가 무럭무럭 생겨날 것이다. 『금강경』에서는 주로 '공空' 사상을 말하고 있다. '공'은 우리가 눈에 속지 않고 참된 모습을 볼 수 있도록 해주는 바른 견해이자 연기緣起이다.

사랑은 소중히 여기는 마음이다

불광 성운(佛光星雲, 1927~)

사랑은 소중히 여기는 것이다.

정과 인연을 소중히 하고 청춘을 아끼고 사랑하여라.

사랑은 소중히 여기는 것이다.

기꺼이 바치고 기쁘게 나누며 열정을 발휘하여라.

사랑은 소중히 여기는 것이다.

원망도 증오도 없이 중생을 위해 기꺼이 행하여라.

사랑은 소중히 여기는 것이다.

때때로 누리고 감사하는 인생이 되어라.

사랑은 소중히 여기는 것이다.

이번 생의 만남을 아끼고 사랑하여라.

사랑은 소중히 여기는 것이다.

너와 나의 인연을 아끼고 사랑하여라.

─── 『인간음연人間音緣』

자비慈悲와 정애淨愛

자비는 사랑이 승화된 것이다. 부처님의 홍법이생弘法利生, 시교리희示
教利喜가 곧 사랑이며, 관세음보살의 대자대비大慈大悲, 구고구난救苦救
難이 또한 사랑이다. 사랑은 타인을 좋게 하는 것이다. 너를 사랑하니
네가 원하는 대로 해주고, 너를 존중하며, 너에게 자유를 주고, 너에게
편리함을 주는 것이다. 사랑은 아름다운 것이며, 사랑은 선한 것이며,
사랑은 참된 것이며, 사랑은 또한 맑은 것이다. 불교의 본질이 또한 자
비와 정애이다. ─── 『인간불교어록人間佛教語錄』

유력대인有力大人

북위北魏 반야유지(般若流支, 생몰년도 미상) 한역

참는 것은 덕이 되나니,

계를 지니거나 고행을 하는 것으로는 능히 미치지 못한다.

참음을 행할 수 있는 자는

가히 힘 있는 대인이라 부를 만하다.

선악은 그림자다

불과 칼과 원망과 독 등은 비록 해롭다 해도 가히 참을 수 있다.

자신이 지은 악업에는 훗날 이보다 더욱 괴로운 업보가 따른다.

친속들은 다 흩어지더라도 오로지 업장만은 서로 버리지 않는다.

선과 악은 앞으로 올 세상에서 언제나 따라다닐 것이다.

꽃이 가는 곳이 어디든 그 향기도 반드시 따라가듯이

만일 선과 악의 업을 지으면 그것을 따라가는 것 또한 이와 같다.

많은 새들이 숲을 의지하여 아침에 떠나갔다 저녁이면 다시 모인다.

중생 역시 이와 같아서 훗날에는 다시 모이게 된다.

────『정법념처경正法念處經』

선종禪宗 팔조도八祖圖, 대진戴進 作

경세시警世詩

명明 당인(唐寅, 1470~1524)

재산과 재물 내려놓고 속세의 명리와 작별하며,

한가로움 속에 눈을 두고 세간을 바라보네.

하늘 셈법의 교묘함과 같지 않아,

기심機心*의 다툼이 도심道心*의 고름과 같은 듯하네.

지나가버린 어제는 마치 전세前世인가 의심되고,

자고 일어난 오늘 아침은 다시 태어남을 알겠네.

총명한 사람에게 이 이치를 설명하면 응당 깨달을 것이고,

어리석은 사람에게 말해도 명료하게 구분하네.

세상사는 작은 거룻배를 타고,

혹은 서쪽 언덕으로 혹은 동쪽으로 옮겨 다니는 것과 같다네.

몇 번이나 달이 이지러지고 또 이지러졌으며,

몇 차례나 남풍 불고 또 북풍이 몰아쳤던가.

세월 오래 가면 사람에게는 천일 동안 좋은 날 없는데,

봄이 깊어지면 꽃은 더욱더 붉어지네.

시비是非가 들려오면 그대 모름지기 인내하고,

어리석은 척 미련하거나 귀머거리인 척하라.

무릇 일을 행함에는 기미를 앎이 중요하니

높고 낮음을 헤아려 함부로 어지럽게 행하지 말라.

오강烏江에서 자결한 항우는 지금 어디 있는가?

적벽赤壁의 주유의 업적을 누가 이어받았는가?

내가 이겼다고 그것을 좋아할 필요 없고

타인을 용서하였다고 손해라고 여기지도 말라.

세상사는 타인과의 다툼이 끊이지 않나니,

그와의 다툼에서 한 번 참는 것 마땅하리.

온 세상이 어리석음에서 헤매고 있나니,

몸이 한낱 떠도는 물거품 같다는 것을 누가 알리오.

평생토록 천년의 꿈을 도모하지만,

공평하고 올바른 이치는 하나의 죽음인 듯 멈춰야 하네.

서쪽으로 진 석양 손으로 잡기 어렵고,

동쪽으로 흘러간 강물은 다시 돌아오지 않네.

한밤에 헛되이 신심을 근심케 하지 말라는 하늘의 뜻을

세상 사람들은 결코 이해하지 못할 것이네.

——『육여거사전집六如居士全集』

* 기심機心: 기회 따라 움직이는 마음
* 도심道心: 바르고 착한 길을 따르려는 마음

연극무대(戱台)

이월하(二月河, 1945~)

어리석은 자여, 이 세상이 원래 커다란 연극무대와 같으니
집착할 것도, 슬퍼하며 눈물 흘릴 것도 없다.
우매한 자여, 연극무대는 본래 또 다른 작은 세상이니
어리석은 척하며 연극에 전념해야 한다.
인생을 흔히 커다란 솥에 비유한다.
솥 바닥에서는 자신이 노력만 한다면
어느 방향으로 가던지 모두 위를 향해 나아가는 것이다.
책 한 부를 쓸 때마다 넓은 사막을 가로지르듯
적막하고 쓸쓸함을 느낀다.
홀로 걷고 있는 나그네와 다를 바 없지만,
지나고 나면 널따란 오아시스가 나를 기다리고 있다.
쓰러지고 넘어져 괴롭다. 나아가고자 하나 나아가기 마땅치 않고,
돌아가고자 하나 돌아가긴 더욱 어렵다.
전광석화처럼 짧은 시간에 수없이 공중제비 돌고 나서야
우매함의 뜻 알게 되니 깨우치기가 가장 어렵다.
이편 언덕과 저편 언덕이 어디에 있는지,
희미한 안개비 속을 나 홀로 배 몰고 간다네.
묘선妙善공주 본받아 온 세상에 자비와 연민의 정 가득하니
몇 겁의 항하사 수만큼 수행하여야
장생과長生果와 보리수 자라나게 할까?
가장 견디기 힘든 것이 속세의 범부이려니
아! 큰 파도 넘실거리는 위험하고 요원한 업장의 바다를
자비의 배 타고 건넌다. ──『이월하어二月河語』

다섯 가지 화목

불광 성운(佛光星雲, 1927~)

다섯 가지 화목(五和)이란 마음의 환희, 가정의 화락, 자타의 화합, 사회의 조화, 세계의 평화이다.

'화목'은 온 세상의 보편적인 가치이자 세간에서 가장 귀한 덕목이다. 금은보화 등 재물과 인정을 가지고 있다고 해도 만약 이 '화목'이 없으면 전부가 없는 것과 마찬가지이다. 화합은 사람의 얼굴과 같다. 얼굴의 오관(五官: 눈, 코, 귀, 혀, 살갗)은 각기 다르지만 조화를 이루면 아름다울 수 있고, 오장육부는 각기 다르지만 서로 조화를 이루면 건강할 수 있다. 마음의 환희처럼 자신으로부터 시작하여 가정이 화목하고, 만사가 순조로우며 나와 타인이 서로 소통하고, 사회가 화합하면 세계는 절로 평화로워질 것이다.

──── 『인간불교어록人間佛教語錄』

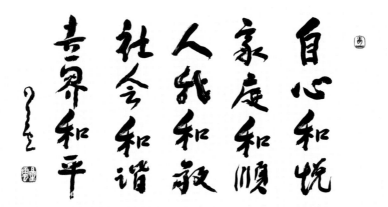

오화五和, 성운대사 휘호

유게遺偈*

기제불자寄諸佛子

당唐 감진(鑑眞, 688~763)

내가 살던 고향과 산천의 모습은 다르지만,
달과 바람은 같은 하늘 아래에 있네.
모든 불자들에게 고하노니,
다 함께 다음 생의 인연을 심고 가꾸어 나가시게.

———『송고승전宋高僧傳』

천심월원天心月圓

연음홍일(演音弘一, 1880~1942)

군자의 사귐은 그 맑기가 물과 같아야 하고,
겉모습에 집착하면 옆에 있어도 멀리 있는 듯하네.
내게 어디로 가나 묻는가? 넓고 아득하여 말을 잊었네.
아름다운 가지에는 봄 가득하고, 하늘 가운데는 달이 둥글다네.

———『홍일대사전집弘一大師全集』

* 유게遺偈: 입적을 앞둔 선승이 깨달음의 세계를 시로 읊은 것

제자들에게 받들어 권함

자항(慈航, 1893~1954)

일체의 제자에게 받들어 권하노니,
항상 자신을 반성함이 중요하다.
매일 생각을 움직여 행동하고,
공과功過가 얼마나 되나 점검하라.
자신의 마음이 편안하기만 하면
동서남북 어디에 머물더라도 좋다.
만일 한 사람이라도 제도하지 못하였거든
절대 혼자 도망치지 말라.
법성法性은 본래가 공하고 조용하니,
인과는 추호도 적다 여기지 말라.
자신이 지은 바는 자신이 받을 뿐,
누구도 그대를 대신해 줄 수 없다.
허공에 핀 꽃과 물속의 달도 도량이니,
언제 어디서나 잘 세우라.
너희들이 널리 선연을 맺고,
하루빨리 자신과 타인을 모두 제도하길 바라노라.

———『자항법사전집慈航法師全集』

도쇼다이지(唐招提寺)
감진화상상鑑眞和尚像

182

삼호가三好歌

인간세상에서 삼호三好가 가장 아름답고,

삼호를 배우면 절로 자랑스러워지네.

좋은 일을 하고, 좋은 말을 하고, 좋은 마음을 가지라.

삼호보다 더 좋은 것은 없다네.

좋은 일을 하라(做好事).

손쉽게 할 수 있는 일이지만 그 공덕은 말할 수 없이 훌륭하다네.

봉사와 공헌은 보름달이 허공에 높이 떠 비추는 것과 같다네.

좋은 말을 하라(說好話).

자비롭고 다정한 말은 겨울날의 따뜻한 햇살과 같으며,

격려와 칭찬은 온갖 꽃이 곳곳에서 향내를 풍기는 것과 같다네.

좋은 마음을 가져라(存好心).

참된 마음으로 선연善緣을 맺으면 좋은 일이 생기고,

마음에 성현을 품으면 비옥한 밭에서 풍성히 수확하는 것과 같다네.

모두 다 같이 몸으로 좋은 일 하고,

입으로 좋은 말을 하며,

마음으로는 좋은 마음을 품어

삼업이 청정하면 이보다 더 좋을 순 없다네.

네가 좋은 일 하고, 나는 좋은 말 하고,

저 사람은 좋은 마음을 간직한다네.

너 좋고, 나 좋고, 저 사람도 좋으면, 모두가 다 같이 좋다네.

평안함이 곧 우리 인간의 보물이라네.

인간세상에서 삼호가 가장 아름답고,

삼호를 실천하는 것이 가장 중요하다네.

───『인간음연人間音緣』

노력하는 삶

바진(巴金, 1904~2005)

노력함(奮斗)이 곧 삶이다.

인생은 전진만 있을 뿐이다.

돈이 우리에게 무언가를 더 보태줄 수는 없다.

더 즐겁게 살 수 있게 해주는 것은 그래도 이상理想이다.

찬란하게 빛나는 이상은 맑은 물처럼

내 마음에 낀 때와 먼지를 씻어준다.

한겨울이면 연탄을 보내

괴로운 처지의 사람을 위로해주는 사람이 되고 싶다.

나는 봄날의 누에이다. 뽕잎을 먹고 나면 실을 토해낸다.

끓고 있는 솥 안에서도 두렵지 않고,

죽어가면서도 실을 끊지 않는 것은

인간에게 작은 따뜻함이라도 주기 위해서다.

전사戰士의 행동은 신앙의 지배를 받는다. 전사는 모든 고난과 고통을 감내해가며, 자신의 목표를 도달해 나간다. 전사는 영원한 광명光明을 추구한다. 맑은 하늘 아래에서 햇빛을 쐬며 놀기보다는 어둠 속에서 횃불을 비추며 길을 밝혀 여명을 향해 나아갈 수 있도록 사람들을 이끌어준다.

———『바진전집巴金全集』

감진동도도鑑眞東渡圖 (부분), 감진도서관鑑眞圖書館 제공

인생의 가언嘉言

장경국(蔣經國, 1910~1988)

가장 세찬 풍랑이라도 믿음이 있는 사람은 삼킬 수 없고,

가장 커다란 장애라도 용기 있는 사람은 막을 수 없고,

가장 거슬리는 환경도 포부를 가진 사람은 가로막을 수 없고,

가장 어려운 임무라도 감당할 수 있는 사람을 누를 수 없고,

가장 괴로운 경우라도 기개가 있는 사람을 괴롭힐 수는 없고,

가장 흉악한 적이라도 마음먹은 사람을 이길 수는 없다.

────『장경국선생언론저술휘편蔣經國先生言論著述彙編』

기군琦君 산문선散文選

기군(琦君, 1917~2006)

진주 【절록節錄】

생명이 지나온 여정은 얼마나 고달픈가! 또 얼마나 웅장하고 아름다운가!

바다의 굴이 힘들이지 않고 모래를 뱉어낸다면 결코 빛나는 진주를 만들어낼 수 없을 것이다. 눈에 들어간 모래를 제거하기 위해 그토록 많은 눈물을 흘려가며 씻어내지 않아도 되는 것과 같다. 나는 사람이 저마다 마음에 모든 곤란을 없애주는 힘과 지혜의 작은 진주 한 알을 품고 있어야 한다고 믿는다. 이 진주는 나이, 학식, 그리고 수양 정도에 따라 점차 늘어나고, 더욱 영롱하게 반짝일 것이다.

——— 『세우등화락細雨燈花落』

나의 스승 【절록節錄】

"인생은 지극히 짧으니, 꽃 하나 나무 하나에서도 따스함을 느껴라."

이 구절은 나의 은사이신 하승도夏承燾 선생님이 쓰신 것이다. 그분은 '인생은 비록 짧지만, 삶은 오히려 장엄하고 아름답다'고 말씀하셨다. 삶의 꽃 하나 나무 하나, 기쁨 하나 슬픔 하나 모두 마땅히 따뜻한 마음으로 찬찬히 느껴보아야 한다. 그 순간에는 고통스럽고 걱정스럽더라도 지나고 나면 고통은 신념으로, 걱정은 보리심으로 전환할 수 있다. 이는 그대가 더 많은 지혜와 용기로 현실을 마주하게끔 해준다.

——— 『금심琴心』

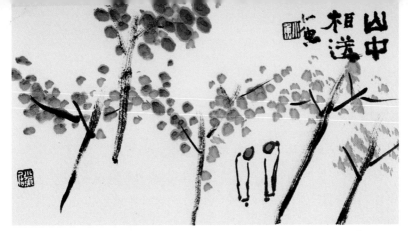

산중상송山中相送, 소어小魚 作

머리 올림(髻) 【절록節錄】

인간 세상에서 사랑이란 무엇이고, 증오는 또 무엇일까? 어머니가 세
상을 떠난 지 이미 여러 해이고, 점점 연로해지는 작은 어머니 또한 가
는 곳 알지도 못하는 그 아득한 길을 결국 가게 될 것이다. 작은 어머니
에게 지금의 시간은 그 누구보다 적막할 것이다.

작은 어머니를 멍하니 바라보던 나는 문득 비녀를 가로질러 아름답게
틀어 올렸던 작은 어머니의 머리가 생각났다.

"제가 새로 유행하는 머리로 올려드릴게요."

작은 어머니는 씁쓸하게 웃으며, "내 나이에 그런 최신식 머리를 해서
뭐하겠니? 그건 너희 같은 젊은이들이나 하는 거지"라고 말했다.

나라고 언제까지나 젊을 것일까? 작은 어머니가 이 말을 한 뒤로 어느
새 또 10년이 흘렀다. 나의 젊음도 이미 오래 전에 흘러가 버렸다. 인간
세상에 대한 사랑, 증오, 욕심, 어리석음은 이미 저만치 버려두고 도외
시한 지 오래이다. 어머니도 이미 오래 전에 세상을 떠났고, 작은 어머
니의 유골도 고요한 산사에 모셨다.

이 세상에 과연 영원한 것이란 무엇이며 목메고 매달릴 만한 가치가
있는 것은 또 무엇이란 말인가? ──── 『홍사등紅紗燈』

양주사 凉州詞

당唐 왕한(王翰, 생몰년도 미상)

막 빚어낸 맛좋은 포도주를 야광배에 가득 담아,
가슴 열고 실컷 마시려고 하는데 비파소리 말 위에서 재촉하네.
비록 취해 사막 한가운데에 쓰러지더라도 그대여 비웃지 마오.
예로부터 전쟁에 나간 사나이 중 몇이나 살아 돌아왔단 말이던가?

무제 無題

당唐 이상은(李商隱, 812~858)

서로 만나기도 어렵지만, 헤어지기는 더욱 아쉬운데,
동풍 불어오니 아름다운 꽃들 힘없이 시들어버리네.
봄누에는 실을 다 뽑고 나서야 죽음을 맞이하고,
초는 자신을 다 태우고 나서야 눈물 흘리기를 멈춘다네.
새벽에는 거울보고 귀밑머리 센 것을 근심하고,
밤이 깊어 시를 읊조리니 달빛이 서늘함을 느낀다네.
봉래산蓬萊山이 여기에서 멀지 않다고 하니,
파랑새야, 날 위해 그녀의 안부 좀 전해주려무나.

농서행 隴西行

당唐 진도(陳陶, 812~888)

흉노 소탕을 맹세하고 몸 바친 오천의 날쌘 병사는
오랑캐의 먼지 속에 스러졌네.
가여워라, 무정하無定河 강가에 흩어진 백골들이여!

어느 규방 여인의 꿈속 낭군일 텐데.

———『전당시全唐時』

부친께 바치는 시

모택동(毛澤東, 1893~1976)

원대한 포부 세우고 고향 떠난 아들,

이름 드높이기 전 돌아오지 않겠다 맹세했네.

굳이 고향에 묻히기만 바랄 필요 있는가?

자신의 재능 발휘할 곳 도처에 널렸다네.

충정을 호소하며

당시 나라 위한 충정이었으니 어찌 죽음을 두려워하랴?

지금 천하가 붉게 물들었으니 강산을 누구에 의지해 지키랴?

대업은 이루지 못했건만 몸은 지치고 머리는 이미 세어 버렸구나.

우리 세대의 숙원은 과연 누구에게 의지해야 할까?

———『모택동시사집毛澤東詩詞集』

장미 또는 가시 풀

불광 성운(佛光星雲, 1927~)

일생의 변화를 가져오는 원인에는 여러 가지가 있다. 오고가고 생겨나고 사라지는 한때의 감정으로 인해, 차갑고 따뜻하며 좋고 나쁜 한마디 말로 인해, 생각이나 견해가 다른 한 가지 사건으로 인해, 심지어 서책 안의 시나 문장들이 우리의 미래에 영향을 끼치는 인연이 되고 결국 생각지도 못하게 우리가 원래 가려는 궤도를 바꿔놓기도 한다.

외부에서 오는 인연은 일어나고 사라짐이 일정하지 않고, 복福과 화禍를 예측하기 어렵다. 주된 원인은 역시 자신의 마음에서 비롯된다. 인간 세상의 이利・쇠衰・훼毁・예譽・칭稱・기譏・고苦・낙樂의 팔풍八風이 몰아치는 상황에서도 초연하게 흔들림 없이 고통을 감내할 수 있는가? 운명을 바꾸려고 하기 전, 먼저 우리 안에 내재한 확고한 의지와 지혜로운 견해를 더욱 탄탄하게 만들고, 자신을 위해 아름다운 새가 날아와 찬양하고 청량하며 번뇌가 없는 마음의 정토를 만들어야 한다.

사람은 운명이라는 달콤하고 향기로운 장미를 가꿀 것인가, 잡풀처럼 여기저기 마구 자라는 가시 풀을 가꿀 것인가 선택할 권리가 있다.

───『성운설유星雲說喻』

6月
June

삶의 여행자를 위한

365 日

입도지혜인入道智慧人

동진東晉 구마라즙(鳩摩羅什, 344~413) 한역

능히 인내할 수 있는 사람을 가리켜 힘이 있는 대인大人이라 말한다. 심한 욕설 등의 독을 감로수 마시듯 즐겁게 참아내지 못하는 사람은 지혜에 들어간 사람이라 할 수 없다.

마음을 제어하여 한곳에 두면 처리하지 못할 일이 없다.

부끄러움이라는 의복은 모든 장엄 가운데 가장 으뜸이다.

성내는 마음은 맹렬한 불길보다 거세니, 항상 막고 보호하여 들어오지 못하도록 해야 한다. 공덕을 훔치는 도적 가운데 성냄보다 더 한 것이 없다.

만일 부지런히 정진하면 어려운 일이 없을 것이다. 작은 물방울이 쉼 없이 떨어지면 바위도 뚫을 수 있으니 너희들도 응당 부지런히 정진해야 한다.

만일 능히 청정한 계를 지니면 선법善法을 가질 수 있다. 만일 청정한 계가 없다면 모든 좋은 공덕이 생기지 않는다. 그러니 마땅히 알아야 한다. 계는 가장 안온한 공덕이 머무는 곳이다.

모든 음식을 마땅히 약을 복용하듯 하여 좋다고 덜 먹고 나쁘다고 더 먹지 말아야 한다. 몸을 지탱하도록 굶주림과 목마름을 없애는 데에만 써야 한다.

마치 꿀벌이 꽃을 찾을 때에 오로지 그 맛을 취할 뿐 빛과 향기를 해치지 않는 것과 같다. 남의 공양을 받는 데에도 자신의 번뇌를 없애고자 할 뿐 많은 것을 구하여 그 선심을 해치지 말아야 한다.

지혜로운 자는 소가 어느 정도의 무게를 지고 갈 수 있는지 가늠하여 지나치게 짐을 싣지 않고 그 힘을 다하게 하는 비유와 같다.

──── 『불유교경佛遺教經』

욕됨 견뎌 참마음 지키세

당唐 한산(寒山, 생몰년도 미상)

나의 마음 가을날의 달과 같고,
푸른 못은 맑고 깨끗하여 모든 걸 비추네.
비교하고 논할 한 물건도 없거늘,
내게 무엇을 말하라 하는가.
성냄은 마음속의 불길이니,
능히 공덕의 숲을 태우고도 남으리라.
보살도를 행하고자 한다면,
욕됨을 참아 참마음을 지켜야 한다네.

·

심중에 한 생각도 없다

물이 맑고 맑아 환히 밝으면
깊은 밑바닥이 자연히 다 드러나 보이듯이,
마음 가운데에 한 생각도 없으면
온갖 경계가 따라 돌지 않을 것이라네.
마음속에 망령됨이 일어나지 않으면
영겁토록 경계가 바뀌지 않으니,
만일 이 같은 것을 완벽하게 이해했다면
또 다른 이해는 있을 수 없도다.

근심을 웃는 얼굴로 바꾸라

내가 환하게 웃는 얼굴이면 번뇌가 적고,
세간의 모든 근심 웃는 얼굴로 바꾼다네.
사람들의 근심은 끝내 구제할 방법이 없으니,
커다란 깨달음은 즐거움 가운데 생겨난다네.
군신이 화합해야 나라가 태평할 수 있고,
부자가 한 마음이어야 가정이 화목하네.
다툼이 없으면 형제간의 의가 두텁고,
부부가 즐겁게 살아야 금슬이 좋다네.
주인과 손님 사이에는 기쁨이 넘쳐나고,
상관과 부하의 유대감은 더욱 견고해지네.

───『한산자시집寒山子詩集』

한산습득도寒山拾得圖(부분, 모본),
덴쇼슈분天章周文 作

인간불교 여시설如是說

불광 성운(佛光星雲, 1927~)

인간불교는 생활 속에서, 그리고 생각 속에서 수행하기에 언제든지 수행할 수 있다.

예를 들어 '주다(給)'라는 것을 수행한다고 하자.

봄, 여름, 가을, 겨울 언제 어디서나 '줄 수 있다.'

준다는 것은 무한無限하고 무량無量하며 무궁無窮하고 무진無盡하며 무지無止한 것이다. 또한 환희, 신심, 희망, 편리함을 필요한 사람에게 전해주어 인간세계가 기쁨과 즐거움, 화목함과 조화로움이 가득하도록 만든다.

———『인간불교어록人間佛教語錄』

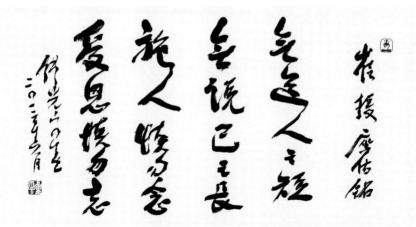

최원좌우명崔瑗座右銘, 성운대사 휘호

사찰 주련 (3)

절강 보타산普陀山 보제사普濟寺 천왕전

입 열어 크게 웃으니,

세간의 가소로운 인간들을 보고 웃는다.

커다란 배로 다 포용하니,

세상에 포용하기 어려운 일까지 포용한다.

절강 칠탑보은선사七塔報恩禪寺

시방세계에서 왔다 시방세계로 돌아가니

시방세상의 시방 일이 되네.

만 명이 나눠주고 베푸니

만 명이 모여 만 가지 인연을 맺네.

준의遵義 상산사湘山寺 관음전

향과 공양물 하나로 시방 세상의 여래 부처님께 공양하오니,

화엄 세상의 장엄함이 다함이 없길 기원하옵니다.

천 개의 손과 눈으로 고난과 재앙을 겪는 중생을 구하시니,

사바세계 어디나 커다란 자비의 마음 가득하옵니다.

복주福州 임양사林陽寺

일상생활에서 시간을 낭비하지 말아라.

범종소리 들으며 항상 생사를 마음에 새겨라.

───『불광교과서佛光教科書』

왕유王維 시선詩選

당唐 왕유(王維, 701~761)

중양절에 고향 산동의 형제들을 생각하며
홀로 타향에서 머물며 객지의 손님 되니,
명절이 돌아오면 가족 생각이 더 난다.
형제들 높은 곳에 올라 산수유 꽂으며 놀 때
한 사람 적다는 걸 멀리서도 알겠다.

위성곡渭城曲

위성渭城의 아침에 흙먼지 내리기 시작하는데,
객사는 푸르른 버드나무가 싱그럽다.
그대여 술 한 잔 더 들기를 권하노니,
서쪽으로 양관을 벗어나면 친구조차 없다네.

종남별업終南別業

중년에 들어 도를 상당히 좋아해,
만년에 종남산 기슭에 집을 지었네.
흥이 나면 늘 홀로 거닐러니,
운치 있고 좋은 일은 나 혼자만 안다네.
거닐다가 물이 끝나는 곳에 다다르면,
앉아서 구름 피어나는 걸 바라본다네.
우연히 나무하는 노인을 만나 담소를 나누다
돌아갈 때를 잊어버렸네. ——— 『왕우승집王右丞集』

저무는 가을 산에서

빈산에 막 비 내리고 나니,
서늘한 날씨에 가을이 성큼 다다랐음을 알겠구나.
밝은 달이 소나무 사이에서 비추고,
맑은 샘물은 바위를 타고 흐르네.
대숲에선 빨래 갔던 여인들 돌아오고,
연꽃잎 흔들거리며 고깃배 지나가네.
봄 따라 꽃들도 저마다 사라져버렸건만,
왕손王孫*만은 절로 머물고 있구나.

* 왕손: 백합과의 식물

신이오 辛夷塢

나무 끝에 부용芙蓉꽃이 피었네,
산 가운데 붉은 꽃봉오리 터트렸네.
적막한 골짜기 오가는 사람도 없건만,
저마다 앞 다투어 피었다가 또 지는구나.

―――『망천집輞川集』

도인이 죽장 짚고
돌아가는 구름을 바라본다.
석효운釋曉雲 作

백인가百忍歌 【절록節錄】

당唐 장공예(張公藝, 578~676)

인내는 대인大人의 도량이요, 인내는 군자의 근본이다.
작은 일을 참지 않으면 큰일 되고,
선한 일을 참지 않으면 결국 원망이 된다.

부자가 참지 않으면 자애와 효를 잃고,
형제가 참지 않으면 사랑과 존경을 잃는다.
친구가 참지 않으면 의를 상하게 되고,
부부가 참지 않으면 다툼이 많게 된다.
유령劉伶의 명성이 더렵혀진 것은 다만 술을 참지 못해서였고,
진령공陳靈公이 나라를 망친 것은 다만 여색을 참지 못해서였다.
석숭石崇이 집안을 망친 것은 다만 재물 쌓기를 참지 못해서였고,
항우項羽가 목숨을 버린 것은 다만 울분을 참지 못해서였다.
오늘날 죄를 범하는 사람은 모두 이 참는 것을 모르기 때문이니,
예로부터 큰 업적을 이룬 사람 가운데 참지 않은 이 누가 있던가?

참을 인 하나로 천하를 주유할 수도 있고,
가까운 이웃이 될 수도 있다.
타인의 말을 참으면 시비를 면할 수 있고,
다툼을 참으면 원한을 없앨 수 있다.
타인이 욕해도 대꾸하지 않으면 그의 악한 말은 절로 조용해지고,
타인이 때려도 받아치지 않으면 그의 독한 손은 절로 힘 빠지게 된다.
모름지기 인내와 양보가 참 군자임을 알고,

인내와 양보를 어리석다 말하지 말라.

세간에서는 인내를 어리석다 비웃지만,

하늘과 귀신들은 인내를 중요시한다.

내가 만일 억지로라도 참지 않는다면

상대방은 나보다 더욱 참지 않을 것이다.

일이 발생할 때에 꼭 참아야 하고,

일이 발생한 뒤에도 또한 참아야 한다.

백 가지 인내하기 두렵지 않지만

오로지 한 가지를 인내하지 못할까 걱정이다.

참지 않으면 백 가지의 복이 눈처럼 사라지고,

한 번 참으면 만 가지 화가 잿더미가 된다.

———『구당서舊唐書』

구세동거九世同居

당唐 장공예(張公藝, 578~676)

젊어서 공부하지 않으면 늙어서 후회하고,

봄에 열심히 밭 갈지 않으면 가을에 수확이 없다.

열심히 공부하고 밭 갈면 절로 영화롭게 되고,

장사로 돈을 많이 번다고 해도 눈앞에 핀 꽃일 뿐이다.

젊은이는 영웅적 기개를 지니고 있어야 하고,

사내대장부는 천하를 의지해 일을 도모해야 한다.

세 번 생각한 뒤에 행하지 않으면 결국 후회하고,

성냄을 한 번 참으면 영원토록 근심이 없다.

절박한 상황에서 모른 체하는 무정한無情漢이 되지 말고,

때를 만나면 즉시 나서는 수행자가 되라.

가정의 행복은 현명한 아버지가 만드는 것이고,

집안의 평화와 안녕은 지혜로운 어머니가 만든다.

아내가 현명하면 부유하지 않을까 근심할 필요 없고,

자녀가 효성스러우면 반드시 엄격한 부친이 있다.

아비와 자식이 한 마음이면 가정이 쇠퇴하지 않고,

형제가 화목하면 가정에 분란이 일지 않는다.

대대로 인의를 배워 끊어짐이 없으니,

아홉 세대가 함께 살며 복이 찾아온다.

───『구당서舊唐書』

부연: 『당서·효우전서唐書·孝友傳序』에 의하면 장공예 일가에 9세대가 함께
산다는 얘기를 전해들은 당 고종이 그 가풍을 묻자, 당시 88세의 장공예가
백 개의 '인忍'자를 써서 상소로 올렸다 한다. '백인百忍'의 내용을 보고 고종
이 크게 감동해 '백인의문百忍義門'이란 편액을 하사했다고 한다.

위응물韋應物 시선
당唐 위응물(韋應物, 737~792)

장안에서 풍저馮著를 만나다

나그네가 동쪽에서 장안으로 돌아오니,
옷에 파릉灞陵의 봄비가 묻었으리라.
나그네에게 무엇 하러 왔느냐 물으니,
산을 개간할 도끼 사러 왔다 하네.
부슬부슬 내리는 봄비에 백화가 만발하고,
솔솔 부는 바람에 제비는 새끼를 품네.
작년에 이별하고 난 뒤 다시 봄이 찾아오니,
하얗게 센 귀밑머리 몇 가닥이련가?

양자진揚子津을 떠나면서
교서랑校書郎 원대元大에게 부치다

쓸쓸히 친한 벗과 헤어지고 나니,
야속하게도 배는 희미한 안개 속으로 사라지네.
흔들거리며 빠르게 낙양으로 돌아가겠지.
종소리의 여운이 광릉의 나무숲을 휘감네.
오늘 여기서 그대와의 이별이 아쉽거늘,
언제 어디서 다시 만날 수 있을까?
세상일이란 파도 위의 작은 배와 같으니,
물 따라 부침함을 어찌 내가 결정하랴?

가을밤에 구원외丘員外에게 부침

그대를 그리워하는 이 가을밤에,
나 홀로 천천히 걸으며 청량한 가을하늘을 노래하네.
솔방울 떨어지는 소리 들리는 고요한 산에서
아마 그대도 친구 생각에 잠 못 들고 있겠지.

전초산全椒山의 도사에게 보냄

오늘 아침 서재가 썰렁함을 느끼니, 산에 은거한 이가 문득 생각나네.
계곡 아래에서 땔감 줍고, 돌아와서는 소박한 식사를 하겠지.
쌀쌀한 날씨에 술 한 병 들고 원산에 있는 친구를 찾아봐야겠네.
떨어진 낙엽에 온 산이 뒤덮였으니, 어디에서 그대 종적 찾으리.

원석元錫 이담李儋에게 부치며

지난해 꽃 필 때 그대와 이별하였는데,
오늘 또 꽃이 피었으니 일 년이 지났구료.
세상일이란 아득하고 헤아리기 어렵나니,
지나가는 봄을 아쉬워하며 홀로 잠드네.
몸이 아프니 고향 생각 더 많이 나고,
마을에 이재민이 많으니 봉록받기 부끄럽네.
외로운 늙은이 보러 온다더니,
서루에서 보는 달 몇 번이나 둥글어도 보이지 않네.

———『전당시全唐時』

인생계획

불광 성운(佛光星雲, 1927~)

사람은 누구나 나름의 인생계획을 가져야 한다. 공자는 "열다섯에 학문에 뜻을 두고, 서른에 뜻을 확고히 하며, 마흔에는 어떠한 것에도 미혹되지 않고, 오십에는 하늘의 섭리를 깨달으며, 예순에는 듣는 바를 모두 이해하여 거스름이 없고, 칠십에는 마음이 하고자 하는 바대로 행하여도 법도에 어긋남이 없게 한다"고 했다. 이것은 공자의 인생설계이다.

나 역시 나의 일생을 십 년 주기로 해서 '성장, 학습, 참학, 문학, 역사, 철학, 윤리, 불학' 등 여덟 단계의 인생을 계획하였다. 불법을 가장 마지막에 둔 것은 불법에서 말하는 '일진법계一眞法界' 안에서 생명이 비로소 원만할 수 있기 때문이다.

물론 인생이 계획대로 되는 것은 아니다. 각각의 인연으로 때로 자신도 어쩔 수 없는 경우가 있기 마련이다.

자신을 '자각自覺적인 인생, 자도自度적인 인생, 이타利他적인 인생'에 맞추는 것이 가장 훌륭한 인생계획이다. 생활 속에서 감정을 정화하고, 재화를 잘 사용하고, 덕을 베푸는 처세야말로 자신의 삶이 더욱 의미 있고 가치 있도록 한다. 이것이야말로 가장 훌륭한 인생계획이다.

──── 『미오지간迷悟之間』

동일동락冬日同樂
풍일음豐一吟 作

육유陸游 시선詩選

송宋 육유(陸游, 1125~1210)

봄나들이

작은 조각배를 타고 푸른 물보라를 헤치며 나아가니
길가에 떨어진 붉은 꽃이 나와 어깨를 나란히 걷는구나.
칠십 평생에 사람은 이미 모두 바뀌었건만,
방옹(放翁: 작자)은 여전히 봄바람에 취해 있구나.

암중잡서庵中雜書

절에 오래 머물러 있으니 봄처럼 따뜻하고,
빈 종이는 소리 없는 흰 구름과 같구나.
방생과 약을 나눠주는 것을 제외하고
천군天君을 곤란하게 하는 일은 없다.

계살시戒殺詩

피 흐르는 고기의 맛이야 좋지만,
그 고통과 원망 호소하기 어렵다네.
손을 얹고 입장 바꿔 생각해 보게.
누구인들 자기 몸을 칼로 베려 하겠는가.

─── 『검남시고劍南詩稿』

동우전董遇傳 【절록節錄】

서진西晉 진수陳壽, 233~297)

어떤 사람이 동우董遇에게 가르침을 청하자, 동우
는 거절하며 "우선 책을 백 번 읽으십시오. 그렇게
반복해서 읽다보면 본래의 함축된 의미를 알 수
있을 것입니다"라고 말했다. 그러나 가르침을 청
하는 사람은 "당신의 말도 이치에 맞지만, 그렇게
반복해서 읽을 시간이 없습니다"라고 대답했다.
그러자 동우는 "마땅히 삼여三餘를 활용하십시
오"라고 했다.

삼여가 무엇이냐 묻자, 동우는 "삼여는 독서하기
좋은 세 가지의 여가시간입니다. 겨울에는 농사
일이 많지 않으므로 1년 중 가장 한가로운 시간이
요, 밤에는 밭에 나가 일하기 어려우니 하루 중 가
장 한가로운 시간이요, 비오는 날은 외출해 활동
하기 좋지 않으니 이 역시 한가로운 시간입니다"
라고 대답했다.

―――『삼국지三國志』

독경도讀經圖 (부분)
이소곤李蕭錕 作

206

남편을 위한 기원문 【절록節錄】

불광 성운(佛光星雲, 1927~)

자비롭고 위대하신 부처님!
저는 오늘 지극히 경건한 마음으로 당신께 기원합니다.
제 남편이 오로지 재물을 위해 동분서주하지 않고,
도덕적 수양도 조금은 쌓길 바랍니다.

그가 처세에 능한 것에만 의지하기보다는,
자비와 후덕함으로 타인을 대하길 바랍니다.
그가 사업에만 필사적으로 매달리지 말고
신심의 건강을 챙기길 바랍니다.
그가 밖에서 접대에만 신경 쓰지 말고
가정의 화목함을 중시하길 바랍니다.
그가 아내와 아이를 사랑하고 보호하는 것뿐만 아니라,
타인의 부모와 가족도 사랑하고 보호하며,
모든 인류와 모든 중생까지도 사랑하고 보호하길 바랍니다.
그가 자신의 일에 열심히 임하는 것뿐만 아니라,
아내와 아이들을 위한 시간을 할애하고
가족들과 즐거운 생활을 충분히 누릴 수 있게 해주십시오.

자비롭고 위대하신 부처님!
그가 가정에 대한 책임을 회피하지 않길 바랍니다.
그가 옛것을 버리고 새로운 것만 좇지 않길 바랍니다.
그가 권세와 명리에 집착하지 않고,

베체클리크 천불동 제20굴
위구르 고창왕 공양상

평범한 삶이 위대한 것임을, 바랄 것 없는 삶이 숭고한 것임을 알게 해
주십시오.

부패와 음탕함에 탐욕하지 않고,
조강지처야말로 평생의 반려자이며, 평안이야말로 아름다운 것임을
알게 해주십시오.

그가 늘 건강하고 오래 저희와 함께 하며 모든 일이 다 이루어지게 해
주십시오.

──── 『불광기원문佛光祈願文』

수련修練

양수명(梁漱溟, 1893~1988)

사람은 일생 중 가장 먼저 사람과 일의 관계를 해결하고, 그 다음 사람
과 사람 사이의 관계를 해결하고, 마지막으로 타인과 자아와의 관계를
결정할 순간이 생긴다.

이것은 투계鬪鷄의 힘들고 긴 훈련 과정과 비슷하다.

첫 단계에서 싸움닭은 겉으로만 큰소리치는 길거리 불량배와 비슷하
다. 사나워 보이지만 힘이 세진 않다.

두 번째 단계에서 싸움닭은 비평적이면서도 격앙된 언어를 구사하는
젊은이처럼 불굴의 투지가 남아 있다.

세 번째 단계에서 싸움닭은 호승심이 완전히 사라진 것처럼 보인다.
그러나 눈에는 여전히 날카로움이 남아 있고 기세도 여전하지만 쉽게
충동적이다.

하지만 최후에는 몸에 최고의 기술을 지니고 있으면서 어수룩한 것처
럼 다른 사람에게 드러내 보이지 않는다. 경기장에 들어설 때에서야
이 닭이 천하무적임을 알 수 있다.

——— 『수련修練』

육도회 중
아수라도 (부분)

화엄경게 華嚴經偈

동진東晉 불타발타라(佛馱跋陀羅, 359~429) 한역

성냄과 교만을 모두 버리고, 항상 부드러움과 인내하는 법을 즐기네.

자비慈悲와 희사喜捨 가운데 편히 머무니

이를 장엄하고 맑은 법문이라 하네.

속세의 티끌 같은 마음은 그 수를 알 수 있지만

큰 바닷물을 다 마시고, 허공을 헤아리고 바람을 모두 엮는다 해도

부처님의 공덕은 말로 다 할 수 없네.

만일 부처님의 경계를 알고자 한다면

응당 그 뜻을 허공처럼 청정하게 하고,

모든 망상과 집착을 멀리하고,

마음이 향하는 곳에 걸림이 없도록 하라.

일체의 오욕은 무상한 것이니,

마치 물거품과 같이 성품이 거짓이어서,

모두 꿈과 같고 아지랑이 같으며,

또한 뜬구름과 물에 비친 달과 같다.

———『대방광불화엄경大方廣佛華嚴經』

관자재보살觀自在菩薩
황사릉黃士陵 作

증문공曾文公 일기 【절록節錄】

청淸 증국번(曾國藩, 1811~1872)

예로부터 억만년 동안 시간은 끝없이 흘러간다. 인간이 살면서 수십 번의 한서가 한순간처럼 지나간다.

대지가 수만리이지만 그 끝을 알 수가 없다. 인간은 그 속에서 자고 생활하고 배회하고 쉬면서 살고 있다.

낮에는 방 하나를 차지하고, 밤에는 겨우 침대 하나만 차지한다.

옛사람이 쓴 서적과 동시대 사람의 저술까지 바다만큼 광대하지만 전 생애를 통해 읽을 수 있는 것은 그 중에 지극히 일부분이다.

사물은 끝없이 변화하고 아름다운 명성은 백년을 지나지만, 인생에서 재주와 힘을 능히 펼칠 수 있는 것은 커다란 쌀 창고의 쌀 한 톨에 불과하다.

하늘은 끝없이 길지만 우리 인생에서 겪는 것이 얼마나 짧은지를 안다면, 고난과 역경에 직면했을 때 인내심을 가지고 모든 것이 결정되기를 기다리는 게 가장 좋다.

대지는 넓지만 우리는 겨우 작은 공간만을 차지한다는 것을 안다면 명예와 이익을 다투는 상황이 됐을 때 한발 비켜서서 양보하며 그 태도를 지키는 것이 최선이다.

서적은 많지만 우리의 지식이 얼마나 부족한지 안다면 조금을 얻었다고 감히 기뻐하지 말고 선한 것을 택하여야 한다.

세상의 변화는 무성해도 우리가 성취할 수 있는 것이 지극히 적음을 안다면 공명을 자랑하지 말고 현명한 사람을 추천해서 그와 함께 일해라.

이렇게 하면 이기적이고 거만함이 점차 사라질 것이다.

———— 『증문공문집曾文公文集』

보살의 네 가지 서원誓願

명明 일여(一如, 1352~1425) 수집

대지와 같은 마음으로,

중생이 심은 도의 싹과 선업의 씨앗이 잘 자라

성과聖果를 얻도록 하겠습니다.

선박과 같은 마음으로,

중생을 막힘없이 순조롭게

피안의 세계에 도달하도록 인도하겠습니다.

큰 바다와 같은 마음으로,

중생을 교화하여 다 같이 참된 가르침을 얻어

청정한 법문에 젖도록 하겠습니다.

텅 빈 허공과 같은 몸으로

모든 중생이 평등하여 둘이 아니니

만물을 품어 함께 법성을 증득하도록 하겠습니다.

———— 『묘법연화경妙法蓮華經』

십팔나한도十八羅漢圖 (부분), 정운붕丁雲鵬 作

빈궁함과 부유함

불광 성운(佛光星雲, 1927~)

불교의 입장에서 보면 세상에 가난한 사람은 하나도 없다.

시간 있는 사람은 타인을 돕는 데 그 시간을 사용하니 그가 바로 시간의 부자가 아닐까?

말을 참 멋지게 하는 사람이 다른 사람을 칭찬하고 격려하는 말을 한다면 그가 곧 언어의 부자가 아닐까?

미소와 환희, 예와 공경으로 타인을 대하는 사람이 바로 진실된 마음의 부자가 아닐까?

힘써 돕고 봉사하면 이것이 힘 있는 부자가 아닐까?

그러므로 욕심이 많고 만족을 모른다면 영원히 가난한 자일 것이며, 남을 돕기 즐겨한다면 그는 영원히 부유한 사람일 것이다.

───『미오지간迷悟之間』

네 가지 품성의 친구

삼국시대 지겸(支謙, 197~266)

네 종류의 친구가 있으니 이것은 반드시 알아야 한다.

꽃과 같은 친구, 저울과 같은 친구, 산과 같은 친구, 대지와 같은 친구가 그것이다.

어째서 꽃과 같다고 하는가?

한창 아름다울 때는 머리에 꽃지만, 일단 시들면 땅에 아무렇게나 버리듯이 네가 부유한 걸 보면 착 붙어 있다가 가난하고 비천해지면 즉시 버리니, 이것을 꽃과 같은 친구라 한다.

어째서 저울과 같다고 하는가?

물건이 무거우면 머리가 내려가고, 물건이 가벼우면 머리를 쳐드는 것처럼 주는 것이 있으면 공경하고 주는 것이 없으면 태도가 불손해지니, 이것을 저울과 같은 친구라 한다.

어째서 산과 같다고 하는가?

예를 들어 금산金山에 새와 짐승들이 모이면 털과 날개도 더불어 빛이 나는 것처럼 그 귀함으로 능히 타인을 영광스럽게 하고, 부유함을 함께 기뻐하고 즐거워하니, 이것을 산과 같은 친구라 한다.

어째서 대지와 같다고 하는가?

온갖 곡식과 재보財寶 등 일체를 받들어 베풀고 나눠주며 기르고 보호하는 것처럼 은혜가 두텁고 얇지 않으니, 이것을 대지와 같은 친구라 한다.

──『불설패경초佛說孛經抄』

폭포를 바라보며, 소어小魚 作

삼보三寶

춘추시대春秋時代 노자(老子, B.C. 604~531)

내게는 항상 아끼고 보호하는 진귀한 보물 3가지가 있다.

첫째는 자애로움이고, 둘째는 검소함이며, 셋째는 감히 천하의 앞에 나서지 않는 것이다.

자애로움이 있기에 용감할 수 있고, 검소함이 있기에 크고 넓어질 수 있으며, 감히 천하의 앞에 나서지 않기에 천하 사람들의 으뜸이 될 수 있다.

만일 자애롭지 못하고 용감하기만 하거나, 검소하지 못하고 크고 넓기만 하거나, 양보하지 못하고 앞을 다투기만 한다면 결국 죽음의 길을 향해 갈 뿐이다.

그러므로 자애로움으로 싸움을 하면 승리할 수 있고, 자애로움으로 지키면 견고할 것이다. 하늘이 사람을 도우려고 하면 자애로움으로 그 자신을 보호할 수 있게 한다.

───『도덕경道德經』

추기鄒忌가 제왕齊王에게 풍자로 간諫하다

서한西漢 유향(劉向, B.C. 77~6)

추기는 준수한 용모를 가진 호남자였다. 그는 성 북쪽에 사는 서공徐公이 미남자라는 소리를 듣고 자신과 서공 중 누가 더 잘생겼는지 부인, 첩, 손님에게 각각 물어보았다. 그들은 한결같이 "당신이 서공보다 더 잘 생겼습니다"라고 답하였다.

그 다음날 서공이 추기의 집을 방문하였다.

찬찬히 그를 살펴보고 난 추기는 자신이 그보다 못하다는 생각이 들자, 그들이 왜 그렇게 대답했는지 곰곰이 생각해 보았다.

"아내가 아름답다고 한 것은 나를 편애하기 때문이고, 첩이 아름답다고 한 것은 나를 두려워해서이고, 손님이 아름답다고 한 것은 내게 부탁할 것이 있어서이다."

그리하여 추기는 제나라 위왕威王에게 이와 같은 상소를 올렸다.

"제나라 영토 천 리 안에는 120개의 도시가 있습니다. 폐하의 후궁과 가까이에서 모시는 신하들 중에 전하를 편애하지 않는 사람이 없습니다. 조정의 대신 중에는 전하를 두려워하지 않는 사람이 하나도 없습니다. 제나라 백성 중에는 전하께 부탁할 것이 없는 사람이 하나도 없습니다. 이러니 폐하가 은폐당한 진실이 더욱 많을 것입니다."

위왕이 그 즉시 면전에서 "내 잘못을 지적할 수 있는 자는 상등上等의 상을 내리고, 상서로 간하는 자는 중등中等의 상을 내리며, 공공장소에서 나의 잘못을 말하여 내 귀에 들어오게 하면 하등下等의 상을 줄 것이다"라고 공포하였다.

명령이 공포된 뒤 간하려고 입궁하는 자들로 문전성시를 이루었고, 줄은 성 밖까지 이어졌다고 한다. 이러기를 1년간이나 지속된 뒤에야 점차 사그라졌다고 한다. 이 같은 소식을 들은 연나라, 조나라, 한나라, 위나라에서 찾아와 제나라 위왕에게 머리를 조아렸다. 이를 일러 곧 "위왕은 군사를 사용하지 않고 승리를 얻었다"라고 한다.

───『전국책戰國策』

타인이 그대와 친밀하게 지내려는 이유는?

미상

첫째, 그대에게 덕이 있음이다. 타인에게 진실되고 후덕하며 선량한 마음을 가지고 있으며 친절하고 정직하고 예의바르고 사랑하는 마음이 있어 타인이 너의 가까이에 있으면 따스하고 안심된다.

둘째, 그대에게 쓸모 있는 기술이 있음이다. 타인에게 실용적인 가치가 있다.

셋째, 그대에게 지식이 있음이다. 타인에게 몰랐던 세계를 알게 해주고 시야를 넓혀준다.

넷째, 그대에게 역량이 있음이다. 남의 생각을 잘 들어주고, 가치 있는 견해를 말해줄 수 있다.

다섯째, 그대에게 포용력이 있음이다. 타인의 가치를 충분히 인식하고 타인의 진가를 알아본다.

여섯째, 그대에게 재미가 있음이다. 타인을 유쾌하게 하고 그대와 함께 있으면 무료하지 않다.

일곱 번째, 그대에게 진심이 있음이다. 진실된 마음으로 친구를 사귀니 자연스럽게 존경할 만한 관계가 되고, 긍정의 힘이 생겨난다.

사물을 대할 때 아는 것을 다 말할 필요 없고, 본 것은 모두 믿을 필요 없으며, 들은 것은 그 자리에서 소화시켜라.

선별하고 걸러내는 능력을 키워라. 그것이 쌓이면 재능은 더 강해지고 큰일을 이루게 된다.

고객과 다투면 그대가 이길지라도 손님은 가버린다.
동료와 다투면 그대가 이길지라도 팀은 와해된다.

상사와 다투면 그대가 이길지라도 승급 기회는 유보된다.

가족과 다투면 그대가 이길지라도 가족 간의 유대감은 없어진다.

친구와 다투면 그대가 이길지라도 친구들이 점점 끊어진다.

애인과 다투면 그대가 이길지라도 감정은 점점 옅어진다.

누구와 다투더라도 그 다툼에서 이기는 것은 곧 지는 것이다.

차라리 자신과의 경쟁을 통해 자신을 더 크고 강하게 만드는 것이 진정한 승리이다.

찻잎은 끓는 물에 의해 깊고 부드러운 맑은 향기를 내보인다.

생명 또한 한차례의 좌절과 실망을 겪으면서 인생의 향기를 남길 수 있다.

평화는 일종의 수련의 결과이고 또한 처세의 예술이다.

사수도四睡圖(부분), 묵암黙庵 作

체도법어 剃度法語

불광 성운(佛光星雲, 1927~)

불광산 위에 환희의 기운이 가득하고,
개산 이후 만방에서 모여든 사람들!
좋은 인연들로 기쁜 일이 가득하고,
젊은이들이 불교에 들어와 다투어 빛내네.
발심하여 출가하는 것이 가장 훌륭하여,
사랑하는 부모와 고향을 떠나왔네.
천룡팔부가 한 목소리로 찬양하고,
혜명을 구하여 만고에 길이 남기리.
삭발하고 승복 입은 모습이 당당하니,
인욕하고 지계함을 잊지 말아라.
항상 불법을 널리 선양할 의무를 기억하고,
초심이 방황하지 않게 하라.
승려로서의 행동은 항상 바르게 하고,
의기소침한 감정을 드러내지 말라.
상주常住를 위해 힘써 울력에 임하고,
공경과 화목에서 경이로운 향기 퍼진다.
맑은 차와 소박한 음식은 자신을 강하게 하고,
누더기 옷 하나로도 거리낄 것 없다.
쾌락적인 생활을 구할 필요 없고,
물욕에 초연하면 진실을 볼 수 있다.
선악과 인과의 법칙을 마음에 새기고,
인아와 시비는 반드시 잊어라.

왓 라자시타람 불국도佛傳圖, 싯달다 태자의 삭발 장면

죄와 복의 진정한 의미를 깊이 연구하고,
자비와 희사의 도리 융성하게 하라.
조석으로 예불을 거르지 말고,
독경과 예불을 하며 법왕을 찬양하라.
금전과 인연 없어도 상관 말고,
오직 불법을 구해 자항慈航으로 삼아라.
십년 내에는 여기저기 배회하지 말고,
신심을 안주하고 생각을 깊이 하라.
천하 다른 총림이 아무리 좋다 해도
나는 여기에 머물며 무한한 즐거움 누리리라.
———『즘양주개불광인怎样做個佛光人』

항상 선심善心을 내어라

북량北凉 담무참(曇無讖, 385~433) 한역

비난하는 소리를 들어도 마음은 능히 참고 인내하여라.

칭찬하는 소리를 들어도 반대로 부끄러운 마음을 내어라.

도를 닦고 실천할 때는 환희를 일으켜 스스로 기뻐하지 말라.

이렇게 교만한 마음을 내지 않고 악한 사람은 조복시켜라.

무리에서 이탈하거나 무너뜨리는 것을 보면 능히 화합하게 하여라.

타인의 착한 일은 널리 알리고 잘못과 허물은 감추어 주어라.

타인이 부끄럽게 여기는 바는 절대 드러내 말하지 말라.

타인의 사사로운 일을 들어도 다른 사람에게 말하지 말라.

자신이 입은 작은 은혜는 크게 보답할 생각을 하여라.

자신과 원수를 진 자에 대해서도 항상 착한 마음을 내어라.

모든 중생을 볼 때마다 마치 나의 부모인 듯 대하라.

몸과 목숨을 잃을지라도 끝까지 거짓말을 하지 말라.

선심상속善心相續

학문이 나보다 뛰어난 것을 보고 시기심을 내지 않고,

내가 타인보다 뛰어나다고 교만한 마음을 내지 말라.

타인이 즐거움을 받는 것을 보면 마음에 기쁨을 내고,

이 착한 마음이 계속 이어지게 해 끊어지지 않게 하라.

내가 즐거움을 받을 때는 타인을 경시하지 않아야 하고

타인이 고통을 받을 때는 기뻐하는 마음을 내지 말아야 한다.

보리정인菩提正因

내 몸이 끊어지고 잘라져 분리되더라도 성내는 마음을 내지 않으며,
응당 지난날 업장의 인연을 깊이 관찰하고,
또한 자비를 닦아 모두에게 연민의 마음을 내어야 한다.
만일 작은 일조차도 참지 못하면
내가 어떻게 중생을 조복시킬 수 있겠는가?
인욕이 곧 보리를 이루는 바른 원인이요,
아뇩다라삼먁삼보리가 곧 인내의 과보이다.
내가 이와 같은 씨앗을 심지 않으면
어떻게 이와 같은 바른 과보를 얻겠는가?

─── 『우바새계경優婆塞戒經』

사북당서 辭北堂書

당唐 동산양개(洞山良价, 807~869)

세간에 나투시는 모든 부처님은 부모에게 몸을 받았다 합니다. 모든 현상은 천지에 의존해서 생겨난다 합니다. 그러므로 부모가 없다면 태어날 수 없고, 천지가 없다면 어느 것도 자라지 못할 것입니다.

우리는 양육의 은혜를 입었고 또한 우리 모두는 넘치는 은덕을 받았습니다. 지각을 가진 모든 생명체와 현상은 무상한 생멸로부터 떨어질 수 없습니다. 젖 먹여 키우신 양육의 은혜가 깊어 세상의 모든 공물을 올려도 그 은혜를 보답할 수 없을 것입니다. 자신의 피를 먹여 부모를 봉양한다 해도 부모가 영원히 사는 것은 아니라고 했습니다.

『효경孝經』에서는 "매일 고기반찬만 올린다고 효도가 아니다"라고 했습니다. 강한 끈으로 연결되어 영원토록 깊은 윤회에서 헤맨다고 하던데, 지극히 깊은 은혜에 보답하는 방법에는 출가하는 공덕만큼 더 좋은 것은 없으며, 생사의 강을 건너고 번뇌의 고해를 넘어 삼세에 걸친 네 가지 은혜를 보답하지 못할 것이 없다고 합니다.

그러므로 경전에서는 "자신이 출가하면, 9족이 하늘에 태어난다"고 했습니다. 아들 양개良价는 이생에서의 몸을 버리고 집을 떠나 장차 영겁의 근진根塵을 벗고 반야를 깨닫고자 합니다.

저는 훗날 부처님과 다시 만난 정반왕과 마야부인처럼 우리의 인연에 얽매이지 않고 부모님이 이해하고 흔쾌히 허락해주시길 바랍니다.

오늘 비록 서로 헤어지지만 저는 부모님 봉양을 외면하려는 것이 아닙니다. 그러나 때는 사람을 기다려주지 않습니다.

그러므로 이 몸을 이번 생에 제도하지 않으면 언제 이 몸을 제도하겠습니까? 부모님께서 아들의 걱정은 하지 않으시길 엎드려 비옵니다.

낭회서孃回書

나와 네가 오래전부터 인연으로 엮이어, 비로소 모자로 이어져 사랑과 정을 나누었구나. 너를 뱃속에 가진 날부터 부처님과 신명께 남자아이를 점지해 주십사 기원 드렸다. 열 달이 지나 실처럼 가느다란 생명에 매달려 너를 낳았다.

소원대로 너를 낳았으니 나는 너를 보물처럼 여겼다. 저지레를 쳐도 개의치 않고 젖을 먹이면서도 피곤하지 않았다. 네가 자라 공부를 시작했고 때때로 늦게 귀가할 때면 문 앞에서 네가 돌아오길 기다렸다.

어느 날 스님이 되고 싶다는 편지가 왔구나. 너의 아버지는 일찍 돌아가시고 나는 늙었는데 너에게는 형제도 없으니 이제 나는 누구를 의지하랴. 아들인 너야 나를 버리려 해도 나는 아들인 너를 버릴 마음이 없구나. 네가 떠나자 밤낮으로 슬픔의 눈물을 흘렸다.

아이고, 어쩌나. 집으로 돌아오지 않겠다는 너의 맹세를 나는 존중한다. 왕상王祥과 정란丁蘭의 효성을 본받기보다 목련존자처럼 나를 구원해 윤회에서 건져내어 부처님의 세계에 들어가게 해주길 바란다.

그렇지 않으면 난 여전히 기쁘지 않을 것이니 내 마음을 헤아려라.

──『동산오본선사어록洞山悟本禪師語錄』

부연: 동산 양개선사는 선종禪宗 조동종曹洞宗의 개산조사로서 『사북당서』는 그가 어머니에게 쓴 서신이며, 이번 생에서는 부모의 곁을 떠나지만 효를 다하겠다는 굳은 의지가 명확하게 나타나 있다. 어머니는 회신(낭회서)에서 거듭 당부하며 어머니 된 자의 심정을 나타내고 있어 감동을 주고 있다.

제중십강濟衆十綱

명明 원료범(袁了凡, 1533~1606)

1. 타인에게 선을 베풀라.

2. 사랑과 존경을 마음에 간직하라.

3. 타인의 바람을 이루어주라.

4. 타인에게 선행을 권하라.

5. 타인을 위급함에서 구하라.

6. 더 큰 이로움을 일으켜라.

7. 재물을 보시하여 복을 지어라.

8. 바른 가르침을 지니고 보호하라.

9. 웃어른을 존경하라.

10. 동물을 사랑하고 아껴라.

일심청정一心淸淨

선을 행하되 마음으로 선에 집착하지 않으면 성취하는 바가 반드시 있고 모든 것이 원만해진다.

선에 집착하면 평생 힘써 노력해도 선의 반 정도에서 그치게 될 뿐이다. 예를 들어 재물을 가지고 타인을 구제할 때에 안으로는 자신을 보지 않고, 밖으로는 타인을 보지 않으며 가운데로는 나눠주는 물건을 보지 않아야 한다. 이것을 일러 삼륜체공三輪體空이라 하며 일심이 청정하다 한다. 한 말의 곡식으로 한이 없는 복을 심을 수 있고, 동전 한 닢으로도 천겁의 죄를 소멸할 수 있다. 그런 마음이 없다면 비록 황금이 가득 있더라도 복이 가득 차지 않는다.

인과불매因果不昧

타인에게 잠시 권할 때는 입으로 하고,
백세를 권할 때는 글로써 한다.
공덕은 모두 무량하여 다함이 없으나,
선을 행하는 것이 가장 즐겁다.
오계를 지키면 타인의 몸을 지킬 수 있고,
십선을 행하면 천계에 태어날 수 있다.
인과를 분명하게 인식하고 결정하는 데는
글을 읽는 것이 도움이 된다.

일본 도다이지(東大寺)
지장보살상, 쾌경快慶 作

만공가萬空歌 【절록節錄】

남량南梁 보지(寶誌, 418~514)

동서남북 여기저기 주유하며
뜬구름 같은 인생 결국 공임을 보았네.
하늘도 공이요, 땅도 공이요,
인생의 아득함이 그 가운데에 있다네.
해도 공이요, 달도 공이요,
뜨고 지기를 반복하니 누구의 솜씨이런가.
밭도 공이요, 논도 공이요,
그새 주인이 얼마나 바뀌었던가.
금도 공이요, 은도 공이요,
죽은 뒤에 손에 쥐고 간 적이 있던가?
아내도 공이요, 자식도 공이요,
저승 가는 길에 만날 수가 없구나.
대장경에선 공을 색色이라 하고,
반야경에선 색을 공이라 하네.
아침엔 동에서 오고 저녁엔 서쪽으로 가니
인생이 흡사 꽃 따는 벌과 같네.
온갖 꽃에서 벌꿀을 다 모으고 나면
한바탕 애쓰고 났지만 결국 빈손이라.
한밤 삼경의 북소리 듣고 잠들었는데,
한 번 뒤척이니 어느새 오경 종소리 들리네.
처음부터 곰곰이 되짚어 생각해보니,
결국 헛된 한낮의 꿈일 뿐이어라. ──── 『지공화상만공가志公和尙萬空歌』

향수 鄕愁

여광중(余光中, 1928~)

어린 나에게
향수란 아주 작은 우표였다.
나는 이쪽에, 어머니는 저쪽에!

어른이 된 나에게
향수란 증기선의 배표였다.
나는 이 끝에, 아내는 저 끝에!

수 년 후에 나에게
향수란 나지막한 봉분이었다.
나는 이 밖에, 어머니는 그 안에!

이제 나에게
향수란 야트막한 해협이다.
나는 이쪽 해안에, 대륙은 저쪽에!

───『백옥고과白玉苦瓜』

풍림월상도風林月上圖, 소미邵彌 作

근검권세문 勤儉勸世文

송宋 여몽정(呂蒙正, 946~1011)

부지런함과 나태함은 모두 한 생각으로 생겨나고,

가정의 흥망은 그 가운데 결정된다.

모든 일의 성취는 근면함에서 비롯되나니,

게으른 자가 성공하는 걸 본 적 있는가?

젊은 시절이 가장 귀하나니,

성공하는 좋은 요인이 그 시기에 있기 때문이다.

인생의 값진 시기를 소중히 여기지 않으며,

하찮은 일에 낭비할 시간이 없다.

아침 일찍 일어나서 집 안팎으로 분주히 힘써라.

가산을 탕진하는 사람을 보아라. 게으르고 잠이 많은 사람이다.

검소한 삶이 가장 고귀하다. 돈을 물 쓰듯 써버리지 말아라.

물자의 부족을 항상 가슴에 새기면,

후일 절망의 절규를 듣지 않게 될 것이다.

처세하고 가정을 유지해 나가는 데

앞뒤를 신중하게 생각하라.

돈이 있을 때는 항상 없을 때를 생각하고,

돈 없으면서 돈이 있기를 기대하지 말라.

계탐권세문 戒貪勸世文

간교할수록 더욱 궁핍하고 가난하니,

간교함은 본래 하늘에서 용납치 않는다.

부귀가 만일 간교하여 얻어진다면

세간의 어리석은 사람은 서풍西風만 마실 것이다.

재물에는 운명이 있다고 예로부터 들었으니

이성과 욕심은 한 생각으로 갈린다.

이 가운데에 본래 이치가 있음을 깨우치면

뜬구름처럼 한 번 웃음에 흘려보낸다.

밤낮없이 쉬지 않고 일만 하다가는

조금만 체력이 저하되어도 다툼이 일어난다.

저승길에 들어서 은원을 끝까지 털어버리지 못함을 후회한다.

이득을 챙기면 손해 보는 경우가 생기고,

손해를 감수하면 하늘이 절로 안다.

그러니 이 마음을 바르고 곧게 간직하면

세상 사람들에게 속임 당할 걱정이 없다.

──── 『증광현문增廣賢文』

강남을 추억하며

조박초(趙樸初, 1907~2000)

오랜 세월 헤어졌다 다시 찾으니
능수버들 매달리듯 아쉬움 가득하네.
안개비 누대를 적시고 지역의 오래된 절을 찾아 합장하네.
장엄한 서원은 아승지 겁을 거치고
부처님 가르침의 구름이 삼계에 드리워졌네.

금릉에서 다시 만날 때
꽃비가 강둑에 가득했네.
해안에 올랐으니 이쪽저쪽을 가를 필요가 없네.
여기에서 보리를 깨우치는 것이 좋겠네.
다함께 정진하여 나가기를 기원하네.

───『불광산명가백인비장佛光山名家百人碑牆』

성세가 醒世歌

명明 감산덕청(憨山德淸, 1546~1623)

티끌과 파도 가득하여 앞길 아득하니,

인욕과 온화함만이 좋은 방편일세.

어디서나 인연 따라 세월을 지내니,

평생 본분을 지키며 살다 생을 마감하네.

내 마음 밭을 어리석게 두지 말며,

타인의 잘못을 널리 퍼트리지 말게나.

삼가고 공손하면 근심이 없나니,

번뇌를 이기려면 남을 잘 헤아려야 한다네.

종래로 단단한 활시위가 먼저 끊어지고,

먼저 부딪치는 칼끝이 더 쉽게 망가지네.

화를 불러옴은 쓸데없이 입과 혀 놀려서이며,

죄업 많음은 증오하는 마음 탓이네.

시시비비에 너와 나를 다툴 필요 없고,

서로 장단점 논할 필요가 없다네.

세상은 예로부터 부족함이 많으니,

허망한 이 몸 무상함을 어찌 면하리오.

약간의 손해는 걸림돌이 되지 않으며,

조금 양보하는 것 역시 방해가 되지 않네.

봄날 버들가지 푸르른 것을 보았는데,

어느새 가을바람에 국화가 노랗게 되었네.

영화로움은 한밤의 꿈과 같고,

부귀 또한 구월의 서리와 다르지 않다네.

생로병사를 누가 대신할 수 있겠는가?
세상의 온갖 고초 스스로 짊어져야 하네.
사람은 교묘한 재주와 영리함을 뽐내지만,
하늘은 조용히 자신의 뜻을 결정하네.
아부하고 욕심내고 성내면 지옥에 떨어지고,
공평하고 정직하면 곧 천당이라네.
사향노루는 향이 짙어 먼저 죽고,
누에는 실이 많아 일찍 죽음을 당하네.
마음을 다스리면 약 한 첩으로도 편안하고,
기가 가득차면 탕약으로도 모자라네.
살아서 공연히 백방으로 마음을 써도,
죽은 뒤 남는 것은 빈손뿐이라네.
슬픔과 기쁨, 이별과 만남의 무대 분주하고,
끝없는 부귀 누리고자 날마다 바쁘네.
강함을 다투고 이기고자 싸우지 말라.
기나긴 세월 모두 한낮 연극무대일 뿐이네.
잠깐 사이 징과 북소리 멈추고 나면
어디가 고향인지 알지도 못한다네.

──── 『연수필독蓮修必讀』

감산대사 친필 열반 게송 (부분)

삶의 여행자를 위한

365 日

선해인간 善解人間

불광 성운(佛光星雲, 1927~)

일체의 좋은 일, 내 몸으로 먼저 행하고,
일체의 좋은 말, 내 입으로 먼저 말하고,
일체의 선한 마음, 내 마음에서부터 시작하고,
일체의 선한 사람, 나부터 지극히 공경하라.

반복하는 행동은 결국 습관이 되고,
굳어진 습관은 결국 성격이 된다.
성격의 향방이 운명을 결정할 수 있고
운명의 좋고 나쁨이 일생을 결정할 수 있다.

미인의 뒤에는 깊은 연못의 위험이 도사리고 있고,
금전의 뒤에는 금수의 날카로운 발톱이 도사리고 있고,
독극물의 뒤에는 자멸이라는 함정이 도사리고 있고,
나태함의 뒤에는 실패라는 인생이 기다리고 있다.

재능 있는 사람은
역경을 스스로 분발시키는 에너지로 변화시킬 수 있다.
재능 있는 사람은
귀에 거슬리는 말을 자비롭고 즐거운 음악으로 바꿀 줄 안다.

───『불광채근담佛光菜根譚』

생기生機

불광 성운(佛光星雲, 1927~)

나무는 햇빛과 비가 없이 성장할 수 없고
인재는 엄격한 단련 없이 완전할 수 없다.

진흙은 연꽃을 자라게 할 수 있고,
용광로는 강철을 제련할 수 있게 한다.
빈한한 가문은 효자를 배출할 수 있고,
역경은 위대한 사람을 만들어낼 수 있다.
쓴맛은 달콤함을 우러나게 할 수 있고,
번뇌는 보리로 바꿀 수 있다.

보시는 씨를 뿌리는 것과 같아,
씨를 잘 뿌리면 반드시 거둬들이는 바가 있다.
탐욕은 뿌리를 잘라내는 것과 같아,
근본이 견고하지 않으니 과실이 열리길 기대하기 어렵다.
바쁨은 지혜라는 예리한 검처럼 망상의 철조망을 끊을 수 있다.
바쁨은 돌을 금으로 바꾸는 손가락과 같이 쓰레기를 보물로 바꿀 수 있다.
바쁨은 보양하기 위해 보약을 먹듯이 인생에 끊임없는 생명력을 준다.

──『불광채근담佛光菜根譚』

생기生機
풍일음豐一吟 作

인간지혜

불광 성운(佛光星雲, 1927~)

고통과 행복이 있는 인생은 진실하다.
성공과 실패가 있는 인생은 합리적이다.
얻음과 잃음이 있는 인생은 공정하다.
출생과 죽음이 있는 인생은 자연스럽다.

입세入世에서는 소유로 삶의 행복을 측정하니,
소유는 짐이자 부담이다.
출세出世에서는 무소유로 삶의 행복을 측정하니,
무소유는 한도 끝도 없다.

마음에 뿌리를 두고 있어야 꽃이 피고 열매를 맺을 수 있다.
마음에 희망을 품고 있어야 사업적으로 성공을 거둘 수 있다.
마음에 이치가 담겨 있어야 천하를 두루 주유할 수 있다.
마음에 원칙이 있어야 어디서든 진실할 수 있다.
마음에 미덕이 있어야 만물을 포용할 수 있다.
마음에 도리가 있어야 모든 것을 향유할 수 있다.

진실한 인생을 살아라. 타인을 진심으로 대하라.
착한 인생을 살아라. 선한 마음으로 중생을 감싸 안아라.
아름다운 삶을 추구하라. 아름다움으로 세상을 치장하라.
조화로운 삶을 추구하라. 평화로써 번영을 촉진하라.
통찰력 있는 삶을 추구하라. 지식으로 문명을 향상시켜라.
즐거운 삶을 추구하라. 기쁨으로 나날의 삶을 풍요롭게 하라.

—— 『불광채근담佛光菜根譚』

극기가 곧 승리이다

불광 성운(佛光星雲, 1927~)

진정한 부유함은 재물이 아니라 기쁨이다.
진정한 가난은 돈의 부족이 아니라 무지함이다.

삶의 최대의 적은 타인이 아닌 우리 자신이다.
삶의 최대의 승리는 타인이 아닌 자신을 극복하는 것이다.

영향력 있는 사람은 자신의 권세를 과시하지 않을 때 위대하다.
지위가 높은 사람은 지위가 아니라 그들의 인격이 숭고하다.

곤란하고 좌절할수록 증상연을 성취할 수 있다.
매사에 성실하게 배우고자 하면 반드시 한계를 깨트릴 수 있다.

좌절, 실패, 곤궁, 위기가 닥칠 때 화내지 않고 번뇌하지 마라.
두려움에 갈피를 잡지 못할 때 근심, 걱정, 괴로움을 없애라.
비난받을 때 스스로를 반성하고 참회하라.
난관에 부딪혔을 때 적극적으로 돌파해 나가라.

───『불광채근담佛光菜根譚』

영광의 뒤에는…

불광 성운(佛光星雲, 1927~)

성공의 내면에는 수많은 괴로움과 슬픔이 담겨 있고,
이름난 이의 두 어깨는 많은 중압감을 받아야 했고,
영광의 배후에는 수많은 땀방울을 흘려야 했고,
위대한 성과에는 수많은 희생을 바쳐야 했다.

백년 된 커다란 나무는 수많은 풍상과 서리의 혹독한 시련을 견뎠고,
백장이나 높은 누각은 수많은 물자와 땀을 견디고 지어졌으며,
백년 된 오래된 가게는 반드시 수많은 흥망성쇠와 풍상을 견뎠으며,
백세 된 노인은 반드시 기구한 수많은 시련을 견뎠을 것이다.

뒤를 돌아보지 않는 사람은 과거가 없고,
앞을 내다보지 않는 사람은 미래가 없고,
현재를 잡지 않는 사람은 현재가 없고,
자신의 주인이 아닌 사람은 영원함이 없다.
난초는 깊은 계곡에 감춰져 있고,
진주는 바다 깊은 곳에 감춰져 있다.
귀한 옥은 갈고 다듬는 데 감춰져 있고,
강철은 제련 속에 감춰져 있다.
큰 그늘은 늦게 성취함에 감춰져 있고,
출세는 겸손 속에 감춰져 있다.
성현은 가난한 마을에 감춰져 있고,
큰 지혜는 큰 어리석음에 감춰져 있다. ———『불광채근담佛光菜根譚』

이지러짐도 아름답다

불광 성운(佛光星雲, 1927~)

달은 반드시 둥글지는 않다. 이지러짐 역시 아름다움의 일종이다.

인생에서 반드시 모든 것을 누리지는 못한다.

누릴 수 있음도 일종의 복이다.

재물을 가지고 사용하지 않으면 없는 것과 차이가 없고,

돈을 가지고 사용하지 않으면 쓸모없음과 다르지 않다.

한 마음으로 소유만을 생각하기보단 소비하라.

소유는 부자일 뿐이지만 소비야말로 지혜로운 자이다.

나누는 것을 소유를 삼으면 탐욕하지 않고,

바쁜 것을 즐거움으로 삼으면 괴롭지 않고,

근면으로 부유함을 삼으면 가난하지 않고,

인내로 힘을 삼으면 두렵지가 않다.

──『불광채근담佛光菜根譚』

선화선화禪話禪畵-훔쳐갈 수 없다

고이태高爾泰 作

행복한 사람

불광 성운(佛光星雲, 1927~)

마음에서 평화를 찾을 수 있는 사람은 가장 행복한 사람이고,
무리에서 열정을 발휘할 수 있는 사람은 가장 지혜로운 사람이다.

인생에서 경험 하나하나가 모두 발전의 초석이 되고,
삶에서 성공과 실패 하나하나가 미래의 밑거름이 된다.

곤란함을 해결하는 가장 좋은 방법은 그것을 극복하려는 노력이고,
즐거움을 얻는 가장 좋은 방법은 진심으로 타인을 즐겁게 하는 것이다.

매일 착하고 부드럽고 좋은 말을 해야 하고,
매일 대중에서 이로운 좋은 일을 해야 하고,
매일 타인을 축복하는 좋은 마음을 가져야 하고,
매일 걷는 길은 사회로 나갈 수 있는 빛이어야 한다.

말을 하는 목적은 자신을 드러내는 데 있지 않고 듣는 이를 깨우치는
데 있다.
일하는 목적은 자신의 이익을 독점하는 데 있지 않고 대중에게 봉사하
는 데 있다.

─── 『불광채근담佛光菜根譚』

자비상락慈悲常樂

불광 성운(佛光星雲, 1927~)

들어야 할 때 들고 내려놓아야 할 때 내려놓기를 배우면
자신의 흉금이 더 넓어지고,
더 멀리 내다보고 바르게 행동하면
자신의 인생을 한 단계 더 승화시킬 수 있다.

손해를 배움으로써 덕을 키울 수 있고,
인아人我가 조화로우면 자비로울 수 있다.
당연히 그러하다고 하면 자유로울 수 있고,
가진 것에 만족하면 항상 즐겁다.

지혜로운 사람은 명예로움을 선으로 삼지 않는다.
사람의 커다란 선은 잘못을 알고 고치는 데 있다.
어진 사람은 괴로움이 없음을 즐거움으로 삼지 않는다.
사람의 지극한 덕은 천하에 겸손한 데 있다.

불교의 진리를 믿는 것 좋지만
인과의 도리를 이해하는 것은 더 좋다.
평등의 도리를 이해하는 것 역시 좋지만
연기의 법칙을 받드는 것은 더 좋다.
자비만이 전쟁을 평화로 바꿀 수 있고
원한을 형태도 없이 소멸할 수 있다.
자비만이 역경을 선연을 맺는 걸로 바꾸고 사업을 이루어
중생을 제도할 수 있다. ——— 『불광채근담佛光菜根譚』

인생의 지극한 보물

불광 성운(佛光星雲, 1927~)

세간에서 가장 아름다운 것은 '환희歡喜'이니,
환희심을 가지고 일하면 성취하지 못할 것이 없다.
세간에서 가장 고귀한 행동은 '결연結緣'이니,
결연관으로 타인을 대하면 이루지 못할 것이 없다.
세간에서 가장 오래 지속되는 힘은 '인내忍耐'이니,
인내력으로 모든 것을 처리하면 실패할 것이 없다.
세간에서 가장 견고한 행위는 '원력願力'이니,
원력행으로 일처리를 하면 성사되지 못할 일이 없다.

타인에게 믿음을 주자, 환희를 주자, 희망을 주자, 편리함을 주자.
준다는 것에는 한량없는 신묘한 쓰임이 있다.
포용할 줄 알고, 평화로울 줄 알고, 겸양할 줄 알고, 존중할 줄을 알자.
할 줄 안다는 것에는 한량없는 신묘한 이해가 있다.

타인에게 쓰임을 받을 만한 사람은 재능이 있는 것이고,
타인에게 쓰임을 받는 사람이라면 크게 될 수 있을 것이고,
타인에게 쓰임을 받을 수 없는 사람은 성공하기 어렵고,
타인에게 쓰임을 받기 거절한 사람이라면 성취하기 어렵다.

─────『불광채근담佛光菜根譚』

평안부귀平安富貴

불광 성운(佛光星雲, 1927~)

평안平安이 곧 복이요, 공덕功德이 곧 수명이요,
지족知足은 곧 부유함이요, 적정適情함이 곧 귀함이다.

행운은 늘 용감한 사람에게 호의를 보이고,
복의 과보는 늘 후덕한 사람에게 찾아온다.

능력 있는 사람은 어디서나 타인에게 편리함을 베풀고,
능력 없는 사람은 어디서나 타인에게 어려움을 준다.

잘못을 고쳐야 발전이 있고,
잘못을 인정해야 더 발전한다.
타인을 도와야 인연이 맺어지고,
안으로 수렴해야 덕을 함양할 수 있다.

성공은 나 아니어도 되니 하늘을 우러러 한 점 부끄럼 없기만 바라고,
실패는 개의치 않으니 나태하지 않고 항상 노력하기만을 바란다.

타인에게 바라기보단 자신에게 바라는 것이 낫고,
재능을 바라기보단 근검하길 바라라.
명성을 바라기보단 인연을 따르길 바라고,
편안함을 바라기보단 계율을 지키길 바라라.
도움을 바라기보단 인연을 맺는 것이 낫고,
행복을 바라기보단 몸을 수양함이 낫다. —— 『불광채근담佛光茱根譚』

인과와 숙명

불광 성운(佛光星雲, 1927~)

단 하나의 선한 생각도 성현이 볼 수 있고, 인과도 볼 수 있으며,
단 하나의 악한 생각도 마귀가 볼 수 있고, 업보도 볼 수 있다.

믿음이 있는 사람은 가장 부귀하고,
도덕이 있는 사람은 가장 편안하며
수행이 있는 사람은 가장 힘 있고,
지혜가 있는 사람은 가장 막힘이 없다.

전생의 운명을 탐구하는 것 보단
현재의 선한 인연을 잡는 것이 나으며,
미래의 인과를 찾는 것 보단
현재의 행동을 살펴보는 것이 낫다.

부富는 세계 곳곳에 있나니, 선한 행동을 함으로써,
좋은 말을 함으로써, 좋은 생각을 함으로써 찾을 수 있다.
길리吉利는 항상 있는 것이니, 진실한 의도, 진정성 있는 의도,
진심어린 의도를 통해 찾을 수 있다.

사람은 저마다 자기 자신만의 인생의 예술가이다.
자신의 인생세계에 자신만의 색깔을 입힐 수 있다.
사람은 저마다 자기 자신만의 미래의 조각가이다.
자신의 이상적인 이미지를 건축할 수 있다. ———『불광채근담佛光菜根譚』

심량心量

불광 성운(佛光星雲, 1927~)

모든 기쁨 가운데 평안함보다 더한 기쁨은 없고
모든 즐거움 가운데 고요함보다 더한 즐거움은 없다.

사람 마음이 얼마나 크냐에 따라 이루는 것 또한 더 커진다.
사람 마음이 얼마나 포용하느냐에 따라 성취 또한 많아진다.

가장 좋은 협상은 상대방의 이익에서부터 시작하는 것이고,
가장 큰 인연맺음은 타인이 성공하도록 돕고 이끄는 것이다.

실패하는 사람은 흔히 5분 동안만 열정을 다하는 사람이고,
성공하는 사람은 흔히 마지막 5분까지 최선을 다하는 사람이다.

가장 못난 사람은 타인을 희생해 자신의 이익을 챙기는 사람이고
가장 뛰어난 사람은 자신을 희생해 타인에게 이익을 주는 사람이다.

무리 안에서 널리 인연을 맺고, 직업 속에서 열정을 발휘하며,
절약 속에서 나눔의 기쁨을 누리고, 근면 속에서 내일을 창조하라.

――― 『불광채근담佛光菜根譚』

너의 삶을 넓혀라

불광 성운(佛光星雲, 1927~)

살면서 궁금할 때는 그것을 풀어야 하고,
살면서 슬플 때는 그것을 극복해야 한다.

살면서 좌절할 때는 그것과 싸워 일어나야 하고,
살면서 아름다울 때는 그것을 노래하고 찬양할 일이다.

괴로움을 받을 때 즐거워할 줄 알아야 하고,
억울함을 당할 때 공평함을 느낄 줄 알아야 하고,
바쁨에 지칠 때는 편안하다고 여길 줄 알아야 하고,
비난을 받을 때는 자비롭다고 여길 줄 알아야 한다.

어린 시절에는 자신을 수양하고,
젊은 시절에는 자신을 바로 보고,
중년에 들어서는 자신을 더 넓히고,
노년에 들어서는 자신을 완성해야 한다.

아름다운 선심善心을 세상에 널리 퍼뜨려야 하고,
향기로운 애심愛心을 사회에 널리 퍼뜨려야 하고,
청정한 진심眞心을 시방세계에 공양해야 하고,
고운 빛깔의 호심好心으로 타인과 인연을 맺어야 한다.

───『불광채근담佛光菜根譚』

처세의 보물

불광 성운(佛光星雲, 1927~)

복수도福壽圖, 전우림 作

입 안 가득 좋은 말하고, 두 손 가득 좋은 일하고,
얼굴 가득 엷은 미소 짓고, 마음 가득 기쁨을 담아라.

그대가 나에게 무례해도 나는 그대를 공경하고,
그대가 나에게 교만해도 나는 그대에게 겸손하다.
이것이 곧 유연함이 강함을 이기는 것이다.

괴로움과 고통의 연속된 삶은 칼을 가는 돌과 같다.
괴로움 한 번 겪으면 좀 더 단단해지고,
고통을 한 번 겪으면 좀 더 인내력이 생긴다.

이치에 밝지 못한 사람은 영원히 즐거움을 얻지 못하고,
정을 소중히 하지 않는 사람은 영원히 우정을 얻지 못한다.

인연을 맺지 않으려 하면 삶은 갈수록 빈궁해지고,
기꺼이 선한 인연 맺으려 하면 복덕은 갈수록 깊어진다.

마음에 자기만 있는 사람은 즐겁지 않을 것이고,
눈에 이익만 있는 사람은 결국 실패할 것이다. ─『불광채근담佛光菜根譚』

행복의 비결

불광 성운(佛光星雲, 1927~)

고뇌에 직면하면 슬퍼하며 눈물만 흘리고 있지 말고
비분을 역량으로 탈바꿈시켜야 한다.
억울함에 직면하면 탄식하거나 실망하지 말고
인내하며 담담히 받아들여야 한다.
유혹에 직면하면 허영이나 어리석음에 빠지지 말고
선정으로 뿌리쳐야 한다.
영광에 직면하면 개인의 이해득실만 따지지 말고
극기를 방편으로 삼아야 한다.

우협 作

일처리의 비결은 큰일을 쉽게 처리하려는 데 있고,
말하는 비결은 조리 있고 분명한 데 있다.
수행의 비결은 평소에 심혈을 기울이는 데 있고,
지계의 비결은 진실되고 헛되지 않는 데 있다.
참선의 비결은 시·공간을 모두 잊는 데 있고,
염불의 비결은 입과 마음에 모두 부처를 담는 데 있다.
수면의 비결은 아무런 걸림이 없는 데 있고,
홍법의 비결은 자비로 인연을 맺는 데 있다.
잘못을 인정하는 비결은 용기를 가지는 데 있고,
학습의 비결은 사리를 분명히 아는 데 있다.
건강의 비결은 적게 먹고 많이 걷는 데 있고,
인아人我의 비결은 네가 옳고 내가 틀리다는 데 있다.
정진의 비결은 자신이 직접 행하는 데 있고,
즐거움의 비결은 모든 걸 내려놓아 자유로워지는 데 있다. 『불광채근담』

반야의 불꽃

불광 성운(佛光星雲, 1927~)

성냄이 있는 곳에 자비의 씨앗을 뿌리고,
원망이 있는 곳에 용서의 이해를 나누고,
의심이 있는 곳에 믿음의 역량을 키우고,
어둠이 있는 곳에 반야의 등불을 밝히고,
실망이 있는 곳에 미래의 희망을 보이고,
슬픔이 있는 곳에 즐거움의 위로를 주어라.

눈으로는 깨끗하지 않은 것 보지 말고,
항상 선한 눈으로 타인을 격려한다.
몸으로는 난폭한 행동 하지 않고,
항상 손발을 움직여 대중을 위해 봉사한다.
입으로는 악독한 말 하지 않고,
항상 입과 혀로 사회를 아름답게 바꾼다.
마음으로는 성냄 일으키지 않고,
항상 부드러움으로 너와 나 서로 소통한다.

무릇 모든 일에는 이로움과 폐단이 있으니,
저울대의 이치를 알고 다수의 입장으로 눈을 돌리면
마르고 볼품없는 초목도 능히 즐거움에 들어갈 수 있다.
무릇 모든 사람에게는 장점과 단점이 있으니,
사람을 부리는 이치를 알고 타인의 장점만을 취하면
깨지고 부서진 강철도 완벽하게 만들 수 있다. ─『불광채근담佛光菜根譚』

무가無價

불광 성운(佛光星雲, 1927~)

마음이 있으면 십만 리 길이라도 먼 것이 아니고,
마음이 없으면 이웃일지라도 다다를 수 없다.

마음만 있다면 작은 일도 큰 일로 만들 수 있고,
역량만 있다면 비방도 칭찬으로 바꿀 수 있다.

비단 위에 꽃을 수놓으면 잠깐의 기쁨을 얻을 뿐이지만,
눈길을 헤치고 연탄을 배달하면 영원한 고마움을 얻는다.

돈 있으면 맛있는 음식을 살 수는 있어도 식욕을 살 수는 없고,
돈 있으면 의약품을 살 수는 있어도 건강을 살 수는 없고,
돈 있으면 침대를 살 수는 있어도 수면을 살 수는 없고,
돈 있으면 칭찬과 명예를 살 수는 있어도 지기를 살 수는 없고,
돈 있으면 서책을 살 수는 있어도 자질을 살 수는 없고,
돈 있으면 처첩을 살 수는 있어도 애정을 살 수는 없고,
돈 있으면 대중을 살 수는 있어도 진심을 살 수는 없고,
돈 있으면 여행을 살 수는 있어도 평온함을 살 수는 없고,
돈 있으면 집을 살 수는 있어도 편안함을 살 수는 없고,
돈 있으면 진귀한 보물을 살 수는 있어도 지혜를 살 수는 없다.

──── 『불광채근담佛光菜根譚』

책임을 다하는 것과 책임지는 것

불광 성운(佛光星雲, 1927~)

어려운 일을 맡을 때는 역량은 있되 성냄은 없어야 하고,
어려운 사람을 대할 때는 아는 것은 있되 말이 없어야 하고,
어려운 이치를 행할 때는 믿음은 있되 두려움은 없어야 하고,
힘든 괴로움을 참을 때는 포용은 있되 원망은 없어야 한다.

협력하지 않음은 사람으로서 가장 큰 결점이고,
사리가 밝지 않음은 사람으로서 가장 큰 어리석음이고,
실수를 반복하지 않음은 사람으로서 가장 큰 총명함이고,
성내지 않음은 사람으로서 가장 큰 수양이다.

천재라도 항상 "내일 다시 얘기합시다!"고 말한다면
평범한 사람과 다를 바가 없다.
능력자라도 항상 "다른 사람한테 맡겨!"라고 말한다면
무능한 사람과 다를 바가 없다.

양보하지 말아야 하는데 양보하면 책임을 저버리는 것이고,
양보해야 하는데 양보하지 않으면 그 자리에 연연하는 것이다.
그러므로 명리를 좇지 말아야 하지만 책임은 확실히 져야 한다.

일은 '완벽'할 수 없지만,
적어도 '완성'할 수 있어야 책임을 다했다 할 것이다.
사람이 '만능'으로 할 수는 없지만,
적어도 '가능'하게는 해야 중책을 맡을 수 있다. —『불광채근담佛光菜根譚』

득실得失을 내려놓아라

불광 성운(佛光星雲, 1927~)

세간의 득과 실은 모두 이전에 인因이 있고,
인생의 고통과 즐거움은 모두 연緣이 있다.

좋은 마음이 한번 일면 매사가 상서롭고 뜻하는 바와 같이 된다.
악한 마음이 한번 생기면 문을 여는 것조차도 걸림돌이 된다.

영예와 오욕, 칭찬과 비방을 훌훌 벗어던지는 것이 해탈이요,
성공과 실패, 득과 실을 담담하게 보면 내려놓을 수가 있다.

선거를 할 때는 "내가 최고다"라는 믿음을 가져야 하고,
낙선을 했을 때는 "네가 최고다"라는 풍모를 가져야 한다.

사랑은 사랑을 이길 수 있지만, 증오는 사랑을 이길 수 없다.
공경은 공경을 이길 수 있지만, 성냄은 공경을 이길 수 없다.

시험의 관문이 작아도 결국 선택받는 사람이 있기 마련이고,
시험의 결과가 나오면 결국 떨어지는 사람이 있기 마련이다.
성공한 사람이 반드시 일생을 성공적으로 사는 것은 아니고,
실패한 사람이 반드시 한평생 실패자로 사는 것은 아니다.

─── 『불광채근담佛光菜根譚』

일일관음 日日觀音

불광 성운(佛光星雲, 1927~)

상심할 때 환한 미소를 짓고,
행복할 때에 슬픔을 생각하네.
분주할 때 편안한 느낌을 지니고,
편안할 때에 바쁘게 행동하네.
빈궁할 때 부귀한 듯 자존감 주고,
부귀할 때 빈궁한 듯 겸허하네.
조급할 때 느긋한 수양을 갖고,
느긋할 때 정신을 가다듬네.
근심할 때 즐거운 생각을 갖고,
즐거울 때 근심스런 마음을 갖네.
성낼 때 자비의 마음을 갖고,
자비로울 때 성내듯 진지하네.
득의할 때 낙방을 생각하고,
떨어졌을 때는 득의한 때를 생각하네.
가졌을 때 기쁘게 나눠주는 성품을 갖고,
나눠줄 때 가진 듯 기쁘게 느낀다네.

────『불광채근담佛光菜根譚』

수월관음보살, 서구방徐九方 作

255

인생의 가장 큰 20가지

불광 성운(佛光星雲, 1927~)

육조절죽도六祖截竹圖
양해梁楷 作

1. 자신은 인생의 가장 큰 적이다.

2. 이기심은 인생의 가장 큰 악습관이다.

3. 무지는 인생의 가장 큰 슬픔이다.

4. 삿된 견해는 인생의 가장 큰 잘못이다.

5. 교만은 인생의 가장 큰 실패이다.

6. 욕망은 인생의 가장 큰 번뇌이다.

7. 원망은 인생의 가장 큰 어리석음이다.

8. 생사는 인생의 가장 큰 근심거리이다.

9. 피해를 줌은 인생의 가장 큰 과실이다.

10. 시시비비는 인생의 가장 큰 혼란이다.

11. 자비는 인생의 가장 큰 미덕이다.

12. 잘못을 인정함은 인생의 가장 큰 용기이다.

13. 만족함은 인생의 가장 큰 수확이다.

14. 신앙은 인생의 가장 큰 에너지원이다.

15. 감사하는 마음은 인생의 가장 큰 소유이다.

16. 관용은 인생의 가장 큰 수양이다.

17. 존엄은 인생의 가장 큰 본전이다.

18. 법을 듣는 즐거움은 인생의 가장 큰 환희이다.

19. 평안함은 인생의 가장 큰 희망이다.

20. 대중을 이롭게 함은 인생의 가장 큰 발심이다.

──────『불광채근담佛光菜根譚』

예불도
금농金農 作

인생의 삼보三寶 【절록節錄】

불광 성운(佛光星雲, 1927~)

종교의 삼보: 불, 법, 승.

자연의 삼보: 햇빛, 공기, 물.

언어의 삼보: 부탁드립니다, 감사합니다, 미안합니다.

처세의 삼보: 겸허, 예의, 칭찬.

가정의 삼보: 환희, 유머, 다정함.

제가齊家의 삼보: 화기, 화락, 화평.

음식의 삼보: 균형, 절제, 감사.

건강의 삼보: 걷기, 소욕, 화기.

학문의 삼보: 활용, 박학, 실재.

학습의 삼보: 듣기, 습득, 사고.

친구 사귐의 삼보: 신의, 정직, 봉사.

인심人心의 삼보: 진실, 선량, 관용.

업무의 삼보: 전문성, 예의, 근면.

직장의 삼보: 복종, 충실, 예라고 말함.

———— 『불광채근담佛光菜根譚』

생활의 여섯 원칙

불광 성운(佛光星雲, 1927~)

얼굴에는 표정을 드러내고 환한 미소를 지어야 한다.
눈에는 자비로움과 배려가 담겨 있어야 한다.
입으로는 좋은 말을 하고 아름다움을 칭찬해야 한다.
귀로는 선한 것을 듣고 분별할 줄 알아야 한다.
손발로는 타인에게 봉사하고 남을 도울 줄 알아야 한다.
마음으로는 타인을 축복하고 존중할 줄 알아야 한다.

십념법 十念法

아침에 일어나서는 십념법,
밤에 잠들기 전에는 향 하나.
아침 식사 전 오관五觀을 생각하고,
있고 없음과 좋고 나쁨을 가리지 않는다.
근심, 걱정, 번뇌는 다 제쳐두고
사람을 만나면 그저 안녕하시냐고 말한다.
슬픔, 기쁨, 헤어짐과 만남은 인연에 따르니,
생로병사에 얽매일 필요 없다.

마음에 만족하면 어디에 있든 다 좋으니,
인정의 반응이 어떻든 상관 말라.
낙관적이고 진취적임이 참된 자유로움이니,
권세와 무력을 두려워할 필요 없다.
걷고 머물고 앉고 누울 때는 바른 몸가짐이 있어야 하고,
입고 먹고 머물고 실천할 때는 허례허식을 말라.
처세에는 여덟 가지의 바른 도리가 있고,
자비와 희사는 무량하다고 하겠다.
———『불광채근담佛光菜根譚』

처마 밑 풍경

십수가 十修歌

불광 성운(佛光星雲, 1927~)

첫째, 다른 이와 시시콜콜 따지지 않는 수행을 하고,

둘째, 서로 비교하지 않는 수행을 하며,

셋째, 예의 있게 행동하는 수행을 하고,

넷째, 사람을 만나면 미소 짓는 수행을 하며,

다섯째, 사귐에 손해를 보더라도 신경 쓰지 않는 수행을 하고,

여섯째, 후덕함을 갖추는 수행을 하며,

일곱째, 마음에 번뇌를 없게 하는 수행을 하고,

여덟째, 좋은 말을 입에 담는 수행을 하며,

아홉째, 군자를 사귀는 수행을 하며,

열째, 불도佛道를 이루는 수행을 한다.

진리

인정人情은 금전보다 중요하지만,

도의道義가 인정보다 더 높다.

명예는 생명보다 중요하지만,

양심은 명예보다 더 높다.

가난하고 아플 때 친구를 알 수 있고,

어려움이 닥쳤을 때 진정함을 알 수 있다.

진퇴의 시기에 분수를 지킬 줄 알고,

득실의 시기에 인과를 꿰뚫어 알게 된다.

과거의 인연에 감사하고,
지금의 과보를 아껴야 하며,
지금의 인연을 잘 세워
미래의 과보를 잘 길러야 한다.

진리는 맑음에서 오고,
선량함은 이해하는 데서 오며,
기질은 지혜에서 오고,
아름다움은 자비에서 온다.

────『불광채근담佛光菜根譚』

나한상, 목계牧谿 作

계정혜 戒定慧

불광 성운(佛光星雲, 1927~)

과거의 경계에 대해 회고하지 않아야 선정 수행이고,
미래의 경계에 대해 환상을 갖지 않아야 계를 지님이고,
현재의 경계에 대해 집착을 하지 않아야 지혜 수행이다.

계戒는 악업을 다스리는 훌륭한 약이니,
두려움에 싸인 우리를 보호해 준다.
정定은 신심을 안정시키는 힘이니,
위험에 처한 우리를 안전하게 해준다.
혜慧는 우리 앞날을 밝혀주는 등불이니,
무지함에 갇힌 우리에게 길을 밝혀준다.

처세(做人)

자신을 되돌아보기를 거울 보듯 하고
들고 내려놓기를 가방 들 듯 하고
공과 사를 기록하기를 공책에 글 쓰듯 하고
타인을 밝게 비추기를 촛불처럼 하고
시시각각 촌음을 아끼기를 시계처럼 하라.

───── 『불광채근담佛光菜根譚』

건강의 길

불광 성운(佛光星雲, 1927~)

건강하려면 거친 음식을 먹고 소식을 하고,
괴로움을 맛보고 손해를 맛보아라.
일찍 일어나고 푹 잘 자고,
과식하지 말고 조깅을 자주 하고,
더 많이 웃고 번뇌하지 말고
매일매일 바쁘게 살면 결코 늙지 않을 것이다.

몸이 건강하려면 적당히 먹어라.
좋은 관계를 위해서는 진실되고 교만하지 말라.
가정을 갖기 위해서는 관심이 가장 중요하다.
좋은 경력을 갖기 위해서는 근면하여라.

'마음'을 살펴라

명예가 올 때 너의 마음을 살펴보아라.
오만의 높은 벽이 너의 시야를 가리지 않도록.
번뇌가 닥칠 때 너의 마음을 살펴보아라.
성냄의 불길이 너의 공덕을 태우지 않도록.
외경外境이 혼란스러울 때 너의 마음을 살펴보아라.
탐욕의 홍수가 너의 의지를 침몰시키지 않도록.
득과 실이 걱정될 때 너의 마음을 살펴보아라.
의심과 시기의 바람이 너의 믿음을 날려버리지 않도록.

———『불광채근담佛光菜根譚』

등급等級 (1)

불광 성운(佛光星雲, 1927~)

1등 고부간은 모녀 사이처럼 친밀한 것이고,
2등 고부간은 친구 사이처럼 존중하는 것이고,
3등 고부간은 군신 사이처럼 엄숙한 것이고,
그보다 못한 고부간은 원수 사이처럼 만나는 것이다.

1등 남편은 유쾌하게 웃으며 말하고 집안일을 도와주는 것이고,
2등 남편은 차 마시고 신문 보며 부인을 칭찬하는 것이고,
3등 남편은 기세등등하여 아내를 업신여기고 의심하는 것이고,
그보다 못한 남편은 밖에서 방탕하게 놀면서 귀가하지 않는 것이다.

1등 부인은 가정을 청결하게 하고 현숙하며 덕이 있는 것이고,
2등 부인은 남편을 위로하고 노고에 대해 칭찬해주는 것이고,
3등 부인은 끊임없이 잔소리하고 가사를 돌보지 않는 것이고,
그보다 못한 부인은 시비를 조장하고 분란을 일으키는 것이다.

1등 친구는 잘못을 고쳐 선을 권하고 바른 길로 이끌어주는 것이고,
2등 친구는 어려울 때 함께하고 부족한 것은 서로 보완하는 것이고,
3등 친구는 권세에 빌붙어 아부하고 세력과 이익을 따져 교류하는 것
이고,
그보다 못한 친구는 향락에만 치중하고 무리지어 간악한 짓을 하는 것
이다.

———『불광채근담佛光菜根譚』

등급 (2)

불광 성운(佛光星雲, 1927~)

1등 부모는 자녀를 사랑하고 성현의 도리를 가르치는 것이고,

2등 부모는 부족함이 없게 해주고 가정과 사업을 이루도록 돕는 것이고,

3등 부모는 지나치게 사랑하여 여기저기 빈둥거리며 나쁜 짓 하도록
하는 것이고,

그보다 못한 부모는 가르치지도 부양하지도 않고 늘 폭력으로 학대하
는 것이다.

1등 자녀는 부모님을 공경하고 아침저녁으로 안부를 묻는 것이고,

2등 자녀는 부모가 필요한 것을 드리고 맡은 일에 최선을 다하는 것이고,

3등 자녀는 허송세월하며 게으르고 해로운 친구를 사귀는 것이고,

그보다 못한 자녀는 범죄를 저지르고 부모에게 불효하는 것이다.

1등 상사는 직원을 보살피고 능력을 존중하는 것이고,

2등 상사는 믿음으로 권한을 맡기고 인격적으로 관리하는 것이고,

3등 상사는 관료적인 태도로 타인을 업신여기고 누르려는 것이고,

그보다 못한 상사는 의심하고 시기하며 인정이 통하지 않는 것이다.

1등 직원은 맡은 일을 즐겁고 최선을 다해 근면하게 임하는 것이고,

2등 직원은 성실하게 책임을 지고 몸가짐이 어긋남이 없는 것이고,

3등 직원은 나태하고 게으르며 시간관념이 불분명한 것이고,

그보다 못한 직원은 분란을 일으키고 남에게 손해만 끼치는 것이다.

──『불광채근담佛光菜根譚』

좋은 마음은 좋은 보답을 얻는다

불광 성운(佛光星雲, 1927~)

꽃 하나 나무 하나에도 생명이 있고,
산 하나 물 하나에도 생기가 있으며,
사람 하나 일 하나에도 도리가 있고,
동작 하나 행위 하나에도 인과가 있다.

평등하게 모든 중생을 바라보면
법계法界가 원만히 하나가 되고,
인연으로 모든 사물을 바라보면
인연 따라 일어났다 인연 따라 사라진다.

말 한마디 참으면 재난의 뿌리가 생겨나지 않게 된다.
집착 한 번 내려놓으면 타인과 강약을 두고 다투지 않아도 된다.
한순간을 인내하면 불구덩이가 흰 연꽃연못으로 변하게 된다.
한걸음 물러나면 그것이 곧 인간세상에서 자신을 수행하는 길이다.

인과에 무지해서는 안 된다. 선함에는 선한 보답이 있고,
악함에는 악한 보답이 있다.
보답이 없음은 아직 때가 되지 않은 것이다.
진리는 속일 수 없다. 참과 거짓이 마구 뒤섞여 있다고 해도
참과 거짓의 이후에는 반드시 균형을 맞추기 마련이다.

───『불광채근담佛光菜根譚』

생명의 이치

불광 성운(佛光星雲, 1927~)

봄은 계절이 아니라 내 마음속(內心)이다.
생명은 육체가 아니라 마음의 성품(心性)이다.
늙음은 나이가 아니라 마음의 상태(心境)이다.
인생은 세월이 아니라 영원이다.

찰나의 선심善心은 무궁한 복을 가져오고,
찰나의 정심淨心은 무량한 공덕을 가져오고,
찰나의 오심悟心은 무한한 깨달음을 가져오고,
찰나의 공심空心은 무상한 적멸을 가져온다.

모래 한 알 돌 하나에서 무한한 세계를 보고,
세차게 흐르는 계곡에서 진리의 음성을 듣고,
잠깐 스치는 인연에서 영원한 미래를 느끼고,
밝은 달 맑은 바람에서 청정한 자성을 깨닫는다.

해가 솟았다 가라앉고 떴다 저물기에 저녁노을의 낙조가 있고,
달이 흐렸다 맑고 둥글다 이지러지기에 밝은 달이 하늘에 떠 있고,
사람은 슬프고 기쁘고 헤어지고 만나기에 모이고 헤어지는 인연이 있고,
세상은 괴롭고 텅 비고 무상하기에 참다운 이치가 드러나 보인다.

———『불광채근담佛光菜根譚』

'작음'의 오묘한 쓰임

불광 성운(佛光星雲, 1927~)

한 줄기 '작디작은' 미소는 무한한 기쁨을 주고,
한 마디 '작디작은' 말은 끝없는 안락함을 주고,
한 차례 '작디작은' 선행은 무량한 인연을 주고,
한 가지 '작디작은' 이야기는 무궁한 깨우침을 준다.

'작디작은' 금강金剛이 능히 수미須彌를 품고,
'작디작은' 별똥별이 능히 들판을 태울 수 있고
'작디작은' 세균이 신체를 상하게 할 수도 있고,
'작디작은' 참회가 커다란 악업을 깨트릴 수도 있다.

작은 선행을 떠벌리지 않으면 마침내 큰 덕이 쌓이니,
마치 실개천이 하나둘 모여 커다란 바다를 이루는 것과 같다.
작은 악행을 끊어내지 않으면 반드시 일을 실패할 것이니,
마치 돌을 갈 듯이 눈에 보이지 않지만 날로 줄어드는 것과 같다.

한 방울의 물이 모여 능히 망망대해를 이루고,
한 알의 씨앗이 능히 창고 가득 곡식을 채우고,
한마디의 말이 능히 천년만년 전해지고,
한 알의 마음이 능히 다함이 없는 보물을 품을 수 있다.

──『불광채근담佛光菜根譚』

8月
August

삶의 여행자를 위한

365 日

향훈방결 香熏芳潔

진晉 법거(法炬, 생몰년도 미상) · 법입(法立, 생몰년도 미상) 공동한역

비루한 사람이 남을 물들이는 것은
마치 썩은 물건을 가까이하는 것과 같아
차츰차츰 미혹되어 잘못이 버릇되고
자신도 모르는 사이 악한 사람이 된다네.
현명한 사람이 남을 물들이는 것은
마치 향을 태워 가까이하는 것과 같아
나날이 지혜로워져서 선함을 배우다가
아름답고 맑은 행을 이루게 된다네.

———『법구비유경法句譬喩經』

지란지실 芝蘭之室

춘추시대春秋時代 공자(孔子, B.C. 553~479)

선한 사람과 함께 머무는 것은
향기로운 난이 있는 방에 들어가는 것과 같아,
오래 지나면 그 향기를 맡지 못하니
그 향기에 동화되기 때문이네.
선하지 않은 사람과 함께 머무는 것은
생선가게에 들어가는 것과 같아,
오래 지나면 그 냄새를 맡지 못하니
또한 그 냄새에 동화되기 때문이네.

———『공자가어孔子家語』

쌍림사雙林寺 나한군상

육화경六和敬

불광 성운(佛光星雲, 1927~)

행위 측면에서 타인에게 피해를 주지 않음이 화목하게 지냄이다.

언어 측면에서 다투지 않고 조화로움이 부드럽게 말하는 것이다.

정신 측면에서 뜻을 하나로 합하면 마음이 더 넓어진다.

법제法制 측면에서 사람마다 평등하면 법률제도가 평등하다.

사상 측면에서 공통된 인식을 가지면 사상이 통일된다.

경제의 방면에서 분배의 균등이 곧 경제적 균등이다.

───『인간불교어록人間佛敎語錄』

─────────

부연: 육화경은 나와 타인을 상대하는 도리이다. '나는 무리 중의 한 일원이 다'는 것을 이해하면 자신과 타인이 서로 의존해 존재하는 '동체공생同體供生' 의 관계라는 것을 알게 된다. 매사 조화로움을 으뜸으로 삼아야 한다. 다툼 없이 화목하면 가정은 만사가 순조롭고, 단체는 커다란 역량을 발휘할 수 있 으며, 사회는 조화롭고 즐거워진다.

민농憫農

당唐 이신(李紳, 772~846)

새벽에 나와 정오 무렵까지 김을 매는데,

땀방울이 벼 아래 땅으로 떨어지네.

누가 알겠는가.

밥상 위 밥알 하나마다 농부의 고생이 담겨 있음을. —— 『전당시全唐詩』

고난에 처한 사람을 헤아려라

명明 홍응명(洪應明, 생몰년도 미상)

부귀한 곳에 머물면 가난한 자의 괴로움을 알아야 하고,

몸이 튼튼할 때는 쇠약한 노인의 쓰라림을 생각해야 하고,

즐거운 곳에 머물면 근심 있는 사람의 처지를 헤아려야 하고,

옆에서 지켜보는 입장이라면 당사자의 괴로움을 알아야 한다.

—— 『채근담菜根譚』

남의 처지도 헤아려라

미상

뗏목 타고 바다를 건너겠다는 생각 일으키니

마음은 세속을 초월하였구나.

구름 보고 깨달음을 일으키니

붓을 들기 전에 생각을 먼저 하여라.

책을 보면 능히 자신만의 견해를 만들어 낼 수 있어야 한다.

세상에 살면서 잘못하지 않는 사람 없으니

남의 처지도 헤아려야 하도다. 『안진경다보탑집자대련顏眞卿多寶塔集字對聯』

자수선사광록 慈受禪師廣錄

송宋 자수회심(慈受懷深, 1077~1132)

다른 사람의 장점과 단점을 말하지 말라.
말이 오가는 사이 화를 자초하네.
입 닫고 혀를 깊이 감출 수 있다면
그것이 곧 수행의 제일 좋은 방도라네.
매사 한 발 물러나 생각하는 사람은
구름과 학처럼 자유로운 몸을 가졌네.
솔바람은 늘 십 리를 오고가며
봉오리에 걸린 달에게 웃으며 인사하네.
매사 한 걸음 물러남보다 좋은 것은 없으니
본래 증득도 수행도 없네.
창 밖에 높이 걸린 보리의 달이 밝게 빛나면
혼탁한 세상에 맑은 연꽃 심으리.
매사 한 발 물러나 생각함이 최고이니
어리석게 보이나 신심은 평안하네.
옻나무를 벗김은 유용하다 여겨서이고
등잔기름은 어두운 밤을 밝게 밝히네.

───『선관책진외십부禪關策進外十部』

깨달음은 꽃이 핌과 같다

불광 성운(佛光星雲, 1927~)

고요한 마음을 가진 사람은 마음에 꽃밭이 하나 있어 춘하추동 사시사철 모두 꽃이 피니 그때가 되면 아름다운 꽃과 봄소식을 얻고자 여기저기 찾아다닐 필요가 없다.

생각이 깊은 사람은 절로 진정한 가치를 알아볼 수 있으니 망령된 모습에 미혹되지 않고 때에 따라 이리저리 휘둘리는 쓰레기가 되지 않을 것이다.

항상 고요한 마음과 깊은 생각으로 생명을 들여다보는 태도를 길러내면 왁자지껄한 시장에서도 깨닫는 순간이 올 수 있다.

깨닫는 그 순간은 마치 진달래꽃이 갑자기 꽃봉오리를 터트리고 단풍나뭇잎이 새싹을 드러내고, 산비탈의 봉선화가 '톡' 하는 소리와 함께 온 산에 씨를 퍼트리는 것과 같다.

——— 『성운설게星雲說偈』

백화왕白花王, 전우림田雨霖 作

선당禪堂

당唐 유종원(柳宗元, 773~819)

땅을 일궈 그 위에 푸른 띠 엮고,
무위의 삶을 단단히 둘러쌌네.
산중에 떨어진 꽃은 집에 가득하고,
그 가운데 세월 잊은 손님이 있네.
있음과 관계된 것 본래 취하지 않고,
허공 바라보며 밝히길 기다리지 않네.
자연의 모든 소리 인연이 모여 생겨나고,
심연의 소란함 가운데 고요함이 있네.
마음과 경계는 본래 서로 이어져 있으니,
새가 날아도 흔적이 남지 않는다네.

───『선림상기전禪林象器箋』

송풍각제발松風閣題跋

송宋 등문원(鄧文原, 1259~1328)

산중의 비는 계곡 사이의 먹구름 흔적 없이 사라지게 하고,
소나무에 부는 바람은 조용히 앉아 속세의 뿌리를 끊어내누나.
붓끝에서 깨달음을 얻어 참된 삼매에 들어가니,
이것이 바로 여래의 불이문不二門이로구나.

───『송풍각시첩松風閣詩帖』

열독·평생의 약속 【절록節錄】

고희균(高希均, 1936~)

부를 축적한 사람은 다른 사람의 시기질투를 받는다.
지식을 축적한 사람은 다른 사람의 존경을 받는다.

이미 가진 권세를 타인과 나누려면 비전이 있어야 하고,
이미 가진 부를 타인과 나누려면 도량이 있어야 하지만,
자신의 지식을 타인과 나누려면 지식만 필요할 뿐이다.

높은 학식과 경륜으로 일자무식을 대신하고,
천만의 책으로 거액의 재산을 대신하고,
글로 사귄 친구는 유흥으로 만나는 친구를 대신하고,
책 향기 가득한 사회로 공리주의 사회를 대신할 수 있다.

인생은 죽을 때 끝나는 것이 아니라 책과 단절되었을 때 끝난다.
인생은 태어나면서 시작되는 것이 아니라 책에 대한 열정을 발견했을
때 시작된다.
최고의 책을 읽어라, 최고의 사람이 되어라, 최고의 사회를 세워라.

───『일류 서적 읽고 일류 인간 되자(讀一流書做一流人)』

사미沙彌, 이소곤李蕭錕 作

부모, 친척, 친구를 위한 기원문 【절록節錄】

불광 성운(佛光星雲, 1927~)

자비롭고 위대하신 부처님

제가 "응애!" 하고 이 세상에 태어난 순간부터 돌이켜 보니,

부모님은 저를 낳아 길러주셨고,

가족은 저를 가르치고 성장케 하였는데,

저는 그들에게 받기만 하고 보답한 적이 별로 없습니다.

그들은 제게 옷과 음식과 집을 베풀어 주기만 했고,

그들은 제가 고난을 만나 좌절할 때는 위로해 주었습니다.

그들이 얼마나 온화한 얼굴로 사랑스런 말을 해주었는지 모릅니다.

그들이 얼마나 따뜻하고 자상하게 대해주었는지 모릅니다.

부처님이시여!

당신도 직접 아버지의 관을 짊어지시었고,

당신도 어머니에게 설법하기 위해 고된 여정을 하셨습니다.

제게도 신심의 힘을 내려주시길 간절히 바랍니다.

저는 돌아가신 선조들을 빛내길 원합니다.

저는 현세의 친족들을 인도하기를 원합니다.

제 부모와 친족들을 보살펴주시길 간절히 바랍니다.

그들이 복수福壽를 누리고, 건강과 평안을 얻도록 해주십시오.

그들이 편안한 자유를 즐길 수 있도록 해주십시오.

만일 제가 영광을 누린다면 그들과 함께 나누길 희망합니다.

만일 제가 부유함을 누린다면 그들도 부족함이 없길 희망합니다.

부처님께 간절히 기원합니다.

제가 누리는 약간의 시간을 친족을 위해 봉
사할 수 있게 해주시고,
제 마음의 작은 성의가 웃어른들의 인정을
받을 수 있게 해주십시오.
자비롭고 위대하신 부처님!
제자의 간절한 소망을 이루도록 해주십시오.

─── 『불광기원문佛光祈願文』

산서성 운강석굴 제6동굴
공양인供養人

말로 덕을 쌓는다

명明 고충헌(高忠憲, 1562~1626)

말이란 덕을 쌓는 데 더할 나위 없이 좋다.

선을 행하는 사람을 보면 칭찬의 말을 건네 선행을 성취토록 하고,

악을 행하는 사람을 보면 충고의 말을 건네 악행을 그치도록 한다.

소송에 휘말린 사람이 있으면 진정시키고 위로의 말을 건네고,

억울함을 당한 사람이 있으면 시비를 명백히 밝히는 말을 건넨다.

남의 사생활은 들추지 말고, 떠벌리지 않아야 그 공덕이 무한하다.

무릇 사람이 패가망신하는 데는 말이 팔八 할을 차지한다.

───『고씨가훈高氏家訓』

도덕을 논함

진립부(陳立夫, 1900~2001)

도덕의 근본정신은 이기주의를 뿌리 뽑고 정의를 보존하는 것이다.

도덕의 근본 실천은 부모님께 효도하고 웃어른을 존경하는 것이다.

도덕의 기준은 근본을 잊지 않고 입은 은혜를 잊지 않는 것이다.

도덕의 사실적 상징은 정직하게 말하고 진실되게 행동하는 것이다.

───『진립부 선생과의 왕래를 추억하며(回憶陳立夫先生的支往)』

정성껏 타인의 말을 듣는다.
대만 만화가 우협尤俠 作

빛나는 손가락

불광 성운(佛光星雲, 1927~)

손가락에서 빛이 난다니, 불가사의하게 들릴 수도 있을 것이다. 빛을 낸다는 것은 불보살의 전유물이 아니다. 지극히 정성된 마음을 가진 사람은 누구나 빛을 낼 수 있다. 타인을 위로하는 그 순간이 바로 입에서 빛이 나는 순간이고, 타인에게 편리함을 베푸는 일을 하면 손에서 빛이 나는 것 아니겠는가?

자상한 얼굴로 타인을 대하고 미소를 띠며 성내지 않으면 얼굴에서 빛이 나는 것이다. 늘 다른 이에게 기쁨을 주고 믿음을 주어 청량한 지혜를 얻게 해준다면 그 순간 내 몸의 안과 밖이 두루 밝아진다.

이기심과 욕심, 성냄, 쟁론을 조금씩만 줄이면 스스로를 빛나게 할 수 있을 뿐만 아니라 어둠 속에 있더라도 다른 이를 비춰 줄 수 있다. 사람은 누구나 '발광체發光體'이다.

─── 『성운설유星雲說喩』

몸을 숙여 상심에 빠진
주리반특가를 위로하는 부처님
도노度魯 作

정이程頤의 네 가지 훈계 【절록節錄】

송宋 정이(程頤, 1033~1107)

말 언어는 인간의 마음을 흔드나니 길흉과 영욕이 그로 인해 결정된다.

보기 마음은 본래 텅 비어 사물을 대해도 자취가 없나니 밖으로 향하는 것을 안에 머물게 하라.

듣기 한가로운 것을 방해하나니 예의가 아닌 것을 듣지 말라.

행동 이치에 순응하면 번창하고, 욕망의 노예가 되면 위험해진다. 경솔한 행동은 전전긍긍 속을 끓이게 된다.

───『이정문집二程文集』

칠계가 七誡歌

불광 성운(佛光星雲, 1927~)

사회문제가 언제나 사라질까? 사람 마음을 정화하는 것이 가장 중요하다. 칠계 운동을 준수하면 혼란이 사라지지 않을까 근심할 필요가 없다.

1. 흡연과 음주를 경계하면 목숨을 보존하고, 건강과 장수를 이루게 된다. 흡연과 음주를 삼가면 가정과 사회가 반드시 좋아진다.

2. 색정에 물들지 않으면 부부간의 사랑이 오래 지속된다. 어린 기녀들을 보호함이 나와 타인을 돕는 보살도이다.

3. 폭력을 삼가고 성내지 않으면 항상 조화를 이루고 예의가 바르게 된다. 매사 참고 한 발 물러서서 생각하면 반드시 좋은 결과를 얻을 것이다.

4. 도둑질을 삼가고 욕심내지 않으며 족함을 알고 항상 즐거우면 번뇌가 없다. 이 계율을 준수하면 부귀를 얻고 난 뒤에도 무한하게 누릴 수 있다.

5. 도박을 삼가면 탐욕을 벗어날 수 있다. 그러니 도박이나 일확천금의 유혹을 경계하라. 낮과 밤이 뒤바뀐 생활은 일을 할 수 없고 돈은 얻더라도 식솔을 잃는다.

6. 술을 삼가고 지나친 음주를 하지 않으면 맑은 정신을 유지한다. 밝은 지혜와 건강한 몸은 항상 행복한 가정을 이루는 열쇠이다.

7. 거친 말을 삼가고 시시비비를 피하라. 사랑스런 말과 사랑스럽게 행하는 보시는 아름다운 보물이다. 타인에게 기쁨을 주고 항상 칭찬하면 연꽃의 향기가 사방에 퍼지는 것과 같다.

생활의 질을 높이고 칠계 운동을 늘 기억해야 한다. 사회대중이 다 같이 합심하여 노력하면 머지않아 불광 정토를 볼 수 있다.

─── 『불광교과서佛光敎科書』

우림령雨霖鈴

송宋 유영(柳永, 987~1053)

늦가을의 매미가 구슬프고도 격렬하게 우네.
어슴푸레한 저녁, 우리는 정자에 마주 앉았네.
갑작스럽게 내리던 소나기도 방금 멈추었네.
도성 밖에 휘장 치고 송별연을 베풀었지만,
아무도 술 마실 기분 아니었네.
아쉬움에 차마 떠나가지 못하고 있는데
밖에서는 뱃사공이 재촉하네.
손을 잡고 서로 눈물이 그렁한 눈을 바라보며
목이 메어 말을 잇지 못하네.
남쪽으로 떠나는 천리 길 물안개만 자욱한데
남녘의 하늘은 광활하기만 하다네.
예로부터 이별은 가장 슬픈 일이라고 하건만,
쓸쓸하고 외로운 가을에야 말해 무엇 하랴.
다음 날 술 깨고 나면 나는 어디에 있을 것인가?
지는 달 아래 미풍을 받으며 버드나무 강둑에 있겠지.
이번에 헤어지면 오랫동안 만나지 못할 것인데,
좋은 시절 좋은 경치 마주한들 내게는 허상일 뿐이라네.
이와 같은 나의 마음을 뉘에게 하소연하랴!

───『전송사全宋詞』

'효주사曉珠詞' 야비작夜飛鵲

여벽성(呂碧城, 1883~1943)

젊은이가 속세라는 그물에 걸려있다면

누가 이 사슬의 고리를 끊을 수 있을까?

12인연법을 배우고 깨달아라.

또한 사성제四聖諦에 의지해 깊고도 미묘한 뜻을 말

하라.

마음과 마음으로 이어졌던 염화미소를 전파하라.

가릉빈가의 아름다운 지저귐은 처마 밑의 위태로운

제비와

화택火宅에서는 편하기 힘들다는 교훈을 상기시킨다.

강한 돌풍에 나찰이 배를 집어 삼키려는데

검은 바다는 왜 묵묵히 감내하는가?

하늘과 땅 사이에 일어났다 사라지는

마음의 허상과 어둠을 잘 살펴라.

수천 년의 억겁을 통해 욕망으로 가득차고

연기 속에 사라지는 윤회를 생각하라.

아라한과는 생겨남이 없어야 증득하니 통발만 잊어버

려야 한다.

나비가 옷을 가볍게 벗어 버리듯

스스로 제도하는 것이 참선의 첫 단계라는 자그마한

증명이다.

───── 『여벽성사선呂碧城詞選』

큰 자비에서 보리가 생기네

당唐 반야(般若, 734~?) 한역

보살이 능히 중생의 뜻에 순종함은
곧 일체의 부처를 순종하여 공양함이라.
중생을 존중하여 받들어 섬김은
곧 여래를 존중하고 받들어 섬김이라.
중생으로 하여금 환희가 생기게 함은
곧 일체의 여래를 환희롭게 함이라.
어째서 그러한가? 모든 부처님은 대비大悲의 마음을
본체로 삼아,
중생에게 큰 자비심을 일으키고,
큰 자비심으로 인하여 보리심을 내며,
보리심으로 인하여 바르고 원만한 깨달음을 이루기
때문이라.

———『사십화엄四十華嚴』

베체클리크 천불동 제20굴
승도통공양상僧都統供養像 (부분)

자비심 십관법 十觀法

당唐 실차난타(實叉難陀, 652~710) 한역

보살마하살은 열 가지로 중생을 관찰하고 커다란 자비를 일으킨다.

열 가지란 어떤 것인가?

중생이 의지하고 기댈 데가 없음을 관찰하여 커다란 자비를 일으키고,

중생의 성품이 조화롭지 못함을 관찰하여 커다란 자비를 일으키고,

중생이 가난하여 선근이 없음을 관찰하고 커다란 자비를 일으키며,

중생이 기나긴 밤에 잠든 것을 관찰하여 커다란 자비를 일으키고,

중생이 선하지 않은 법을 행하는 것을 관찰하여 커다란 자비를 일으키고,

중생이 탐욕에 얽매여 속박된 것을 관찰하여 커다란 자비를 일으키고,

중생이 생사의 바다에 빠진 것을 관찰하여 커다란 자비를 일으키고,

중생이 질병의 고통에 시달림을 관찰하여 커다란 자비를 일으키고,

중생이 선법에 대한 욕망이 없는 것을 관찰하여 커다란 자비를 일으키고,

중생이 제불의 가르침을 잃어버림을 관찰하여 커다란 자비를 일으킨다.

───『팔십화엄八十華嚴』

수조가두 水調歌頭

송宋 소식(蘇軾. 1036~1101)

병진년丙辰年 중추절에 밤을 새워 마신 뒤 흠뻑 취해 이 글을 쓰노라.

밝은 달은 언제부터 생겼는가, 술잔 들어 저 하늘에 물어본다.

오늘 밤이 어느 해인지를 하늘의 궁궐에서도 아는지 모르겠구나.

나도 바람타고 돌아가고 싶지만 보옥으로 지어진 궁궐이 너무 높아

추위를 이기지 못할까 근심스럽네.

일어나 춤을 추며 맑은 그림자와 노니나니,

인간세상 어디에 이런 곳 또 있으랴.

붉은 전각을 돌아가니

비단 휘장 드리운 창에 비치는 달빛에 잠이 오지 않네.

저 달님 나와 원한도 없을 터인데,

어째서 이별할 때는 늘 둥글단 말인가?

사람에게는 슬픔과 기쁨, 헤어짐과 만남이 있고,

달에겐 흐림과 맑음, 둥글고 이지러짐이 있으니,

이 일은 예로부터 완전하기가 어렵다.

다만 사람들이 오래 살아

천리 먼 곳에서도 저 달을 함께 볼 수 있기를 바란다.

훈아가 訓兒歌

명明 왕양명(王陽明, 1472~1529)

아이들아 나의 이야기를 들어보아라.
열심히 글공부하고 동생을 잘 보살펴라.
공손함을 배우고, 예의를 갖춰라.
음식을 절제하고, 유흥을 경계하라.
거짓말 하지 말고, 이익에 욕심내지 마라.
멋대로 굴지 말고, 다투지 마라.
남을 탓하지 말고 스스로를 다스려라.
자신을 낮추면 더불어 이익을 얻네.
타인을 포용할 수 있으면 큰 그릇이다.
매사 이치에 맞게 처신하여라.
마음이 착하면 복을 기대할 수 있고,
마음이 악하면 화를 피할 수 없네.
열매에 비유하면 마음은 꼭지이니,
꼭지가 썩으면 과일은 반드시 떨어지네.
지금까지의 가르침은 바로 이런 뜻이다.
이것을 귀담아 듣고 깊이 명심하여라.

———『왕양명전집王陽明全集』

위팔衛八 처사에게 보냄

당唐 두보(杜甫, 712~770)

살면서 서로 만나지 못함이 동서 양끝에 있는 별자리와 같네.

오늘밤은 어떤 밤이기에 그대와 등불 밝히고 마주 앉았는가.

젊은 시절은 어찌 그리도 짧은지 그대와 나는 벌써 백발이 성성하네.

옛 친구들 대부분 이미 저 세상 사람이란 말에 가슴 철렁 내려앉았네.

뜻밖에 헤어진 지 20년 뒤 자네 집을 찾아오다니 믿기지가 않네.

이별할 때는 아직 혼인 전이었는데, 자손 가득한 일가를 이뤘구려.

아버지의 막역한 친구 분 반기니 어디서 왔냐고 다정하게 묻는구려.

아직 인사 끝나지 않았거늘 그대 서둘러 술상을 준비하라 하네.

밤새 내린 봄비에 파릇파릇한 부추 자르고, 노란 기장밥을 새로 지어 주었네.

그대는 말했지. 한 번 만나기 어려우니 한 번에 술 열 잔도 부족하다고.

열 잔 술에 취할 리 없건만 따뜻하게 맞아준 옛 친구의 우정이 고맙기 그지없네.

내일 아침이면 또 산에 가로막혀 서로 소식 알지 못할 것을.

여행 중 밤을 지새우며 생각을 적음

가는 풀 미풍에 흔들리는 강기슭에,
돛단배가 홀로 밤을 지새우네.
별은 드넓은 평야에 드리워 있고,
달은 솟아올라 큰 강물 되어 흐르네.
문장으로 이름 날린들 무엇하리요,
늙고 병들어 벼슬도 물러난 것을.
바람처럼 떠도는 인생 무엇과 비슷할
까나,
하늘과 땅 사이 물새로구나.

———『전당시全唐詩』

구계봉서학도九溪峰瑞鶴圖
석홍인釋弘仁 作

자백대사紫柏大師 어록

명明 자백진가(紫柏眞可, 1543~1603)

가마솥 안에 있는 물은 불이 아니면 데워지지 않고,
땅에 있는 씨앗은 봄이 아니면 자라지 않는다.
마음에 있는 어리석음은 배움이 아니면 파괴되지 않는다.

초어문중입유망소송初於聞中入流亡所頌

백전노장은 항복하려 하지 않으며
광활한 허공은 국경으로 나뉘고,
얼어붙은 땅을 뚫고 나와 만물을 깨우니,
매화꽃의 향기를 취하지 마라.

문신게文薪偈 【절록節錄】

만일 문학이라는 땔감이 미약하면 명상이라는 불길이 붙을 수 없네.
명상의 불길이 너무 적으면 신심이라는 땔감에 불이 붙을 수 없네.
땔감이 타서 재로 변하면 신심이 그러하듯 재도 흩어져버리네.
진실이라는 밝은 빛은 안팎을 가리지 않네.
자신을 태우고 또 타인을 태우니 등잔 하나가 수천 년 전해지네.
수세기 동안 끝없이 전해지어 예로부터 늘 아침인 듯하네.
온 세상에 영원히 밤이 없다면 문학 창작의 공덕일 것이네.
이러한 이유로 지혜가 있는 사람은 곧 마음을 얻듯 문학을 얻네.
마음 밖에는 법이 존재하지 않으니 문학은 마음의 빛이네.
빛이 안근眼根을 비춰주듯 물질적 형상은 눈에 매달려 있지 않도다.

────『자백존자전집紫柏尊者全集』

관음찬觀音讚

남해보타산南海普陀山 고덕古德

관음보살 깊고 깊은 은혜 보답하기 어려워라.
오랜 세월 닦은 공덕이 법계를 청정하게 장엄하셨네.
서른둘의 자재한 몸을 두루 나투시며,
백천만겁토록 괴로움에서 건져주시네.
병 안의 감로수 쉼 없이 뿌려주시고
손에 든 버들가지는 언제나 푸르다네.
이름 부르는 곳 어디든 나투시옵고,
고해의 바다에서 피안의 세계로 인도하시네.
대자대비하시고 괴로움과 어려움에서 구해주시는
관세음보살님께 귀의하옵니다. —— 『불문필비과송본佛門必備課誦本』

양류관음

불광 성운(佛光星雲, 1927~)

버드나무 가지를 손가락으로 가볍게 흔드니,
자비로운 서원이 친절한 말과 함께
세상 위에 한 방울씩 뿌려지네.
쇄정시켜 주시는 영롱한 자태로 지옥불 마다 않고 뛰어드시네.
작렬하는 화염도 법수의 자비를 태워 말릴 수 없고,
연못의 붉은 연꽃이 되어 청량한 안개로 승화되네.
이것은 실천하겠다는 나의 약속!
천 곳의 기도하는 곳에 천 곳에 응하겠다는 약속을 굳건히 지키고
부드럽지만 완강하여 영겁토록 변함없을 나의 서원! 『인간음연人間音緣』

천하위공 天下爲公 【절록節錄】

춘추시대春秋時代 공자(孔子, B.C. 553~479)

멀리 가려면 반드시 가까운 곳에서 출발하고,

높이 오르려면 반드시 낮은 곳부터 시작하라.

큰 진리가 행해지면 천하는 모든 사람의 것이 된다.

어질고 유능한 자를 뽑아

사람들에게 믿음을 가르치고 화목하도록 유도하라.

그러면 사람들은 자신의 부모만을 부모로 여기지 않고,

자신의 자녀만을 자녀로 여기지 않게 된다.

노인에게는 생을 편안히 마감하게 하고,

젊은이에게는 모두 일자리를 주어 일하게 하며,

어린이에게는 잘 자랄 수 있도록 한다.

홀아비와 과부와 고아와 독거노인과 폐질자廢疾者도

모두 부양받게 하라.

남자는 적당한 직분이 있고, 여자는 시집갈 곳이 있다.

재물을 싫어해 그것을 땅에 버리기는 해도

그것을 주워 갖는 사람은 없다.

힘든 일은 스스로 나서서 하지만,

반드시 자신을 위해서 하는 것은 아니다.

이런 이유로 남을 해치려는 모의가 일어나지 않고

도적이나 난적亂賊이 발생하지 않는다.

그래서 집집마다 문을 열어두고 닫지 않았으니,

이런 사회를 '대동大同'이라고 한다.

——— 『예기禮記』

안온지처 安穩之處

북량北涼 담무참(曇無讖, 385~433) 한역

몸으로 지은 악업 전혀 없고 입으로 네 가지 허물을 멀리하며,

마음에 의심의 그물이 없게 되면 편안히 잠을 자네.

몸과 마음에 극심한 번뇌 없고 고요한 곳에 편안히 머물며,

끝이 없는 즐거움을 얻게 되면 편안히 잠을 자네.

마음에 집착하는 바가 없고 모든 원한 지은 사람들을 멀리하며,

항상 다툼 없이 화목하게 되면 편안히 잠을 자네.

만일 악업을 짓지 않고 마음에 항상 부끄러움을 간직하며,

악업의 과보를 믿게 되면 편안히 잠을 자네.

부모를 공경하고 봉양하며 하나의 생명도 해치지 않고,

남의 재물을 훔치지 않으면 편안히 잠을 자네.

제근諸根 조복 받고 선지식을 가까이 하며,

네 마군魔群의 무리를 깨부수면 편안히 잠을 자네.

본유금무게 本有今無偈

본디 있지만 지금은 없고, 본디 없지만 지금은 있다.

전세, 현세, 내세에는 법이 있지만 이곳에는 없다.

———— 『대반열반경大般涅槃經』

지혜로움과 어리석음의 차이

지혜로운 사람에는 두 종류가 있다.

하나는 모든 악을 짓지 않는 사람이며, 또 하나는 짓고 나면 바로 참회하는 사람이다.

어리석은 사람에는 두 종류가 있다.

하나는 죄를 짓는 사람이고, 다른 하나는 지은 죄를 감추려는 사람이다. 먼저 악행을 저지르고 후에 스스로 참회하며 부끄러워 다시 악행을 저지르지 않는 것은, 밝은 구슬을 혼탁한 물에 넣으면 구슬의 위력으로 물이 곧 맑아지는 것과 같다. 또한 연기 같은 운무가 걷히고 나면 곧 청명한 달이 나오듯 악행을 저지르고 참회하는 것 역시 이와 같다.

감숙성 맥적산麥積山 석굴
제147감실 불좌상

대정보정산 석굴 부모은중경 변상

효심은 복과 지혜를 길러낸다

불광 성운(佛光星雲, 1927~)

중국 문화에서는 삼강오륜을 주장하며, 효의 길을 상세히 밝히고 있다.

효는 가족 간의 지극히 진실된 감정의 표출이고,

효는 나와 타인의 관계에서 마땅히 가져야 하는 책임이다.

효는 인간관계를 더욱 밀접하게 해준다.

광범위하게 보면 형제에 대한 효는 공경이며, 친구에 대한 효는 의리

이며, 국가에 대한 효는 충성이고, 중생에 대한 효는 곧 어짊이다. 윤리

도덕을 재정비하려면 효도 정신을 드높이는 데서부터 시작해야 한다.

―――『성운법어星雲法語』

자유子由에게 화답하다

송宋 소식(蘇軾, 1036~1101)

부평초 같은 인생 무엇 같은지 아는가?
눈밭에 잠깐 앉은 기러기 발자국과 같네.
눈밭에 우연히 발자국이 남겠지만,
기러기 어디로 날아갈지 어찌 아는가?
노화상은 이미 왕생하여 새 부도탑만 남았으니,
허물어진 벽에 써놓았던 그 시절의 시 볼 수가 없네.
지난날 평탄치 않은 길 떠났던 여정을 기억하는가?
길은 멀고 사람은 지쳤는데 나귀도 힘들다 울부짖네.

동정춘색부洞庭春色賦

이 세상이 물거품과 환상임을 깨달아
천리를 한 점 안에 감추었거늘,
대추 잎을 풍족하게 들어
겨자에 넣는 것이 뭐가 그리 어렵겠는가?

———『동파시집東坡詩集』

가장 부유한 사람

불광 성운(佛光星雲, 1927~)

불교에서는 사람이 재물과 부를 모으고 소유하는 것을 반대하지는 않는다.

세간의 재물과 부는 현세의 생활에 당연히 무척 중요하다.

그러나 마음의 보물을 캐내고 마음의 에너지를 개발하는 것이 더욱 중요하다.

그러므로 자신을 알고, 자신을 믿으며,

심지어 중생은 모두 부처가 될 품성을 가진 사람이란 것을 인정하는 것이야말로 진정으로 재물과 부를 소유하는 것이다.

그러면 지금 당장 그대는 세상에서 가장 부유한 사람이 될 것이다.

───『미오지간迷悟之間』

길에서

주몽접(周夢蝶, 1920~2014)

이 길은 아주 짧으면서도 또한 아주 길다.

내게 이 길은 낯설지가 않다.

얼마나 많은 세월동안 이 길을 지나갔을까?

검은 흙먼지가 나를 뒤덮었으며

또한 나를 낳아 키워주었다.

나의 눈물은 미소가 되어 이 길가 덤불 위에 흩뿌려졌다.

여기에 뿌려진 나의 눈물이 작은 기적되어 나타나길……,

아득히 먼 지평선은 깊은 잠에 빠져 있다.

이 길은 영원히 끝나지 않는

한 가닥의 매끈하면서도 평탄하지 않은 염주이다.

———『주몽접周夢蝶・세기시선世紀詩選』

알래스카 오로라, 오문흠吳文欽 作

행복으로 가는 길 【절록節錄】

오존현(吳尊賢, 1916~1999)

아버지는 우리 형제에게 다음과 같은 시 한 수를 들려주셨다.

그는 좋은 말을 타고, 나는 나귀를 탔네,
고개 숙여 생각하니 내가 그보다 못하는구나.
고개 들어보니 수레 미는 이 보이네,
위로 보면 내가 부족하나 아래 보면 넘치는구나.

이 시는 단순하면서도 의미심장한 뜻을 내포하고 있다.
만족할 줄 아는 사람은 고뇌가 없으니 사람이라면 무릇 만족을 알아야
한다는 것이다. 그러나 나는 의식주만을 위해 사는 것이 아니라 인생
에는 더욱 적극적인 목표가 반드시 있어야 한다고 생각한다.
결국 나는 한 가지 결론에 도달했다. 이 세상에 태어난 이상 열심히 일
하는 것이다. 또한 '내게는 성공만 있을 뿐 실패는 없다'는 굳은 의지를
갖고 직장생활을 하면 승진할 기회가 늘어나고 사회와 국가에 기여할
수도 있다. 더 나아가 돈을 모으기 위해 일하는 것이 아니라, 의미 있
다고 생각되는 일을 함으로써 대중을 이롭게 하고 향상시킬 수 있으며
화합과 투지를 촉진시킬 수 있다.
인생에서 행복을 위해 추구해야 할 것은 다음 몇 가지 외에는 없다고
생각한다.

1. 건강을 챙겨라.　　　　2. 화목한 가정이 되라.
3. 부지런히 일하라.　　　　4. 만족하며 감사하라.
5. 타인을 돕는 선을 행하라.

―― 『인생칠십人生七十』

주자가훈 朱子家訓 【절록節錄】

명明 주백여(朱柏廬, 1627~1698)

죽 한 그릇과 밥 한 그릇을 먹어도

마땅히 오기까지 쉽지 않았음을 생각하라.

실오라기 반쪽을 걸치더라도

항상 이 물건 만들 때의 노고를 생각하라.

비가 오기 전에 마땅히 미리 준비해야 하니

목마를 때에서야 우물 파지 말라.

자신을 보양함에 있어 반드시 절약해야 하니

잔치의 손님 떠나기 아쉬워 말라.

음식은 절제하고 정성스럽게 하여야 하니

채소 반찬이 진귀한 음식보다 낫다.

몸가짐은 반드시 검소하도록 힘쓰며

자녀의 훈육에는 옳은 방도가 있어야 한다.

뜻밖의 재물에 욕심내지 말고

술을 지나치게 많이 마시지 말라.

보따리 행상인과는 너무 깎으려 들지 말고

가난하고 힘든 친지와 이웃은 반드시 보듬고 구휼하라.

머무는 집을 소유함에 송사를 경계해야 하니,

송사가 있으면 결국 흉해진다.

처세할 때는 말이 많음을 경계해야 하니,

말이 많으면 반드시 실언하게 된다.

세력을 믿고 고아나 과부를 핍박하지 말라.

입과 배를 채우려는 욕심에 짐승과 가축을 함부로 죽이지 말라.

호생도護生圖, 풍일음豊一吟 作

남의 말을 쉽게 믿어버리면

다른 사람이 거짓으로 꾸민 말임을 어찌 알까?

마땅히 인내하고 세 번 생각하라.

일로 인해 서로 다투니 내가 틀리다는 것을 어찌 알까?

모름지기 평정심을 갖고 조용히 생각하라.

베푼다는 생각을 하지 말고, 은혜를 받았으면 잊지 말아라.

무릇 일에는 여지를 남겨 두어라.

타인의 경사에 시기하는 마음 내지 말고,

타인의 재앙과 우환에 기쁜 마음 내지 말라.

선행을 남에게 보이고자 하면 참된 선행이 아니고,

악행을 남이 알까 두려우면 이는 대단히 악한 일이다.

분수를 지키고 운명에 안주하며

때에 순응하고 하늘의 뜻을 따르라.

———『주백여치가격언朱柏廬治家格言』

진주

간정(簡娗, 1961~)

인생은 드넓은 바다와 같다. 인파의 물결이 오르락내리락하는 중에 우리는 산호에 부딪치거나 급물살을 견뎌내야 할 때도 있다. 또 교활한 소용돌이에 빠질 수도 있고 미로동굴에 갇힐 수도 있으며 콕콕 찌르는 모래밭을 온몸으로 굴러야 할 수도 있다. 이걸 어찌 말로 다 할 수 있으랴. 이렇게 힘들더라도 자신에게 자주 되뇌어야 한다.

'나는 어쩌면 진주를 품은 조개일지도 모른다.'

도의道義

인정도 흐려지고 사랑도 식게 된다. 그러나 마음에 거리낄 게 없는 사람은 인정과 애정의 속박을 겪고 난 뒤에 완성된 도의가 생명 안에서 가장 귀하고 값진 피라는 것을 잘 알고 있다.

대자연의 소리

우리는 때로 세상이 갈수록 나빠지고 현대문명의 이기적인 소음이 너무 시끄럽다고 원망을 하곤 한다. 혼탁한 강들 가운데 맑은 샘물 하나 정도 없겠는가!

기계소리 뒤섞인 음표들 사이에도 '대자연의 소리'가 들어 있다. 다만 우리가 너무 바쁘게 지내다보니 아름다운 것들을 스치면서도 알아차리지 못할 뿐이다.

───『수문水間』

사찰 주련 (4)

불광산佛光山 일주문

묻노니, 그대 지금 어디로 가는가?
언제 다시 올까 깊이 생각하길 바라노라.

불광산 만수당萬壽堂

항상 부모의 은혜를 생각하여라.
오늘 인연이 닿았으니 오늘 제도하여라.
본래 지옥은 없나니,
이 마음이 그것을 만들고 그것을 소멸할 수 있도다.

불광산 단신루檀信樓 재당齋堂

이 식사 여기 올 때까지의 어려움을 기억하라.
남 뒤에서 하는 말은 오로지 당사자만 모르네.

불광산 미국 서래사西來寺 선당禪堂

반짝이는 별(星)의 그림자 속에 선정을 하라.
물처럼 흘러가는 구름(雲) 사이에 마음을 자재하게 하라.

불광산사 산문

불광산 복국사福國寺 대웅보전

누가 제일 먼저 꿈에서 깨어나는가. 일찌감치 고개를 돌려라.

서방정토가 실제로 존재한다는 것을 믿어라.

영웅의 풍모를 우러러 보고 제때에 손을 놓아라.

이번 생애에 참된 이치를 깨우치라.

───『불광교과서佛光教科書』

진미공陳眉公 경세통언警世通言 【절록節錄】

명明 진계유(陳繼儒, 1558~1639)

부모가 아니라 귀신을 숭배하니 존경이란 어디에 있는가?

형제자매가 모두 화기애애하니 다툼이 어디에 있는가?

후손들은 자신의 복을 갖고 태어나니 걱정이 어디에 있는가?

네 위에 있는 신명이 너를 지켜보고 있으니 누가 기만하겠는가?

예로부터 문장은 증명되지 않으니 뽐낼 게 어디에 있는가?

부귀영화가 눈앞에 있는 꽃일 뿐이니 거만할 것 어디에 있는가?

남의 집 부귀는 전생에 정해진 것이니 시기할 게 무엇 있겠는가?

전생에 닦지 않아 지금 고통받으니 원망할 것 무엇 있겠는가?

세상에 살면서 미륵보살 만나기 어려우니 괴로울 것 무엇 있겠는가?

이로움을 얻을 때도 있고 잃을 때도 있으니 욕심낼 것 무엇 있겠는가?

영리하나 제 꾀에 빠질 수 있으니 교활할 필요 무엇 있겠는가?

거짓말은 평생의 복을 없애니 거짓말해 무엇 하겠는가?

시시비비는 절로 판가름 나니 논쟁할 것 무엇 있겠는가?

검소하게 가정을 다스림이 구걸보다 나으니 사치할 게 무엇 있겠는가?

원한은 원한을 낳아 끝이 없으니 원한을 맺을 필요 무엇 있겠는가?

둥지는 산이 아니라 사람 마음속에 있으니 도모할 것 무엇 있겠는가?

타인을 모욕하면 재앙이 오고, 용서는 복을 불러오니 강요할게 무엇 있는가?

덧없음이 찾아오면 만사가 멈출 텐데 그대 무엇 때문에 그리 바쁜가?

───── 『진계유행서책陳繼儒行書册』

부지족가不知足歌

청淸 호담암(胡澹庵, 생몰년도 미상)

굶주림을 면하고자 종일토록 총총대고,

겨우 배부르니 이젠 옷 생각이 나네.

의식 두 가지가 풍족하게 갖춰지니,

방안에는 또 어여쁜 처첩이 부족하다네.

아리따운 아내와 첩을 맞이하고 나니,

들고 날 때 탈 가마와 말이 부족하다네.

가마도 이미 가득 준비했건만,

손바닥만 한 밭 조각으로는 입에 풀칠하기 힘드네.

비옥한 밭과 천 개의 이랑을 얻었건만,

또 벼슬관직 없다고 사람들이 업신여기네.

칠품七品과 오품五品은 외려 부족하다 불평하며,

사품四品과 삼품三品은 낮다고 싫어한다네.

일품一品의 조정 재상이 되고 나니,

또 왕이 되어 제위에 앉는 것이 부럽다네.

천자가 되려는 마음 한 가득이고,

다시 영원토록 죽지 않기를 기원한다네.

모든 망령된 생각 그치는 경지가 없다면,

관 위의 긴 덮개에 후회만 가득 찬다네.

지족가知足歌 【절록節錄】

청淸 전덕창(錢德蒼, 생몰년도 미상)

힘든 일의 고통을 생각하면 자유로운 것은 축복이다.

배고픔의 고통을 생각한다면 따뜻하다는 것은 축복이다.

질병의 고통을 생각한다면 건강하다는 것은 축복이다.

고난의 고통을 생각한다면 평안하다는 것은 축복이다.

속박의 고통을 생각한다면 편안히 사는 것은 축복이다.

죽음의 고통을 생각한다면 살아 있다는 것은 축복이다.

———— 『해인이解人頤』

대흘대갈大吃大喝
이소곤李蕭錕 作

9月
September

삶의 여행자를 위한
365日

자가명주 自家明珠

송宋 다릉욱(茶陵郁, 생몰년도 미상)

내게 밝은 구슬 하나 있어 오랫동안 번뇌에 갇혀 있네.
오늘 아침 번뇌가 빛을 뿜으니, 산과 강을 가득 비추이네.

────『석씨계고략釋氏稽古略』

본래의 성품을 기억하라

명明 감산덕청(憨山德清, 1546~1623)

몸과 마음 모두 내려놓으면 법왕을 만나고,
앞날은 굳이 행장에 물을 바 없다네.
자신의 본래 성품을 인식할 수 있다면,
숲의 나무와 풀도 함께 성불할 수 있다네.

────『감산노인몽유집憨山老人夢遊集』

자신을 어떻게 찾을 것인가?

불광 성운(佛光星雲, 1927~)

불상과 경서에서 자기의 본래 모습을 볼 수 있다.
화초와 모래에서 자기 내심의 세계를 인식할 수 있다.
예불과 참선에서 자기의 무한한 생명을 굳게 지킬 수 있다.
인아와 시비에서 자기의 진실된 보물을 경험할 수 있다.

────『성운법어星雲法語』

지장보살상

이 인생은…

모옌(莫言, 1955~)

불광산은 부드럽고 따뜻한 느낌을 주는 곳이다. 추운 날에 오면 온기를 느낄 것이고 무더운 날에 오면 시원함을 느낄 것이다.

여기는 우리의 가장 중요한 집이 되어야 한다. 일반적인 집은 우리의 육체를 편하게 눕히는 곳이지만, 이 집은 우리의 정신을 위한 집이다. 사람은 육체적인 집보다 정신적인 집을 찾는 것이 훨씬 중요하다. 정신적인 위안을 찾으려면 모든 행동이 규범에 부합되고 기본적인 도덕과도 조화를 이룰 수 있어야만 가능하다.

───『문학가의 몽상(文學家的夢想)』

살아가면서 수많은 억울함을 당하는 것은 인간의 숙명이다. 성공하는 사람일수록 억울한 일이 더 많이 생긴다. 자신의 생명이 더욱 가치 있고 빛나게 하려면 억울함에 너무 개의치 말고, 자신의 마음을 너무 조이게도 하지 말며, 자신의 생활을 어지럽히게 두지도 말아야 한다. 한번 '씨익' 웃어넘기고 태연히 받아들여 다시 활력에너지로 바꿀 줄 알아야 한다. 인내할 줄 알고 주위의 그러한 사람들을 용서할 줄 알며, 용서하는 가운데 자신을 더욱 튼튼하고 더 크게 만들 줄 아는 사람이 지혜로운 자이다. ───『모옌어록집(莫言語錄集)』

세상에서 가장 피해야 하는 것이 바로 완벽이라는 것이다.

하늘에 있는 달은 꽉 차면 다시 이지러진다.

나무의 열매도 일단 익으면 떨어지게 된다.

매사 부족한 듯 여지를 남겨둬야 오래 지속될 수 있다.

───『단향형檀香刑』

진리를 향해 고개 숙임

곽말약(郭沫若, 1892~1978)

우리는 진리라는 성전 앞에서는 기꺼이 절을 하지만
모든 물질적인 권위 앞에서는 굽실거리지 않는다.
사람은 저마다 반드시 승리하겠다는 결심을 갖고 있어야 한다.
실패나 좌절을 두려워해서는 안 된다.

천재가 되는 결정적 요소는 부지런함이다.
부지런히 일하고 학업에 전념하면
잠재적 재능을 좀 더 발휘할 수 있다.
개발된 잠재적 재능과 개인의 부지런함은 정비례한다.

시간이 곧 인생이다. 시간이 곧 도이고 힘이다.

학업은 한밤중에 한다고 되는 것은 아니고,
꾸준히 함으로써 성공에 이를 수 있는 것이다.

사람은 자신이 심은 대로 거두게 된다.
참다운 우정을 심으면 참다운 우정을 얻게 된다.

───『곽말약전집郭沫若全集』

지족 知足 【절록節錄】

천친天親 지음 · 남량南梁 진제(眞諦, 499~569) 한역

모든 고뇌에서 벗어나고자 한다면 지족을 관찰해야 한다.

지족하는 법이 곧 부유하고 즐겁고 편안하고 안정되게 머무는 것이다.

지족할 줄 아는 사람은 비록 땅에 누워도 편안하고 즐거우며,

지족할 줄 모르는 사람은 비록 천당에 머무른다고 해도 맘에 차지 않는다.

지족할 줄 모르는 사람은 부유하지만 가난하다 여기고

지족할 줄 모르는 사람은 가난해도 부유하다고 여긴다.

지족할 줄 모르는 사람은 항상 오욕에 얽혀 있고,

지족할 줄 아는 사람은 모두를 연민으로 대한다.

──── 『유교경론遺教經論』

향관음발원게 向觀音發願偈 【절록節錄】

당唐 불공(不空, 705~774) 한역

나무대비관세음보살!

제가 일체의 법을 속히 깨닫게 해주시고,

지혜의 눈을 일찍 얻게 해주소서.

제가 일체의 대중을 속히 제도하게 해주시고,

선의 방편을 일찍 얻게 해주소서.

제가 반야의 배에 속히 승선하게 해주시고,

고해를 일찍 넘을 수 있게 해주소서.

제가 계정戒定의 이치를 속히 얻게 해주시고,

열반의 산에 일찍 오르게 해주소서.

제가 무위無爲의 집에 속히 들어가게
해주시고,

조속히 부처에 들게 해주소서.

제가 도산刀山지옥을 향하면 칼산이
스스로 부러지고,

제가 화탕火湯지옥을 향하면 화탕이
스스로 소멸되고,

제가 화산火山지옥을 향하면 화산이
스스로 고갈되고,

제가 아귀餓鬼지옥을 향하면 아귀가
스스로 배부르고,

제가 수라修羅지옥을 향하면 수라가
스스로 조복하고,

제가 축생畜生지옥을 향하면 스스로
큰 지혜를 얻게 해주십시오.

───『천수천안관세음보살대비심다라니
千手千眼觀世音菩薩大悲心陀羅尼』

수월관음보살상

선생십잠善生十箴 【절록節錄】

청淸 강항호(江亢虎, 1883~1954)

의복: 비단이 화려해도 물건일 뿐인데 목숨처럼 소중히 여기니 애석하다. 사치에 빠진 나라에 검소함의 중요성을 강조하는 것이 시급히 처리할 일이다.

채식: 사람이되 어질지 않고 야만성이 드러난다.

약간의 야채만으로 입 안 가득 그 풍미를 느낄 수 있다.

노숙: 봄가을 밤은 밝은 달과 꽃향기로 어우러진다.

하늘은 천막이고 땅을 침대 삼아 그 사이에서 자유롭게 배회하라.

기상: 날마다 새롭게 면학에 힘쓰라.

밤에는 푹 쉬고 지나친 향락에 빠지지 마라.

절제: 흥분은 사람의 본성을 쇠퇴하게 만든다.

정신건강과 장수를 위해 그런 것을 절제하라.

과묵: 두드리지 않으면 울리지 않듯 군자는 종과 같다.

하늘이 말하는 것을 누가 들었는가. 이해는 경험을 통해 얻어진다.

학습: 몸과 마음을 다해 성현의 정신을 배우라.

다양한 훈육 방법은 사람 몸에도 또한 좋다.

정양靜養: 마음 밑바닥의 자그마한 먼지 하나에도 놀라지 않아야 한다.

고요한 물처럼 깊고 장성처럼 굳건하여라.

성찰: 날마다 반성하고 원인을 구하라.

자신의 잘못을 스스로 반성하면 거짓은 사라지고 진실만 남는다.

달관: 드넓은 하늘에서 먼지까지, 억겁에서 몇 초의 시간까지 모두 인과 앞에 동등하다.

해결하지 못할 것은 그냥 내버려 두어라. ―『강항호사상일반江亢虎思想一斑』

산거시山居詩 【절록節錄】

당唐 관휴(貫休, 832~912)

예로부터 뜬구름 같은 영화 몇 세대나 갔는가.
막힘없이 세차게 흘러가네.
한나라 왕의 폐허가 된 정원에는 가을 풀 자라고
오나라 제후의 궁궐은 고요함에 묻혔네.
집이 황금으로 가득차도 욕심은 끝없네.
머리는 백발이 성성하건만 거만이 하늘을 찌르네.
누가 알겠는가? 만족함을 알면 부처가 될 수 있고
털로 짠 옷도 향기로 가득 찬다는 것을.

이슬방울과 붉은 난초가 뒤덮인 벌판을 가로질러
한가로이 서쪽으로 거닐며 가네.
지금 내 마음은 연꽃 같이 순결한데
어찌 몸이 더렵혀질까 걱정하는가.
오래된 도랑에선 붉은 나무가 가지를 뻗고
눈 덮인 바위 중간에선 흰 원숭이가 울음 우네.
무릉도원에 비유될 수야 없지만,
봄이면 도화 꽃이 작은 냇가에 가득하다네.

───── 『전당시全唐詩』

신용 【절록節錄】

청淸 이육수(李毓秀, 1662~1722)

무릇 말을 할 때는 신용이 우선이다. 타인과 한 약속은 반드시 지켜야 하며, 해낼 능력이 없는 일은 함부로 승낙해서도 안 된다. 감언이설로 속이는 것은 더더욱 안 된다.

많은 말을 하는 것보단 적게 말하고, 적게 말하는 것보단 좋은 말을 하는 것이 낫다. 상황에 적절하게 말을 하고, 해야 할 말은 하고 하지 말아야 할 말은 절대 하지 말아야 한다. 언행은 항상 신중하게 하고, 항상 진실을 말하며, 감언이설은 듣기는 좋지만 믿을 바가 못 된다.

간사하고 교활한 말과 비열하고 저질스런 말, 그리고 불량배가 내뱉는 저속한 말투는 모두 물들지 않도록 가까이하지 말아야 한다.

범애중 泛愛衆 【절록節錄】

무릇 사람이라면 모두 서로를 사랑해야 한다. 하늘은 골고루 뿌려주고, 대지는 차별 없이 보듬는다.

덕행이 뛰어난 고승은 명성이 저절로 높아진다. 사람들의 존경을 받는 것은 그의 덕행이지 외모가 아니다.

부유한 자에게 아첨하지 말고 빈한한 자에게 교만하지 말라.

오래 사귄 친구를 귀하게 여기고, 새 친구나 물건에 욕심내지 말라.

타인의 단점을 들춰내지 말고, 타인의 사생활 퍼트리지 말라.

타인이 착한 일을 하면 칭찬하는 것이 선을 행하는 것이다.

너의 칭찬을 들은 그 사람은 더욱 열심히 선을 행할 것이다.

타인의 잘못이나 단점을 퍼트리는 것은 악을 행하는 짓이다.

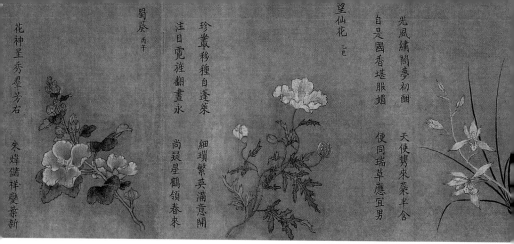

백화도百花圖(부분), 양매자楊妹子 作

지나친 책망이나 비난은 도리어 화를 부를 수 있다.

친구 사이에는 선행하길 서로 권하여 훌륭한 품성을 길러야 한다.

잘못을 해도 서로 충고하지 않으면 둘의 품성 모두 흠이 있게 된다.

무릇 재물을 취하거나 나눠줌에 있어 명확하고 분명하게 나눠야 한다.

타인에게 더 주고 자신은 조금 적게 가짐이 선연을 널리 맺는 것이다.

타인에게 일을 맡기기 전에 자기 입장이라면 어떤지 먼저 반문하라.

자신이 하기 싫은 일이라면 바로 멈추어야 한다.

입은 은혜는 항상 보답할 생각하고 남이 잘못한 일은 잊어버려라.

원망스런 일은 마음에 담아두지 말고 받은 은혜는 오래 기억하라.

──『제자규弟子規』

나눔(分享) 【절록節錄】

석모용(席慕蓉, 1943~)

당신을 칭찬하는 사람은 당신의 자신감을 충만하게 하고,

당신을 비난하는 사람은 당신을 더 용감하게 만들고,

당신을 상처 주는 사람은 당신을 더 굳건하게 하고,

당신을 아껴주는 사람은 당신이 은혜에 감사함을 알게 하고,

당신을 의지하는 사람은 당신에게 포용할 능력을 주고,

의지하고픈 대상은 당신에게 발을 잠시 쉴 수 있게 해준다.

세상에 나쁜 사람이나 사물은 없다.

다만 마음을 다해 이해하려는 노력이 결여된 사람만 있을 뿐이다.

나의 열정을 원색의 삶에 쏟아 부어 아름다운 예술적 생활을 누려라.

온갖 산해진미를 다 맛보고, 행복은 멀리 있지만

우리가 쫓아갈 수 있는 미래라고 여겨왔다.

나의 두 눈은 줄곧 저 먼 곳을 바라보고,

나의 두 귀는 자세히 들으려 쫑긋 세우고 있지만,

다만 나의 잘못을 소홀히 할까 걱정이다.

나중에야 깨달았다.

잡았던 손, 불렀던 노래, 흘렀던 눈물, 사랑했던 사람

겪었다고 말하는 것들이 모두 행복이었다는 것을.

───『석모용시집席慕蓉詩集』

인생은 바둑과 같다 【절록節錄】

왕방웅(王邦雄, 1941~)

노자는 "무위를 행하면 다스리지 못하는 것이 없다(爲無爲 則無不治)"라고 말했다. 인생은 바둑과 같다. 대국을 안 할 수는 없는데 문제는 어떻게 하면 잘 둘까 하는 것이다.

바둑돌 하나하나 두면서 무심한 듯, 또 마음을 비운 듯해야 훌륭한 바둑이다. 그런데 그것을 할 수 있느냐가 관건이다.

장자는 사람 마음의 수양은 맑은 거울과 같다고 했다. 어떤 것도 거절하지 않고 바람도 없이 그저 비추면 비추는 대로 감추는 것도 없다. 이처럼 마음이 맑은 거울 같은 수행자는 상대방을 기꺼이 받아들이며 해치지 않는다.

승부에 대한 집착과 대국에 대한 중압감을 털어버리고, 상대를 포위해 몰아붙이는 데 마음 쓰지 말고, 내 집을 방어하는 데 시간을 활용하지 말아야 한다. 서로 대국을 하면서 마음을 나누는 데 시간과 마음을 두어야 한다.

생명이 서로 화목하면 절로 아름답고 오묘한 대국大局이다. 훌륭한 대국은 어느 한 편이 지더라도 쌍방 모두 승자이고, 어느 편에 바둑돌이 남아 있더라도 쌍방 모두 패자이다.

바둑과 같은 인생은 대립이 아닌 공동번영에 있고, 바둑돌로 포진하는 것은 어렵지 않지만 바둑을 둘 때 무심할 수 있느냐가 어려운 것이다. 그것에 단순하게 대처하면 결국 단순하고 그것에 복잡하게 대응하면 더 복잡해진다. 이것을 깨달아 그것을 얻길 바란다.

—— 『인연과 운명: 훌륭한 대국과 같은 인생(緣與命: 但盼人生一般好棋)』

관용을 배양하라

제방원(齊邦媛, 1924~)

나는 중국의 독서 인구가 무슨 책을 읽든지, 조속히 자신의 취미를 만들어 평생의 의지처가 되고 시간이 지날수록 명확한 판단력이 생기기를 희망한다.

큰 나라, 많은 인구, 복잡하면서도 긴밀하게 연결된 역사가 더 이상 국가와 개인의 운명을 결정짓지 말아야 한다. 나는 또한 젊은이들이 관용과 연민의 흉금을 기르길 희망한다. 아이들이 유년시절부터 독서를 좋아하도록 하는 것도 이런 이유에서이다.

────『삼련생활주간三聯生活周刊』

표리여일表裡如一

장이화(章詒和, 1942~)

올바른 사람이 되기 위해서는 가장 기본적이고 또한 궁극적인 요구가 바로 '표리여일(表裏如一: 겉과 속이 한결같음)'과 '시종여일(始終如一: 시작과 마침이 한결같음)'이다. 우환이 있거나 곤경에 처해 있거나, 아이에서 어른까지도, 어른에서 노인까지도 이 문제에는 한순간의 예외도 없다.

삶이란 어쩌면 한 욕망이 또 다른 욕망을 대신하는 과정일 수 있다. 어쩌면 인성人性 중에 뒤엉키고 혼재된 내용이 있으니 이것은 일생의 시간을 두고 검증해야 한다. 그러나 사람이 한 걸음 잘못 내디디면 계속해서 한평생을 표류하게 된다.

────『왕사병불여연往事並不如煙』

이후주李後主 사선詞選

남당南唐 이욱(李煜, 937~978)

자야가子夜歌

인생에 근심과 원망이 어찌 없을 수 있겠는가?

넋을 잃고 외로운 나의 마음은 언제 사라질까?

꿈속에선 고국으로 다시 돌아갔거늘, 깨어나니 눈물만 주르륵.

높은 누각엔 누구와 더불어 올랐던가?

맑은 가을 하늘 바라본 기억이 아직도 생생하다.

지나간 일은 이미 소용없으니, 아직도 꿈을 꾸는 듯하다.

우미인虞美人

봄날의 꽃과 가을날의 달은 언제 끝날까?

옛일을 얼마나 알고 있을까?

작은 누각엔 어젯밤 또 동풍이 불고,

밝은 달빛 아래 고국을 향해 고개조차 돌리지 못하겠구나.

조각된 난간과 옥으로 만든 섬돌은 여전해도

붉던 얼굴들만 변했겠지.

근심이 얼마나 되는지 묻는다면,

봄 강물이 동쪽으로 흘러가는 것과 같다 말하겠네.

───『존전집尊前集』

영축산 설법도

수계受戒의 의미

불광 성운(佛光星雲, 1927~)

수계야말로 참된 자유이다. 계의 의미는 타인에게 피해를 주지 않는 것이다. 만일 저마다 계를 받아 지킨다면 서로 피해를 주지 않고 모든 사람의 생명, 재산, 가정, 사업, 모두 보호받을 수 있다. 반대로 계를 받아 지니지 않고 살생, 도둑질, 음란, 거짓말, 술(독 흡입)을 한다면 타인을 해치는 것은 물론, 자신 또한 이로 인해 감옥에 갇히는 신세가 되고 자유를 잃게 된다. 그러므로 수계는,

1. 내가 자유롭고 타인이 자유로우니 모두가 자유롭다.

2. 내가 안전하고 타인이 안전하니 모두가 안전하다.

3. 내가 기뻐하고 타인이 기뻐하니 모두 기뻐한다.

4. 내가 건전하고 타인이 건전하니 모두가 완전하다.

5. 내가 쓸모 있고 타인이 쓸모 있으니 모두가 쓸모 있다.

6. 내가 제도 받고 타인이 제도 받으니 모두 제도 받는다.

——— 『성운일기星雲日記』

선지식품善知識品

동진東晉 구담 승가제바(瞿曇僧伽提婆, 생몰년도 미상) 한역

세존께서 모든 비구에게 말씀하셨다.

"두 사람에게는 아무리 착한 일을 해도 은혜를 다 갚지 못한다. 두 사람이란 누구인가? 아버지와 어머니를 말한다.

만일 어떤 사람이 왼쪽 어깨 위에 아버지를, 오른쪽 어깨에 어머니를 업고 다니면서, 천만년 동안 의복과 음식, 침구와 의약품 등을 공양할 때에 그 부모가 어깨 위에서 오줌과 똥을 눈다 하더라도, 가히 그 은혜를 갚을 수 없다.

비구들이여, 마땅히 알아야 한다. 부모의 은혜는 중重하다. 우리를 안아주고 길러주셨으며, 수시로 보살펴 때와 시절을 놓치지 않았기에 우리가 해와 달을 볼 수 있었던 것이다. 이런 면에서 보아 이 은혜를 갚기 어려움을 알 수 있다. 이런 연유로 비구들이여, 마땅히 부모를 공양하고, 항상 효도하고 순종하여야 하며, 때와 시절을 놓치지 말아야 한다."

───『증일아함경增―阿含經』

보은품報恩品

당唐 반야(般若, 734~?) 한역

어머니가 계시면 부자라 하고,
어머니가 계시지 않으면 가난하다 한다.
어머니가 계실 때를 해가 떠 있다고 하고,
어머니가 안 계실 때를 해가 졌다고 한다.
悲母在堂 名之爲富 悲母不在 名之爲貧
悲母在時 名爲日中 悲母死時 名爲日沒

───『대승본생심지관경大乘本生心地觀經』

황산黃山의 선경을 유람하네 【절록節錄】

명明 서홍조(徐弘祖, 1587~1641)

명산인 오악五嶽을 보고 나면 다른 산이 보이지 않고,

황산黃山을 보고 나면 오악이 시시하네.

아침에 푸른 바다 보고 저녁에 벽오동 보듯,

사내대장부는 가슴에 세계의 산하를 품을 만한 도량을 가져야 하며

시공간을 꿰뚫는 혜안을 가져야 하네.

대롱 구멍으로 표범을 보면 표범의 얼룩무늬 하나밖에 보이지 않네.

황산에 오르니 천하에 산이 없도다.

――― 『서하객유기徐霞客遊記』

호심정湖心亭에서 눈을 바라보네 【절록節錄】

명明 장대(張岱, 1597~1679)

커다란 호수에 눈꽃이 내리니,

하늘은 구름과 산과 물과 어울려 온통 흰색이다.

호수 위에 그림자는 오직 흔적 같은 긴 제방,

호수 안에 점 같은 정자 하나, 겨자씨와 같은 나와 배,

배 안에는 쌀알 같은 두 세 명이 있을 뿐이더라.

서호몽심西湖夢尋 【절록節錄】

달빛이 강 위에 뿌려지고 강은 물보라에 의해 삼켜지고,

이슬에 흡수돼 하늘에 하얗게 뿌려진다.

이 얼마나 경이로운 일인가.

배를 타고 금산사를 지나니 이미 밤 열 시가 넘었다.

용왕당을 지나니 사위는 고요하고

숲 사이로 비치는 달빛이 눈처럼 하얗더라.

도암몽억서陶庵夢憶序 【절록節錄】

나의 인생을 되돌아보니 허영과 사치가 뜬구름처럼 덧없고, 반세기의
삶이 한바탕 꿈과 같다. 지난날을 되돌아보고 내가 기억하는 모든 것
을 글로 써서 부처님 앞에서 참회한다. '이것도 꿈이 아닐까?' 꿈이면
서도 꿈이 아닐까 두렵고 또 여전히 꿈일까 두렵기도 하다.

내가 얼마나 어리석은 것인가? 나는 지금 긴 잠에서 깨어났지만 여전
히 미숙한 능력을 드러내 보인다. 아마도 그것은 또 다른 잠꼬대일 것
이다.

———『도암몽억陶庵夢憶』

백인가百忍歌

명明 당인(唐寅. 1470~1524)

참아라, 참아라, 살면서 참지 않으면 어쩌겠는가?

내 지금 그대에게 백 가지 참음의 노래 들려줄 테니,

그대는 손뼉 치며 하하 웃어 보거라.

아침에도 참고, 저녁에도 참고, 치욕도 참고, 모욕도 참고,

힘들어도 참고, 고통도 참고, 배고파도 참고, 추위도 참고,

속여도 참고, 성나도 참고, 옳은 것도 참고, 그른 것도 참아라.

마음 깊이 스스로 반성해야 한다.

그대 보지 못하였는가?

여래는 자신의 몸을 베어내는 고통도 참았고,

공자는 양식이 떨어져 굶주림도 참았고,

한신韓信은 남의 가랑이 밑을 기어가는 모욕도 참았고,

공자의 제자 민자건閔子騫은 홑옷만 입고 추위를 참았고,

사덕師德은 얼굴에 침을 뱉는 치욕도 참았고,

유관劉寬은 하녀가 옷에 국을 쏟아도 성내지 않고 참았다.

좋아도 참고, 나빠도 참아라. 마음속으로 깊이 헤아려 보라.

통째로 삼킨 밤 가시가 콕콕 찌르는 때가 돼서야

참된 근본을 알게 된다.

———『육여거사전집六如居士全集』

부연: 좋은 일도 받아들이고 나쁜 일도 받아들여, 그것을 얻었다고 기뻐하지
않고 잃었다고 근심하지 않음이 온갖 어려움에 대처하는 인내와 지혜를 갖
추는 길이다.

참기 힘들어도 참아라

불광 성운(佛光星雲, 1927~)

인내는 중국 문화의 미덕이자,

불교에서 인식하는 가장 커다란 수행이다.

끝이 없는 죄과는 성낼 '진瞋' 한 글자에 달려 있고

한량없는 공덕은 참을 '인忍' 한 글자에 달려 있다.

용기

현대인들은 지식을 배우기는 쉬워도 용기 있는 사람을 배우기는 힘
들다.

평소에는 자신의 능력을 과시하고 다니는 사람이 위기와 어려움이 닥
치면 책임도 망각하고 인간으로서의 기개도 잊어버린다.

그러므로 진정한 용기는 오랫동안 마음과 성품을 갈고 닦지 않고는 쉽
게 완성되지 않는다.

미국의 우주비행사는 우주로 나가기 전 반드시 선정을 수양해야 한다.

선정은 그 사람에게 용기를 길러줄 수 있기 때문이다.

삶과 죽음 앞에서 두려움이 없다면 더 이상 용감해지지 못할 것이 없다.

───『미오지간迷悟之間』

교화병장품教化兵將品

수隋 사나굴다(闍那崛多, 523~600) 한역

보시는 커다란 복덕을 더 증대시키고,
인욕은 일체의 원수를 없어지게 하니,
선한 사람은 모든 그릇됨을 내버리고,
욕망을 여의고 자연히 해탈을 얻는다.

─── 『불본행집경佛本行集經』

보시와 지혜 모두 닦으라

대용보살大勇菩薩 찬찬讚 · 송宋 승가발마(僧伽跋摩, 생몰년도 미상) 한역

언제나 지혜를 즐겨 닦아도 보시를 행하지 않으면
태어날 때마다 항상 슬기롭고 영리하지만 가난하여 재산이 없다.
오직 보시 행하기를 즐기고 지혜를 닦지 않으면
태어날 때마다 큰 재물 얻지만 어리석어 사물을 보는 식견이 없다.
보시와 지혜 두 가지를 모두 닦으면 태어날 때마다 재물과 지혜를 구
족하고,
두 가지를 모두 닦지 않으면 영원히 어두운 밤이고 빈곤할 것이다.

─── 『분별업보략경分別業報略經』

구양수歐陽修 사선詞選

송宋 구양수(歐陽修, 1007~1072)

'생사자生查子' 원소절 밤에

지난해 원소절 밤에 번화한 거리의 등불 그림처럼 밝았었네.

달이 버드나무 끝에 걸렸을 때 밤이 되면 만나기로 약속했네.

올해 다시 원소절 밤이 되어 달빛과 등불 여전히 밝은데,

지난해 함께 했던 사람 보이지 않고 눈물이 봄 적삼 소매만 적시네.

옥루춘玉樓春

송별의 술자리 앞에서 돌아올 날짜를 기약하려는데,

미처 말을 꺼내기도 전에 사랑하는 이는 슬픔을 삼키누나.

인생이 본래 어리석어 정에 얽매이기도 하지만

누각 위에 부는 바람과 하늘에 걸린 달과는 관련이 없다네.

송별의 술자리에서 새로운 이별노래 부르지 마오.

한 곡으로도 이미 한없는 시름에 빠져들게 한다오.

그대와 함께 낙양의 꽃인 목련이 다 지는 모습 보아야만

비로소 담담하게 돌아가는 봄바람과 이별할 수 있겠네.

──── 『전송사全宋詞』

강소성 천녕사 천녕보탑

상주常州 천녕사天寧寺에서 예참禮懺 소리 듣다 【절록節錄】

서지마(徐志摩, 1897~1931)

나는 천녕사의 예참 법회 소리를 듣고 있다.

법고소리, 범종소리, 운판소리, 목어소리,

염불소리가 천천히 대웅보전 안에 울려 퍼졌다.

끊임없이 부딪치는 파도가 조화를 이루듯,

끊임없이 대비되는 색깔들이 정화되듯이

끊임없이 현세의 우열들이 소멸되듯이…….

부처님의 명호 한 번, 범종소리 한 번, 법고소리 한 번, 목어소리 한 번,

운판소리 한 번의 조화가 전 우주에 울려 퍼지면서 때와 먼지를 잠시

동안 녹이고 한량없는 동안의 인과를 다 가라앉힌다.

이 위대한 조화는 어디서 왔을까. 별무리의 광채, 대천세계의 음악, 참

생명의 홍수가 모든 움직임을 멈추고 모든 장애를 사라지게 한다. 천

지의 변두리에, 황금 누각 안에, 불상의 미간 사이에, 나의 소맷자락에,

관자놀이 주변에, 감각 속에, 나의 마음 안에, 꿈 안에서…….

커다란 깨달음에서 흘러나오는 기쁨은 위대하고 장엄하고 고요하고

무량하고 조화로운 고요함에서 실현된다.

───── 『서지마전집徐志摩全集』

인간에게 준 우주의 보답

불광 성운(佛光星雲, 1927~)

당신이 웃음을 지으면

당신 주위의 사람도 따라서 당신에게 미소 지을 것이고,

당신이 슬프거나 근심하면

주변의 사람 역시 당신처럼 근심할 것이다.

당신이 노래를 흥얼거리면

옆의 사람도 당신을 따라서 함께 노래를 부를 것이고,

당신이 우스갯소리를 하면

듣는 사람도 당신을 따라서 즐거워할 것이다.

당신이 계정혜戒定慧를 지니고 있으면

부드러운 음성이 반드시 당신에게 모여들고,

당신이 진선미眞善美를 추구하면

친구들이 당신을 둘러쌀 것이다.

그래서 타인의 나쁜 점을 말하면

타인 역시 나의 나쁨을 말하고,

타인이 소유한 것을 시기하면

타인 역시 그 소유한 것을 두려워한다.

──『성운일기星雲日記』

하늘에 감사하다 【절록節錄】

진지번(陳之藩, 1925~2012)

어린 시절 밥 먹을 때면 할머니는 늘 이런 말씀을 하셨다. "천지신명께서 우리가 배부르게 먹을 수 있도록 양식을 주신 것이니 절대 밥 한 알이라도 남겨서는 안 된다. 꼭 명심하거라. 먹을 것을 낭비하면 하늘에서 밥을 안 주실 거야."

할아버지는 해마다 '비가 오나 바람 부나 이 악물고' 일하시고, 할머니는 해마다 '밥하랴, 빨래하랴 힘들게' 고생하시었다. 두 분도 이마에 땀방울 송골송골 맺혀가며 논에서 거둬들인 것이라는 걸 알면서 왜 하늘에 감사해야 한다는 걸까?

재작년 쯤 나는 아인슈타인이 쓴 『나는 세상을 어떻게 보는가』라는 책을 보면서 새로운 걸 깨달았다. 지금까지 없던 참신하고 독창적인 협의의 상대론은 이것을 끄집어내고자 참고한 것도 없으면서, 마지막에 생각지도 못한 "종종 토론을 벌여온 동료이자 친구인 바소(Baso)에게 감사를 전한다"라는 글귀가 있었다. '이처럼 큰 공적을 왜 남에게 돌릴까'라는 생각이 들었다.

몇 년 동안 나 자신 정말 새로운 깨달음을 얻었다. 어떤 일이든지 타인에게서 얻는 경우는 무척 많지만 자신에게서 끄집어내는 것은 무척 적다. 왜냐하면 감사해야 하는 사람이 매우 많기 때문이다. 무슨 일이든 선조의 유산이 있지 않으면 대중의 지지와 협력이 필요하며 그 다음 기회가 도래하길 기다려야 한다. 우리가 일을 할수록 자신의 공헌이 더 보잘 것 없다고 느끼게 된다. 그러므로 창업을 하는 사람은 모두 자연스럽게 대중을 생각하고, 실패하는 사람은 항상 자신만을 생각한다.

───『재춘풍리在春風裡』

서강월西江月

송宋 주돈유(朱敦儒, 1081~1159)

세상일은 봄날의 꿈처럼 짧고,

인정은 가을 구름처럼 각박하네.

이리저리 따져가며 마음을 괴롭히지 말라.

만사는 원래 정해진 명이 있는 법!

다행히 석 잔의 술을 만나 좋고,

거기다 한 떨기 꽃까지 만나니 신선하네.

잠시 기쁘게 웃고 서로 친해지니,

내일 흐릴지 맑을지는 아직 정해지지 않았네.

———『전송사全宋詞』

'서강월西江月' 전당강錢塘江 추향정秋香亭 벽시壁詩

명明 풍몽룡(馮夢龍, 1574~1646)

술은 불처럼 몸을 덥혀준다.

색정은 강철로 된 산처럼 몸을 저며 낸다.

재물이 많으면 시기심을 불러오고 인간적 관계를 끊어낸다.

화는 불 없이도 화약처럼 터진다.

이 네 가지는 하나처럼 큰 차이도 없이 함께 몰려온다.

여러분들은 높은 자리에 연연하지 말길 권하노니,

그것이 몸을 수양하는 바른 길일 것이다.

———『삼언三言·경세통언警世通言』

인생의 소재 【절록節錄】

정석암(鄭石岩, 1945~)

일상의 규범은 입으로 말하는 것이 아니라, 반드시 실제 연습하고 철저히 받들어 실천하는 것이다. 처세나 일처리의 방식, 작업과 휴식의 방식, 생각과 감정의 표출은 모두 수차례의 연마를 통해서 확고해지게 될 것이다. 당나라 때 동산 양개선사는 "언어의 의미를 모방하는 행위는 근거가 없다. 행동을 정의하는 언어 또한 근거가 없다"라고 했다. 이 말의 의미는 '날마다의 훈육이 인지학습을 통해서 연마된다면 실행이 매우 어렵다'라는 것을 의미한다.
실천적 면에서 멋진 이론이 있어도 언어로 분명하게 표현할 수 있는 것은 아니다.

네가 맞닥뜨린 너의 경험이 곧 삶의 본질이기 때문이다. 황금 광산처럼 그 경험들은 밝은 미래를 창조하게 만든다. 자신의 인생에서 수많은 역경과 성패를 뚫고 나와 밝은 미래를 창조할 것이다.

너에게 합당하고 올바른 것을 행함에 있어서 구애받지 마라.
이익에 늘 집착하지는 말아라. 인생은 네 자신의 것이지 타인의 것이 아니니까. 다른 사람이 너에 대해 어떻게 생각할까 걱정하지 마라.
우리는 우리 자신을 위해서만 살 수는 없는 대신 모든 생명체의 이익을 위해 노력할 필요가 있다.

——— 『인생의 길 이렇게 간다(人生路這麼走)』

노인을 위한 기원문 【절록節錄】

불광 성운(佛光星雲, 1927~)

자비롭고 위대하신 부처님!

저희에게 분명히 말씀을 해주십시오.

"태어남의 괴로움이 있으면 반드시 늙음의 괴로움이 있을 것이고,

늙음의 괴로움이 있으면 반드시 질병의 괴로움이 있을 것이다."

늙고 병드는 것은 너무도 괴롭고 고통스럽습니다.

자비롭고 위대하신 부처님!

당신은 노인들의 바람이 무언지 아십니까?

노인들의 가장 큰 희망은 가족이 다 같이 한자리에 모이는 것이고,

가장 큰 즐거움은 손자를 품에 안고 즐기는 것입니다.

노인들의 가장 큰 바람은 몸에 질병의 괴로움 없는 것이고,

가장 큰 기쁨은 자유로운 것입니다.

부처님, 우리 노인들을 보살펴 주십시오.

이제부터 의지할 곳 없이 떠도는 슬픔이 없도록 해주십시오.

이제부터 병상에서 고통받는 불행이 없도록 해주십시오.

이제부터 자녀의 불효로 원망과 탄식하지 않도록 해주십시오.

이제부터 생로병사의 근심과 두려움이 없도록 해주십시오.

인생의 의미가 이 몸뚱이가 오래 지속되는 데 있지 않고,

공덕과 혜명이 무한함에 있다는 걸 노인들이 알게 해주십시오.

자비롭고 위대하신 부처님!

온 세상의 노인들을 가엾이 여기셔서

평안하고 즐거운 만년을 누리도록 해주시옵소서.

마음을 열고 모든 걸 내려놓은 인생을 갖게 해주시옵소서.

─── 『불광기원문佛光祈願文』

손해가 곧 복福이다

청清 장영(張英, 1637~1708)

하늘은 가득하면 덜어내고 비워지면 더해지는 도리가 있고,

귀신은 손해 보면 채워지고 행복하면 겸손해지는 이치가 있다.

예로부터 인내와 양보만이 무궁한 재난과 뉘우침을 소멸하기에 족하다.

인내와 양보의 도리를 행하고자 하면 먼저 작은 일부터 시작해야 한다.

매일 보는 세상의 큰 사건도 대부분 작은 일에서 시작한다.

그러므로 무릇 천하의 일은 작은 화를 받았다고 큰 화에 이르게 해서
는 안 되고,

작은 손해를 받았다고 큰 손해를 받은 것처럼 해서는 안 된다.

———『장문단집張文瑞集』

당신은 몇 층에 사는가?

풍자개(豐子愷, 1898~1975)

당신은 몇 층에 살고 있는가?

인생에는 세 개의 층이 있다. 첫 번째 층은 물질생활이고, 두 번째 층은 정신생활이며, 세 번째 층은 영혼생활이다.

마음에 흔들리지 않고, 정에 얽매이지 않으며, 장차 올 것을 두려워하지 않고, 지나간 것에 연연하지 않으면 매우 편안하다.

마음이 작아지면 모든 작은 일이 커지게 된다.
마음이 커지면 모든 큰 일이 작아지게 된다.
세상의 온갖 풍파 담담히 보고, 마음은 편안하고 근심이 없어야 한다.

당신이 사랑하면 삶 어디에서도 사랑스럽다.
당신이 증오하면 삶 어디에서도 원망스럽다.
당신이 은혜에 감사하면 어디서든 은혜에 감사할 것이고,
당신이 발전하고자 하면 무슨 일이든 발전할 것이다.
세상이 너를 선택한 것이 아니라 네가 이 세상을 선택하였다.
기왕에 아무데도 숨을 데가 없다면 차라리 바보처럼 실없이 웃어넘겨라.
기왕에 아무데도 도망갈 데가 없다면 차라리 기쁨을 누려라.
기왕에 아무데도 정토가 없다면 차라리 마음을 고요하게 하라.
기왕에 아무 소원도 없다면 차라리 마음을 내려놓아라.

─── 『풍자개문집豐子愷文集』

선열禪悅 이수二首

청淸 장문도(張問陶, 1746~1814)

방석에 청정하게 앉았더니 도가 마음에서 자라고,
애욕 사라진 연꽃이 절로 향기를 풍기네.
팔만 사천 개의 들어가는 문 각기 다르지만,
누가 알았으랴. 마음이 곧 서방정토라는 것을!
문 안의 뜰이 맑고 미묘하니 곧 선에 드는 문인 것을,
황금으로 산을 사들이느라 낭비만 했네.
오로지 마음이 보름달처럼 밝다면
출가하는 것보다 속세에 머무름이 더 한가롭다네.

───『장문도시가청화록張問陶詩歌菁華錄』

잊어버린 정신을 찾자

불광 성운(佛光星雲, 1927~)

외부 세계의 아무리 아름다운 경치도 우리의 마음을 편안히 쉬고 걱정
을 말끔히 없애주지는 못한다.
선禪은 우리가 마음 안에서 무언가를 찾고, 오래전 잊어버린 내면을 찾
아 다시 반갑게 얘기를 나누도록 가르쳐 준다.
선禪은 마음속의 일대 혁명이며, 우리를 위해 좋은 향을 퍼트리는 연민
의 마음, 보름달처럼 꽉 찬 지혜의 마음, 금강처럼 굳건한 서원의 마음,
흘러가는 구름과 물처럼 내어주는 마음을 되찾아온다.

───『미오지간迷悟之間』

사설師說 【절록節錄】

당唐 한유(韓愈, 768~824)

옛날 학습하는 자에게는
반드시 스승이 있었다.
스승이란 도道를 전하고
과제를 주고 의혹을 풀어주는 자이다.
사람은 태어나면서부터 아는 것이 아니니,
의혹이 없는 사람 어디 있는가?
의혹이 있는데 스승을 따르지 않으면
그 의혹은 끝내 풀리지 않는다.
도를 스승으로 삼으니,
나이가 나보다 먼저 이고 나중인지를
어찌 따지겠는가?
이런 연유로 귀함이 없고 천함이 없고
나이 많음도 적음도 없이
도가 있는 곳이라면
곧 스승이 있는 곳이다.

감숙성 맥적산 석굴 제133굴
라후라수기상羅睺羅受記像

치가격언治家格言

장부로 태어난 사내들은 가정을 이루기 쉽고,
선비와 군자는 뜻을 세우기 어렵지 않다.
한 걸음만 물러나면 절로 우아하고
조금만 양보하면 여유로운 삶이 될 것이다.
말 몇 마디 참으면 근심 없이 자유롭고,
한때를 견디면 유쾌하고 걸림이 없다.
나물밥을 먹어도 그 가운데에도 담백함이 있고,
국법을 지키면 꿈속에도 놀랄 일 없다.
누군가 내게 세속 일을 물으면
손사래를 치며 잘 모르겠다고 말하리라.
차라리 깊은 산속에서 찻잎 따며 살지언정
화류거리의 술은 마시러 가지 말라.
모름지기 덕망 있는 선비를 가까이 하고,
정 없는 친구는 일찌감치 헤어지라.
가난해도 근심 말고 부유해도 자랑 말라.
오래토록 가난하고 영원토록 부자인 집이 어디 있으랴?

――『한창여선생집韓昌黎先生集』

30년 전과 후: 천지가 뒤바뀌다

미상

30년 전에는 금 귀걸이를 지닌 것은 대부분 도시 사람이었는데,
30년 후에는 금 귀걸이를 지닌 것은 대부분 시골 사람이 되었다.

30년 전에는 서른 살쯤 된 사람이 오육십 세로 보이는 사람이 많았고,
30년 후에는 오육십 세 된 사람이 서른 살 쯤으로 보이는 사람도 많다.

30년 전에는 스님들이 나와 '탁발'을 했지만,
30년 후에는 스님들이 나와 '구휼'을 한다.

30년 전에는 시골에서 도시로 이사 올 생각을 했지만,
30년 후에는 도시에서 시골로 이사 갈 생각을 한다.

30년 전에는 꽃무늬와 붉은 색 옷은 항상 아가씨가 입었지만,
30년 후에는 꽃무늬와 붉은 색 옷을 늘 중년 아줌마가 입는다.

30년 전에는 사람들이 어떻게 하면 '살을 찌울까'를 소망했는데,
30년 후에는 사람들이 어떻게 하면 빨리 '살을 뺄까'를 고민한다.

30년 전에는 가난한 사람이면 야채와 고구마를 먹었는데,
30년 후에는 부자들이 야채와 고구마를 즐겨 먹는다.

30년 전에는 돈이 있어도 돈 없다고 했는데,
30년 후에는 돈이 없어도 돈 있는 척을 한다.

30년 전에는 돈을 빌리러 은행에 부탁하러 갔는데,
30년 후에는 은행이 당신에게 돈 빌리라 부탁한다.

30년 전에는 값싼 물건을 살 수 있으면 누구나 부러워했는데,
30년 후에는 누가 더 비싼 물건을 샀느냐로 신분을 따진다.

30년 전에는 구멍 나고 기운 옷을 입는 건 '가난' 때문이었는데,
30년 후에는 돈 주고 구멍 나고 기운 옷을 사는 것은 '멋져 보이고' 싶어서이다.

30년 전에는 한 사람이 일해 온 가족을 부양할 수 있었는데,
30년 후에는 두 사람이 직장 다니면서 아이 하나 양육하기도 힘들다.

30년 전에는 항상 먹을 밥이 모자라 근심했는데,
30년 후에는 늘 아이가 밥을 조금 먹어서 걱정한다.

30년 전에는 일찍 집을 나설 때도 세 끼 걱정을 했지만
30년 후에는 세 끼가 있어도 먹을 시간이 없다.

30년 전에는 집에 노인 한 분 있으면 보물이 하나 있는 것 같았지만,
30년 후에는 집에 노인이 한 분 있으면 온 식구가 피한다.

사찰 주련 (5)

불광산사佛光山寺 대웅보전

도솔천과 사바세계를 오가도 금강좌는 움직이지 않고
아미타불과 약사불이 좌우에서 법왕으로 똑같이 추앙받네.

불광산사 대비전大悲殿

사바세계를 두루 거하며 천수천안으로 한량없는 몸을 나투시네.
시방국토를 주유하며 대자대비로 항하사와 같은 중생을 제도하시네

불광산사 대지전大智殿

이 고불은 먼저 스승이 있어 스스로 법의 왕자라 칭하네.
여래를 협시하여 사람들은 그를 묘길상妙吉祥이라 한다네.

불광산사 불이문 안

둘이 아니라는 문이 있으니,
둘이면서 둘이 아니니 자신의 참모습을 구족하라.
영산이란 산이 있으니,
산이면서 산이 아니니 나라는 청정한 몸 아닌 것이 없으리라.

──── 『불광교과서佛光教科書』

10 月
October

삶의 여행자를 위한

365 日

최고의 길상吉祥
고덕古德

세 걸음 앞으로 나아가 생각하고,
세 걸음 뒤로 물러나 다시 헤아려라.
성냄 일어날 때 깊이 생각해야 하니,
화를 내려놓음이 가장 길한 것이라.

웃음에 은원 사라진다
고덕古德

원수가 아닌 사람은 만나지 않으니,
만나서 웃음 한 번에 은원이 사라지네.
타인에게 편리함 베풀기를 권하니,
타인에게 너그럽게 관용을 베풀어라.

이번 생에 제도하라
고덕古德

관음보살상, 진홍완陳洪綬 作

사람의 몸 얻기 힘듦을 지금에야 알았고,
부처님의 법 듣기 어려움을 지금에야 들었네.
이 몸을 이번 생에 제도하지 아니하면
어느 생에서 이 몸 제도하겠는가?
人身難得今已得　佛法難聞今已聞
此身不向今生度　更向何生度此身

───『성운설게星雲說偈』

미륵보살 인내게彌勒菩薩 忍耐偈

미상

어리석은 노인 다 헤진 옷 입고, 소박한 음식 먹어도 배부르다네.
기운 옷은 한기 막아주면 족하고, 만사는 인연 따르면 된다네.
누가 어리석은 노인에게 욕해도, 노인은 절로 좋다 말하고,
누가 어리석은 노인을 때려도, 노인은 바로 땅에 누워 잔다네.
얼굴에 침을 뱉어도 절로 마를 때까지 그대로 두어라.
그럼 나도 힘쓰지 않아도 되고, 그도 번뇌가 없으리라.

───『선문일송禪門日誦』

권세가勸世歌

미상

고개를 돌려보아라.
세상의 모든 골칫거리가 싸악 사라질 것이다.
이 풍진세상에서 남이야 바쁘건 말건
내 마음 청정하여 번뇌가 없구나.
끝없는 탐욕은 언제 멈출까나?
집의 재물 줄어듦을 한탄만 하고 있네.
마치 줄에 매달린 꼭두각시 인형처럼
선이 끊어질 때 몸도 쓰러질 것이다.
무상함이 오는 데는 크고 작음이 없으며
금은보화로도 아무 소용이 없다네.
부유하거나 고귀함도 구분치 않으니

해마다 황폐한 무덤 수없이 늘어난다네.
해가 서산에 지는 것을 방금 보았건만
어느새 닭 울고 새날이 또 밝았구나.
이르다고 하지 말고 서둘러 고개를 돌려야 하니
아이도 늙기는 한순간이다.
재물이 산처럼 가득하고 부유하여도
업장은 늘 따라다니니 언제 마치려는가.
세상 사람아 고개를 돌리길 권하노니
채식과 염불은 내 늘 지니는 보배이다.
명리가 모두 헛된 것임을 알았다면
마음을 닦고 염불함이 더 낫지 않겠는가.

───『불교총서佛教叢書』

제비에 관한 시를 지어 유劉 노인에게 보이다

당唐 백거이(白居易, 772~846)

처마 밑에 제비 한 쌍, 암수가 더불어 정다이 지내더니,

진흙 날아다 처마 밑에 둥지 짓고, 새끼를 네 마리나 낳았구나.

새끼 네 마리 나날이 자라며 먹이 달라 조잘댐이 끊이질 않더니,

곤충 잡기 쉽지 않아 새끼 제비 노란 부리 가득 찰 때가 없구나.

부모 제비 입과 발톱 헤지고 갈라져도 피곤한 줄 모르겠더니,

십여 차례 날아 오고감은 새끼들 배고플까 걱정해서라네.

그렇게 애쓰길 30여 일, 어미는 말랐건만 새끼들은 살이 포동포동!

엄마 제비 새끼들에게 쩍쩍 이야기도 들려주고 하나하나 털을 빗겨

주네.

어느 날 새끼들 털이 다 자라 정원의 나뭇가지로 날아가 앉더니

날개 펼쳐 날아가며 돌아보지 않으니 사방으로 흩어지는 바람처럼 가

버렸네.

부모 제비 허공에서 다급히 불러보지만 새끼 제비 아무런 대답이 없고,

할 수 없이 처마 밑 둥지로 돌아와 밤새 슬퍼하며 통곡하네.

제비야, 잠깐 슬픔을 멈추고 너희들의 당시 모습이 어땠는지 반성하

여라.

높이 날아 어미 새에게 돌아가지 않던 너희들의 어릴 적 모습을 생각

하여라.

그리워하던 당시 부모님의 마음을 이젠 너희들도 알게 되리라.

─── 『백씨장경집白氏長慶集』

염불게念佛偈

당唐 백거이(白居易, 772~846)

내 나이 칠십 하나! 이젠 더 이상 시 짓지
않으려네.

경전을 보자 하니 눈이 침침하고 지은 복
달아날까 두렵네.

무엇으로 마음의 위안을 삼을까? '아미타
불' 명호 한마디라네.

걸으면서도 '아미타불' 외우고, 앉아서도
'아미타불' 외우네.

화살이 지나는 것처럼 바쁘더라도 '아미타
불'을 떠나지 않네.

도를 깨친 이 나를 보고 웃으며 '아미타불'
을 더 많이 외우라 하네.

깨우친 다음에는 무엇을 하며, 깨우치지
않은들 어떠하리.

법계의 중생에게 권하노니, 함께 '아미타
불' 암송하세.

윤회의 괴로움 벗어나려면 반드시 '아미타
불' 암송하세.

──── 『귀원직지집歸元直指集』

아미타 내영도

신문정공申文定公 백자명百字銘

서한西漢 주매신(朱買臣, B.C. ?~115)

욕심이 적으면 정신이 맑고, 생각이 많으면 혈기가 쇠한다.

적게 술 마시면 함부로 성질부리지 않고, 성냄을 참으면 재물을 잃지
않는다.

귀함은 근면함에서 얻어지고, 부유함은 근검절약에서 온다.

온유함은 끝내 나에게 이익이 되고, 난폭함은 반드시 재앙을 부른다.

알맞게 처리함이 진정한 군자이고, 괴롭힘은 화의 원인이 된다.

암암리에 남을 해치지 않고, 똑똑한 중에도 약간 어수룩해 보여라.

성품을 기르려면 선을 닦아야 하고, 양심을 속여 가며 채식하지는 마라.

관공서에 드나드는 것을 삼가고, 마을의 화목을 위해 힘써라.

조용히 본분을 지키면 몸에 욕됨이 없고, 시비를 가릴 때 신중하게 입
을 열라.

세상 사람들이 이 말을 따라 지키면 재앙을 물리치고 복이 굴러들어
올 것이다.

─── 『해인이解人頤』

난정집서蘭亭集序 【절록節錄】

동진東晉 왕희지(王羲之, 303~361)

위를 보니 하늘이 광대무변하고 아래를 보니 사물이 무성하다. 가슴을 활짝 열어 보고 듣는 즐거움을 맘껏 누리니 참으로 즐겁구나.

정자 안의 사람들이 서로 왕래하느라 한평생이 참 빨리도 지나갔네. 자신의 포부 가운데 몇 가지를 꺼내 방에서 친구들과 얼굴 맞대고 얘기를 나누는 이도 있고, 때로는 자신이 좋아하는 사물이나 자신의 심경에 빗대어 아무런 구속 없이 멋대로 사는 이도 있다. 비록 각자 나름대로의 취미가 있고 그 취미도 각기 다르며 조용히 앉아 있는 사람과 어수선하게 움직이는 사람 등 다 다르지만 그들이 접촉한 사물에 흥이 최고조에 달하면 일시에 스스로 만족을 느끼고 기뻐하는데, 늙어 꼬부랑 노인이 될 거라는 생각조차 하질 않는다. 이미 얻은 것들에 대해 권태로움을 느끼게 되면 감정이 사물의 변화에 따라 변하고 그윽한 마음도 그에 따라 생겨난다. 과거의 즐거웠던 일 순식간에 지난날의 흔적이 되어 버리고, 여전히 마음속의 감촉을 불러일으키지 못하는데, 하물며 수명의 길고 짧음이야 말해 뭘 하겠는가. 자연에 맡겨 결국에는 사라지는 걸로 귀결된다. 옛 사람이 말하길, "나고 죽음이 또한 큰일이다" 했으니, 어찌 비통하지 않을까.

——— 『진서晉書·왕희지전王羲之傳』

부연: 삶과 죽음은 너무나도 자연스러운 일로서 부처님이라 할지라도 "인연이 있어 부처님으로 세상에 나왔고, 인연이 다해 부처님께서도 열반에 드셨네. 올 때는 중생을 위해 오시고, 가실 때는 중생을 위해 가셨네"라고 할 수 있다. 인간의 삶은 세상의 인연이 다하면 자연히 따라서 가는 것이며, 무한히 반복되는 미래가 또한 인연 따라 다시 올 것이다. 나고 죽음을 따로 떨어뜨려 생각하지 않게 된다면 태어난다고 또 어찌 기쁠 것이며, 죽는다고 또 슬퍼할 바가 아니다.

소만수蘇曼殊 시선詩選

소만수(蘇曼殊, 1884~1918)

본사시本事詩

9년간 면벽하여 만물이 텅 빈 허상임을 이루었네.
손에 채를 쥔 채로 돌아가 너를 만난 것을 후회하네.
나는 과거의 무정한 사람, 지금은 그렇지 않네.
이제 다른 사람은 고쟁 연주하며 즐기게 하리라.

서호西湖 백운선원白雲禪院에 머물며

흰 구름 깊은 곳에 눈 덮인 봉오리 휘감고
매화나무 몇 그루엔 눈 덮인 붉은 꽃 피었네.
공양 마친 뒤엔 천천히 선정에 드네.
작은 암자 앞 연못에는 종소리 흐릿하게 비추이네.

약송정若松町을 지나는 감회

외로운 등은 몽롱한 꿈속으로 우릴 이끌고,
비바람 작은 암자에 들어서니 한밤 종소리 울리네.
나는 다시 찾아왔건만 그들은 이미 가고 없네.
누가 강 건너 부용화를 따러 가겠는가?

─── 『소만수전집蘇曼殊全集』

둘 다 좋다

불광 성운(佛光星雲, 1927~)

마음이 착하고 명운도 좋으면 부귀영화가 일찍 찾아오고,

마음은 착하나 명운이 나빠도 평생 따뜻하고 배부를 수 있다네.

명운은 좋지만 마음이 나쁘면 앞날을 보장할 수 없고,

마음도 나쁘고 명운도 나쁘면 늙을 때까지 가난과 고생이 따르네.

다 같이 좋은 말을 하고 좋은 일을 하며 좋은 마음을 지녀,

선하고 아름다운 인세에 정토를 구현하세.

———『인간음연人間音緣』

———

부연: 성공과 실패는 풍수나 운명, 신 등에 달려있는 것이 아니고, 특히 타인의 훼방에 의한 것은 더더욱 아니다. 자신의 건전健全 여부가 성공의 조건이다. 불교에서는 '원인이 있으면, 반드시 그에 따른 결과가 있다' 하였다. 봄과 여름에 밭을 갈고 다듬지 않고 어떻게 가을과 겨울에 수확하고 보관을 할 수 있겠는가? 그러므로 한 사람의 성공에는 반드시 성공하는 원인이 있고, 실패하는 데는 또한 필연적으로 실패하는 이유가 있다. 성공과 실패 사이에는 그것을 조종하는 나 자신이 있을 뿐이니 신중하게 행동하지 않으면 안 된다.

여관

임청현(林清玄, 1953~)

생활 속 수많은 기억은 각기 작은 여관과 같다. 그 속에서 인간은 멈출 줄 모르고 앞만 보고 달리는 역마를 탄다. 뒤돌아볼 때마다 과거의 사물들은 영원히 자신을 지나쳐 멀어지고만 있고, 기쁨이나 슬픔, 즐거움이나 괴로움, 침울함이나 격정, 모든 성공과 실패 또한 그 여관에 들어 있는데, 날이 어두워지면 우리는 또다시 다른 여관을 찾아 머무르게 될 것이다.

이별도 아름다울 수 있다

다행스럽게도 인생에는 이별이란 것이 있다.

함께 할 수 있어 행복한 사람에게는 이별도 좋은 것이다. 보고 싶어 흘린 눈물이 얼마나 달콤하고 값진가를 알 수 있을 테니.

함께 하기에 괴로운 사람은 이별이 가장 좋다. 안개가 걷히고 구름이 흘러가면 드넓은 파란 하늘을 볼 수 있을 테니.

인연이 흩어질 수 있음은 고통 속에 사는 사람들에게 때로 삶은 간절한 기다림이자 희망이 될 수 있다.

정이 깊으면 만물에 모두 깊다

길을 걸을 때는 가볍게, 생활은 마음을 다해 열심히 해야 한다. 따뜻하게 호흡하고 부드럽게 품어주어야 한다. 깊이 생각하고 자비를 널리 펼쳐야 한다. 풀 한포기라도 아끼고 땅을 밟아도 혹시 땅이 아프지는 않을까 염려해야 한다. 이것이 모두 수행이다.

———『임청현산문집林清玄散文集』

청평락 淸平樂

송宋 황정견(黃庭堅, 1045~1105)

봄은 어디로 갔을까? 사방이 고요하니 봄이 간 길이 없구나.

누군가 봄이 간 곳을 알거든 봄을 불러와 함께 머물게 하련만.

봄이 발자국 없으니 누가 알겠는가. 꾀꼬리에게 물어볼 수밖에.

수없이 얘기해도 이해하는 이 없으니, 바람에 실려 장미 너머 날아가리.

———『전송사全宋詞』

남향자 南鄕子

모든 장수들이 작위를 제수 받는 것에 열중하며 떠들 때,

나는 한쪽에서 홀로 누각에 기대어 피리 불며 노래 부르네.

모든 일은 비바람 따라 사라져버리니,

사라졌도다, 사라졌도다! 그 옛날 희마대戲馬台에서 열렸던 중양절 연회도 역사의 한 페이지가 되어 사라졌도다.

술잔 들어 권하노니, 흘러가게 내버려 두어라.

이렇게 좋은 시절 낭비 말고, 좋은 술에 취하도록 맘껏 마셔 보세나.

꽃이 노인의 머리 위에서 웃는구나.

부끄럽다, 부끄러워! 백발에 꽃 꽂아도 근심은 사라지지 않네.

———『황정견작품전집黃庭堅作品全集』

조상님 말씀

미상

여름에는 바위에서 자지 말고, 가을에는 널빤지에서 자지 말며,

봄에는 배꼽을 드러내지 말고, 겨울에는 머리를 덮지 마라.

낮에 많이 움직이면 밤에는 꿈을 적게 꾼다.

자기 전 발을 씻으면 보약을 먹는 것보다 낫다.

밤에 창문을 열면 모든 것이 향기롭다.

시원한 것을 좋아해 덮지 않으면 병 걸리지 않는 게 이상하다.

일찍 자고 일찍 일어나면 정신이 맑다.

침실을 좋아하고 잠자는 걸 좋아하면 병이 더하고 수명이 줄어든다.

밤에 이를 갈면 뱃속에 벌레가 기어간다.

하루에 돼지 한 마리를 먹느니, 차라리 침대에서 코고는 게 낫다.

삼 일 동안 양 한 마리 먹느니, 차라리 발 씻고 다시 침대로 가겠다.

베개가 맞지 않으면 잠잘수록 사람이 더 피곤하다.

먼저 마음이 잠든 후에 몸이 잠들어야 한다.

잠을 잘 자면 미인이 된다.

머리에 바람을 맞으면 따뜻하게 해주고,

발에 바람을 맞으면 의원을 불러야 한다.

잠잘 때 바람통로에서 자지 말라. 맞바람이 가장 해롭다.

잠자면서 등을 켜지 마라. 아침에 일어나면 머리가 어지럽다.

잠을 자려는 사람은 긴장을 풀고 편안하게 해야 하며

발은 서쪽으로 두지 말고 머리는 동쪽을 향해 두지 말아야 한다.

가장 상서로운 곳 어디인가?

황디라리리(黃底拉利利, 팔리어 음역, 생몰년도 미상)

어리석은 사람 가까이 말고, 응당 지혜로운 자와 사귀며
덕 있는 자를 존경하는 것이 가장 상서로운 것이다.
적합한 곳을 택해 머물고, 덕이 있는 선현을 따라 행하고
자신의 몸을 바른 도리에 두는 것이 가장 상서로운 것이다.
많이 듣고 공예에 정통하며, 모든 계율을 엄격히 지키고
말로 타인을 즐겁게 하는 것이 가장 상서로운 것이다.
부모와 친지를 봉양하고, 아내와 자녀를 사랑으로 보살피며
남에게 해를 끼치는 직업이 아니라면 가장 상서로운 것이다.
좋은 품성을 보시하고, 일체의 가족 친지를 돕고
행위에 허물이 없다면 가장 상서로운 것이다.
삿된 행동은 금하여 그치고, 자신을 이겨 술을 마시지 않으며
아름다운 덕이 견고하여 움직이지 않으면 가장 상서로운 것이다.
공경하고 겸양하며 족함을 알고, 은혜에 감사할 줄 알며
제때에 가르침의 법을 들으면 가장 상서로운 것이다.
인내와 순종, 모든 사물을 보고 얻어
적시에 신앙을 논하면 가장 길상하다.
스스로 청정한 생활을 절제하고, 팔정도를 깨달으며
열반을 증득하는 법 실현하는 것이 가장 상서로운 것이다.
팔풍에도 마음이 흔들리지 않고, 근심 없고 물들지도 않으며
고요하여 번뇌 없으면 가장 상서로운 것이다.
이것에 의지해 수행을 계속하는 자는 어디에서든 승리하고
모든 곳에서 복을 얻으니, 이것이 가장 상서로운 것이다.

———— 『불설길상경佛說吉祥經』

감춰진 사막의 샘 【절록節錄】

여추우(余秋雨, 1927~)

나무 뒤에 낡은 집 한 채가 있었다. 잠시 망설이는데, 한 비구니 스님이 걸어 나왔다. 손에 염주를 굴리는 주름 가득한 얼굴의 스님은 진중하면서도 평화로운 모습이었다. 나는, 왜 외롭게 혼자서 이곳을 오래도록 지키고 있는지, 언제 처음 이곳에 오셨는지 묻고 싶었다. 결국 나는 그러한 질문이 불교수행자에게는 상당히 곤란한 질문이 아닌가 생각되었다.

아득하게 펼쳐진 사막, 도도히 흘러가는 강은 세상의 기적이랄 것도 없다. 모래더미들 사이에 있는 이 특별한 샘물, 모래 폭풍 속의 고요함, 황량함 속의 적막한 이 경치. 급경사 너머로 내리막길 등이 있어 하늘과 땅의 운율과 조화의 기교를 부려놓았다. 오직 그러한 독창적 창조가 나의 마음을 황홀하게 만들었다.

이런 추론에서 보면 인생과 세계, 역사도 마찬가지라고 하겠다. 차분하지 못함은 평온으로, 사치는 소박함으로, 조악함은 수완으로 치유할 일이다. 이렇게 해야만 인생에 비로소 생동감 있어 보이고 세상이 아름다운 것처럼 보이며, 역사도 우아한 자태를 뽐내게 될 것이다. 그러나 사람들은 일상에서 한 단면만을 과장시키는 경향이 있다. 심지어 자연의 신도 너무 세심하지 못하고 결국 인간들이 그 부담을 고스란히 떠안게 된다.

그러니 늙은 비구니 스님 홀로 여길 지키는 것이 이치에 전혀 맞지 않는 건 아니다. 그녀는 초라한 방 안에서 밤새 사막에서 부는 바람의 울부짖는 소리를 듣는다. 지겨우리만큼 듣고 나면 다음날 새벽이 찾아오고, 밝고 고요한 물소리로 귀를 깨끗이 씻을 수 있을 테니 말이다. 그녀가 깊은 곳에서 흘러나오는 샘물을 보고 나서 고개를 들면 눈에 들어오는 것은 드넓게 펼쳐진 모래절벽일 것이다.

모래가 운다는 명사산鳴沙山과 월아천月牙泉이라 알려진 샘, 둘 다 돈황현敦煌縣 경내에 있다.

──── 『문화고여文化苦旅』

석가금관출현도釋迦金棺出現圖

스무 가지 어려움

동한東漢 가섭마등(迦葉摩騰, ?~73) · 축법란(竺法蘭, 생몰년도 미상) 공동한역

빈궁하면서 보시하기 어렵고, 부귀하면서 도 배우기 어렵고,

목숨을 내던져도 반드시 죽기 어렵고, 부처님 경전 얻어 보기 어렵고,

부처님 세상에 계실 때 태어나기 어렵고, 미색과 욕심을 참기 어렵고,

좋은 것 보고 구하지 않기 어렵고, 욕됨을 당하고 성내지 않기 어렵고,

권세를 가지고 남 탄압하지 않기 어렵고, 일에 부딪쳐 무심하기 어렵고,

널리 배우고 깊이 연구하기 어렵고, 아만심 끊어 없애기 어렵고,

배우지 못한 사람한테 거만하지 않기 어렵고, 마음에 평등을 행하기 어렵고,

시시비비를 말하지 않기 어렵고, 선지식을 만나기 어렵고,

성품을 보고 도를 배우기 어렵고, 인연 따라 사람을 제도하기 어렵고,

경계를 마주하고 흔들림 없기 어렵고, 방편을 잘 알아 중생 제도하기 어렵다.

어진 자는 비방할 수 없다

악한 사람이 어진 사람을 해치는 것은 마치 고개를 들어 하늘에 대고 침을 뱉는 것과 같다. 침을 뱉어도 그 침이 하늘에 닿지 않고 오히려 자신의 몸에 떨어진다.

또한 바람을 안고 흙먼지를 날리는 것과 같다. 흙먼지는 다른 사람 몸에 뿌려지지 않고 도리어 자신의 몸을 더럽힌다. 어진 사람은 결코 해치지 못하고 그 재앙이 반드시 자신을 해치게 된다.

항상 계율을 생각하라

부처님께서 말씀하시었다.

"너희들이 나를 떠나서 수천 리를 가도 뜻으로 나의 계율을 항상 생각하면 반드시 도를 얻을 것이다. 내 곁에 있어도 뜻은 삿된 것에 있으면 끝내 도를 얻지 못할 것이다. 그 진실함은 행하는 데 있으니, 가까이에 있으되 행하지 않으면 어찌 만분의 일이라도 이롭겠는가?"

인욕忍辱이 가장 굳세다

무엇을 가장 힘이 많다 하는가. 욕됨을 참는 것이 제일 굳세나니.
참는 자에게는 원망이 없으며, 반드시 다른 사람의 존경을 받는다.

―――『사십이장경四十二章經』

참회게懺悔偈

송宋 설봉온문(雪峰蘊聞, 생몰년도 미상) 기록

죄는 마음에서 생겨나고, 참회도 마음에서 시작하네.
죄도 마음도 소멸되어 모두 텅 비면 이것이 곧 참된 참회로다.

──── 『대혜보각선사보설大慧普覺禪師普說』

전심후념前心後念

남제南齊 담경(曇景, 생몰년도 미상)

앞의 마음이 악념惡念을 품는 것은
먹구름이 달을 가린 것과 같고,
뒤의 마음이 선념善念을 일으킨 것은
횃불이 어둠을 없애버림과 같네.

前心作惡 如雲覆月

後心起善 如炬消闇

──── 『미증유인연경未曾有因緣經』

환희를 모으라

불광 성운(佛光星雲, 1927~)

평생 자신을 위해 모아야 하는 것은 무엇
일까?

마르거나 썩지 않고 오랜 세월을 견디며,
우리 곁에서 평생을 함께 하고, 멀리 떠나
가면 슬퍼하고 괴로워 해주는 물건은 무엇
일까?

한평생 억대의 돈을 모으는 사람은 많지
않을 것이다.

그러나 우리는 직업을 통해 환희와 존중을
모을 수 있고, 타인과 어울리면서 예의와
관심을 모을 수 있고, 신앙을 실천하는 중
에 마음의 평안과 자비를 모을 수 있다.

이러한 마음속의 법재法財는

은행의 이율이나 배당금보다 더 훌륭하다.

———『인생의 계단(人生的階梯)』

감숙성 맥적산 석굴 제121굴
보살과 비구상

옛 현인이 후인에게 전하는 말씀

우릉파(于凌波, 1927~2005) 편집

고개 들면 석자 위에 신명이 있고,

털끝 하나도 속이기 어려우니 함부로 행동 마라.

항상 푸른 하늘에 대고 두렵고 조심하는 마음 품어라.

양심과 천리는 공평하다.

나아가고 물러남의 허와 실은 자신만이 아는데

화와 복의 원인 누구에게 물으랴?

선과 악은 결국 끝에 이르면 과보를 받나니

일찍 오고 늦게 옴을 다툴 뿐이다.

성실한 마음이 근간이 되어야 한다.

한 가지가 거짓이면 백가지 일이 의심받는다.

거짓말은 결국 복을 깎아내고,

밝은 하늘의 도리는 끝내 속이기 어렵다.

음모와 흉계로 타인을 해치면

하늘의 눈이 밝게 살피어 잊어버리지 않는다.

화가 내게 닥쳐오면 곧 후회하며

비로소 전날의 생각이 어긋남을 알게 된다.

세상일은 바둑처럼 순식간에 바뀌니,

어리석은 사람이여, 다툴 것 뭐 있는가?

오늘 아침에 내일 아침 일을 알지 못했다고

염라대왕은 사정을 봐주지 않네.

맑고 푸른 하늘은 속일 수 없으니,

일어나지 않은 생각도 이미 알고 있네.

그러니 그대 마음에 꺼리는 일 하지 마시오,
예로부터 지금까지 빠져나간 이 없다.
서둘러 돌아서야 늦지 않으니,
시간은 질주하는 말처럼 순식간에 지나가네.
두 눈을 저 푸른 하늘로 더 넓혀야 하니,
그대가 언제까지 멋대로 할 것인가.
서쪽으로 가는 배와 동쪽으로 가는 배가
순풍일지 역풍일지 지금은 모른다네.
순풍 타고 가는 배의 손님들,
내일 아침도 동풍이 불거라, 장담하지 마시라.

———『성세시가선醒世詩歌選』

감숙성 돈황 막고굴 제17굴
근시녀상近侍女像

인내를 역량으로 삼으라

불광 성운(佛光星雲, 1927~)

인내는 자신도 모르는 사이에 감화를 시키는
재능이 있다.

한순간의 모욕을 참으면 자신에게 일시적으로
화가 쌓이는 것을 막을 수 있고, 일생 동안 인
내를 수양하면 평생 완고하고 미욱한 사람을
은연중 감화시킬 수 있다.

백련강百鍊鋼과 같은 단단한 물질이 손가락에
감길 정도로 부드럽게 변할 수 있었던 비결은
오로지 '인내'라는 한마디 덕분이다.

부귀와 공명 앞에서 한 발 양보하는 것이 얼마
나 초연한 자세인가!

인아와 시비 앞에서 좀 더 인내하는 것이 얼마
나 유연한 자세인가!

이런 겸손과 공손함으로 참고 양보하는 것이야
말로 자신을 진정 발전시키는 것이다.

항상 자신의 발아래를 살피며 착실하게 한 발
한 발 내딛는 것이야말로 지극히 진실되면서도
고귀한 자세이다.

───『불광채근담佛光菜根譚』

생인生忍·법인法忍·
무생법인無生法忍
성운대사 휘호

세상은 무너지지 않는다

진문천(陳文茜, 1958~)

설령 가진 것 하나 없고 빈털터리라고 해도, 그럴 만한 가치 있는 사람이나 일에 몰두하면 세상이 우리의 눈앞에서 무너지는 일은 없을 것이다.

지난 일은 연기에 불과하다

살면서 곤경에 부딪히면 그것을 넘어서야지 돌아가려 하면 안 된다.

돌아간다는 것은 도피이다. 그 행위는 사라지지 않고 도리어 당신 삶에 어두운 그림자를 남긴다.

넘어선다는 것은 초월이다. 당신이 해낸 일은 지나고 나면 연기에 불과할 뿐이지만, 그것이 당신을 더욱 높이, 그리고 더욱 단단하게 만들어 줄 것이다.

자신에게 충실하라

생활 속 슬픔, 기쁨, 헤어짐, 만남 등을 지평선 밖 저만치에 놓아 두어라. 자신에게 충실하고 스스로를 잘 준비시키면 주변의 시끄러운 잡음은 자연히 멀어지게 된다.

───『외딴 한 곳에만 남아 있는 번화함(只剩一個角落的繁華)』

생사를 마주하고

불광 성운(佛光星雲, 1927~)

하나.

불교 정토종에서는 죽음을 '왕생往生'이라고 부른다. 왕생이 교외로 놀러가거나 이사하는 것과 같다고 본다면 이런 죽음도 기뻐할 만한 일이 아닐까? 그러므로 죽음은 그저 탈바꿈하는 단계이며, 생명을 또 다른 몸에게 부탁하는 첫 시발점인 셈이다. 이민 가서 또 다른 나라에 발을 내딛는 것처럼 죽음도 마찬가지이다. 그렇다면 우리는 살아나갈 자산을 어느 정도 가지고 있을까? 공덕功德과 법재法財를 가지고만 있다면 나라가 바뀌더라도 생활하지 못할까 두려워할 필요가 없다. 그러므로 죽음은 두려워할 필요가 없고, 죽음에 직면하면 물 흘러가듯 자연스럽고 태연하면 된다.

둘.

불교에는 수많은 고승대덕들이 있다. 죽음을 바라보는 그들의 생각은, 즐겁고 기쁘게 이 세상에 왔다가, 죽음도 즐겁고 기쁘게 가면 된다는 것이었다. 오고 가고, 태어나고 죽는 것은 잠시도 멈추거나 그치는 법이 없기 때문이다. 역사 속 일부 선사 중에는 호미 메고 전원을 가꾸다 돌아가시거나 자신을 위한 제사를 지내고 돌아가신 분들도 있다. 또한 호수에 배 띄우고 피리 불다 요절하기도 하고, 여기저기 친구들에게 휴가를 청한다 말하고 요절한 분도 있다. 이른바 "올 때는 중생을 위해 오고, 갈 때는 중생을 위해 간다네"라는 말처럼 오느냐 가느냐는 본래 마음에 담아둘 필요가 없다.

───『미오지간迷悟之間』

반성과 감사　【절록節錄】

남은정(藍蔭鼎, 1903~1979)

인류의 눈은 안쪽에서만 밖을 볼 수 있는 한 방향의 창문과 같다. 눈동자가 향하는 곳은 천문에서 지리까지 대천세계의 빼곡한 중생들을 모두 빨아들이지만 정작 한 가지, '나(我)'만은 빼놓았다. 자신의 일상적 행위 하나하나를 스스로 살필 수는 없다. 그래서 우리가 나아갈 방향을 인도해 줄 길라잡이가 필요하다. 그럼 이 길라잡이는 누구이고 어디에 있는 걸까?

나는 두 가지가 있다고 본다. 그 중 하나는 늘 부드럽고 따뜻한 말투로 우리에게 충고하고 일깨워 주는 친구이고, 또 다른 하나는 격한 말과 성난 얼굴로 우리를 비난하고 공격하는 적대적 관계의 사람이다.

다른 사람의 질책이 없이는 경각심도 없으며, 발전은 더더욱 없다. 비평은 우리에게 매 순간 깨어 있도록 만들어주고, 일하는 데 규범의 선을 쉽게 넘어서거나 조심하지 않아 깊은 늪에 빠지게 되는 것을 방지하여 준다. 늘 이런 유익한 친구가 옆에 있다는 것은 우리들의 복이 아닐 수 없다. 마땅히 감사해야 하지 않을까?

고인이 된 일본의 대문호 가와바타 야스나리(川端康成)는 평생 '감사感謝'라는 두 글자를 신봉하면서 살았다고 한다. 항상 이 두 글자를 사용한다면 우리의 적들도 그 자취를 감추고 사라지거나, 상황이 뒤바뀌어 친구의 모습으로 나타나게 될 것이다.

―――『정여소어鼎廬小語』

해학적 유머

불광 성운(佛光星雲, 1927~)

유머는 현대인이 아름다운 생활을 누리도록 하는 원천이며, 너와 나라
는 인간관계의 윤활유 역할을 한다. 인간에게는 유머가 필요하고, 유머
가 있어야 재미가 있고, 유머가 있어야 지혜가 있다.

유머는 때로 자상하고 후덕한 어르신처럼 따스한 봄바람을 불어오고,
때로는 소리 없이 조용히 피어나는 꽃처럼 사람들에게 봄기운을 가득
선사한다.

코미디 배우의 대명사인 찰리 채플린(Charles Chaplin)의 자신을 비웃
는 듯한 유머는 세상 사람들에게 무한한 즐거움과 후세 사람에게 무한
한 추모의 마음을 남겼다.

───『미오지간迷悟之間』

18나한도, 오창석吳昌碩 作

마음 밭에 복을 심자 【절록節錄】

황무충(黃武忠, 1950~2005)

"자주 다투는 사람은 자신도 모르는 사이에 많은 친구를 잃게 되고, 다투지 않는 사람은 반대로 항상 우정을 얻는다. 좋은 친구 하나를 사귀는 것이 비옥한 밭을 가꾸는 것보다 낫다."

이것은 고등학교 때 아버지께서 자주 하시던 말씀이다.

옛말에 "나라가 망하고자 하면 그 전에 필히 나라가 어지럽다"라는 말이 있는데, 이때 어지러움의 근원이 바로 이 '다툼'이다. 역사상의 모든 '당쟁黨爭', '정쟁政爭'은 어느 것 하나도 남을 이기고자 하는 승부욕과 명리를 얻고자 하는 다툼으로 인해 일어나지 않은 것이 없다. 일상생활 속에서도 늘 시기하여 다투다가 분쟁을 빚게 되고 수많은 불행한 일들이 천천히 파생되는데, 이 모두가 '다툼' 한마디 때문이다.

타인과 '다툼'을 하면 항상 사이가 나빠지게 되고, 자신과 '다툼'을 하면 잠재된 능력의 원동력을 끄집어 내 노력하는 인간형이 될 수 있다. 아버지께서 말씀하신 다투지 않는 사람에서 '다투지 않는'의 의미는 타인과 다투지 않는 자신을 수양하는 힘을 가리킨다.

———『인간유미시청환人間有味是淸歡』

정업삼복 淨業三福

유송(劉宋) 강량야사(畺良耶舍, 383~442) 한역

첫째는 부모를 효로써 공양하고 스승을 받들어 모시며, 자비로운 마음
으로 살생하지 않고 열 가지 선업을 닦는다.

둘째는 삼보에 귀의하여 수지하고 모든 계를 구족하며 위의威儀를 범
하지 않는다.

셋째는 보리심을 내고 인과를 깊이 믿으며 대승경전을 독송하고 수행
자들에게 권하는 것이다.

자리이인 自利利人

거친 말은 자신과 남에게 모두 해로워 멀리하고,

선한 말은 자신과 타인에게 모두 이로워 닦아 익힌다.

遠離麤言自害害彼　彼此俱害

修習善語自利利人　人我兼利

───『불설무량수불경佛說無量壽佛經』

사천성 대족현 보정산寶頂山 석굴, 관무량수경변상의 상품중생

부모 공양

송宋 법천(法天, ?~1001) 한역

늙은 부모를 공양하는 것은 모든 덕 가운데 으뜸이라,

밭에 씨를 뿌려 열매가 익으면 그 복이 다함이 없네.

늙은 부모를 공양하면 무거운 짐을 영원히 짊어지지 않고,

항상 당나귀가 짐을 져주며 칼날에 해를 입지 않는다네.

늙은 부모를 공양하면 함수하鹹水河를 건너지 않고,

맹렬한 불과 칼을 든 병사 또한 능히 근접하지 못하네.

늙은 부모를 공양하면 항상 착한 아내와 아들을 얻고,

곡식, 농기구, 재물, 유리, 금은보화를 얻게 될 것이라네.

늙은 부모를 공양하면 항상 하늘의 궁전에 머물게 되고,

한량없는 환희의 동산이 사방에서 항상 에워싸고 있다네.

늙은 부모를 공양하면 항상 부처님 법의 음성 들을 수 있고,

상호 구족하고 용모 단정하니 공경하여 받들지 않는 이가 없구나.

──── 『불설대승일자왕소문경佛說大乘日子王所問經』

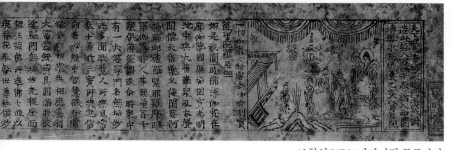

보협인寶篋印 다라니경 두루마리

사찰 주련 (6)

미륵전彌勒殿

다른 사람을 포용하지 않는 바가 없고,
매사 웃음으로 그들을 대하네.

언제 웃음이 비로소 멈출는지,
앉아서 즐겁지 않는 날이 없다네.

오관당五觀堂

성품의 차분함으로 채근의 향기 맛보고,
세상의 맛은 담담한 가운데 한결같다네.

삼심三心*으로는 물 한 방울도 소화시키기 어렵지만,
오관五觀*으로는 황금조차도 쉽게 녹일 수 있다네.

객당客堂

손님이여, 소박한 차와 밥 업신여기지 말라.
승가는 짙은 세속의 열정과 다르다네.

푸르른 산 풍경은 승려를 따라 안으로 들어가고,
소나무 소리는 방문객과 함께 고요하게 대화하네.

창고(庫房)

사찰의 물건을 사랑하고 보호하기를
눈 안의 진주를 보듯 하여라.
쥐꼬리만 한 임금도 헛되이 온 것이 아니며
쌀 한 톨도 수고로움에서 온 것이니.

———『사원영련집寺院楹聯集錦』

* 삼심三心: 『금강경』에서 말하는 과거심過去心, 현재심現在心, 미래심未來心으로 시간상 과거, 현재, 미래를 가리킨다. 그러나 머무는 바가 없는 참마음은 시간상의 과거, 현재 미래의 구분이 없이 오로지 그 한 생각뿐이다. 우리의 본래 모습은 예로부터 지금까지도 변함이 없고, 억만 겁을 지나도 늘 새롭다고 했다. 과거가 어디 있고, 현재는 어디 있으며, 미래는 또 어디 있다는 것인가?

* 오관五觀: 승려가 식사하기 전에 마음을 가라앉히고 생각해야 할 다섯 가지.①이 음식이 여기 오기까지의 공덕이 얼마인지 생각한다.②자신의 덕행으로 받을 만한가를 생각한다. ③마음의 허물을 탐욕과 노여움과 어리석음이 생겨나지 않는다고 생각한다.④이 음식을 몸의 쇠약을 면하는 좋은 약으로 생각한다.⑤도업을 이루고자 이 음식을 받는다고 생각한다.

가을바람에 초가집이 무너지다

당唐 두보(杜甫, 712~770)

8월 가을의 매서운 바람이 성난 듯 휘몰아치더니,
세 겹 띠풀로 이은 우리 집 지붕이 날아가 버렸네.
띠풀은 강을 건너 날아가 강둑에 떨어지고,
높이 날아간 것은 가지 끝에 걸려 숲을 이루고,
낮게 날아간 것은 굴러가 구덩이에 빠졌구나.
남쪽 마을의 아이들 내가 늙고 힘없다고 업신여겨,
뻔뻔스레 내가 보는 앞에서 도둑질하여
공공연히 띠풀을 안고 대나무 숲으로 들어가 버리네.
입이 마르고 입술이 바짝 타는데 소리는 나오지도 않고,
돌아와서는 지팡이에 기대 탄식만 한다네.
조금 뒤 바람이 멎고 먹구름이 몰려오더니,
가을 하늘이 아득하니 어둠 속에 묻히네.
변변찮은 베 이불 여러 해 덮으니 차갑기 쇠와 같고,
개구쟁이 아이들 험한 잠버릇에 밟히고 찢기었구나.
침대머리 쪽 지붕이 새서 마른 곳이 하나 없고,
빗줄기는 삼나무처럼 아직 끊어지지 않고 있구나.
몸소 난리를 겪고 나니 잠조차 오지 않고,
흠뻑 젖은 채 긴긴 밤을 어떻게 지낼까나.
어찌하면 천만 칸의 넓은 집에
가난한 선비 모아 환한 얼굴 짓게 하고
비바람에도 끄떡없이 편하게 할까.
아이고! 언제 눈앞에 이런 집이 턱 하니 나타난다면
나의 초가가 부서져 얼어 죽는다 해도 족할 것이라네. ─『전당시全唐詩』

실패의 순간은 가장 값진 시간이다 【절록節錄】

장훈(蔣勳, 1947~)

실패한 적이 없는 인생을 산다면 정말 유감스러운 일이다. 실패한 순간은 그 무엇보다도 중요하기 때문이다.

초고를 퇴고할 때는 실망이 가득하지만 생각을 가다듬고 다시 써내려가야 한다. 사랑하는 사람에게 퇴짜를 맞으면 그 외로운 순간에 도리어 자기 스스로를 분명하게 돌아봐야만 한다. 인상 깊은 일은 오직 실패했을 때에만 맛볼 수 있는 것이다.

어릴 때는 혀끝의 맛감각이 성숙되기 시작하므로 단것을 즐겨 먹는다. 단맛은 사랑스러우면서도 행복하게 해준다. 발육된 뒤 청소년기에는 혀의 양 측면 신맛의 감각이 성숙되기 시작한다. 그러므로 청소년들은 시큼한 것을 즐겨 먹는다. 신맛은 엷은 상실감의 일종이다. 짠맛은 괴로움의 일종이다. 또한 짠맛은 피와 땀의 맛이기도 하다. 매운맛은 열정의 일종이자 광분과 삐뚤어짐이다. 그래서 『홍루몽紅樓夢』의 왕희봉王熙鳳이라는 인물은 재치 있고 노련하여 '왈패'라는 별칭이 있다. 쓴맛은 장엄함의 일종으로 혀뿌리에서 느껴지는 미각이자 가장 늦게 성숙되는 맛감각이다.

쓴맛은 가장 알기 어려우면서도 가장 묵직해서 모두들 싫어한다. 그러나 쓴맛은 인생의 가장 안정된 힘이다.

─── 『인생은 고통이란 숙제를 해야 한다(人生要做痛的功課)』

관음보살을 설하다 【절록節錄】

해송(奚淞, 1947~)

관음보살의 또 다른 명호인 '관자재觀自在'는 나에게 특별한 의미가 있다. 몇 년 전 어머니가 중병을 앓으시다 돌아가셨다. 지극히 사랑했던 가족을 잃고 나서야 무상함의 고통을 절실하게 이해하게 된다. 어머니의 병환과 죽음은 어머니가 나를 위해 직접 열어 놓은 창문과 같았다. 아득한 어둠을 마주하면서 내가 할 수 있는 일이라곤 놀라고 무서워 부들부들 떠는 것뿐이었다.

이런 괴롭고 암울한 마음을 떨쳐버릴 수 있도록 나를 이끌어주었던 중요한 힘은 다름 아닌 『반야심경般若心經』 사경과 관음보살 그림을 그리는 것이었다.

『반야심경』은 겨우 260글자 밖에 되지 않지만, 방대한 불교경전 중 심원한 곳에서 찬란한 빛을 뿜어내는 진주보석과 같다.

"관자재보살이 깊은 반야바라밀다를 행하실 때에 오온이 모두 공空한 것을 보시고 일체의 고액苦厄을 건넜느니라."

『반야심경』을 읽으며 사경할 때마다 첫 구절부터 글자를 초월한 감동이 밀려들곤 했다. 여기에서 '관觀'은 진실한 지혜를 바라보거나 체험함을 의미한다. '자재自在'는 지혜를 얻은 후에 무상한 해탈과 자재를 얻음을 가리킨다. 불교에서 보살의 명호는 품덕品德에 의해 이름 지어진다. 만약 누구든지 지혜를 바라보고 자재로움을 얻을 수 있다면 그 사람은 '관자재보살'이란 이름으로 불릴 만하다. 이렇게 보면 보살은 중생일 수도 있다. 자재 또한 자신이 될 수도 있다.

─── 『삼십삼당찰기三十三堂札記』

관음보살, 장대천張大千 作

좌우명

명明 손작(孫作, 1340~1424)

말이 많음은 남을 업신여기는 병폐가 있기 때문이고,

생각이 많음은 욕망에 연루된 것이다.

고요하고 깊게 자신의 마음을 잘 배양하고,

강한 의지력으로 한 가지 일에 집중해야 한다.

악을 제거할 때는 다른 사람이 모르게 하고,

선을 행할 때는 자신이 홀로 아는 곳에서 행하라.

타인을 경시하고 자신을 높이지 말라.

사물을 중시하고 몸을 함부로 하지 말라.

속된 것을 따르느라 자신의 성품을 바꾸지 말라.

억지로 꾸미어 자신의 순수함을 잃지 말라.

남이 참을 수 없는 것을 참아내는 것이 곧 남을 이기는 것이다.

남이 포용하지 못하는 것을 포용하는 것이 남을 초월하는 것이다.

고명한 경계에 도달하면 성현이 되고

자신의 순수한 미덕을 보전하면 매우 크고 높은 백성이 된다.

──『중국고대좌우명中國古代座右銘』

선정격언先正格言

명明 고반룡(高攀龍, 1562~1626)

어려움에서 구하고 가난한 자를 연민하는 것보다
더 좋은 일은 없다.
구제는 많은 돈을 지불하는 게 아니라,
편의를 제공하겠다는 마음만 있으면 된다.
남은 죽과 밥은 다른 사람의 허기를 만족시켜줄 수 있고
누더기의 옷은 다른 사람의 추위를 만족시켜줄 수 있다.
만찬에서 먹는 요리 한두 개를 줄이고,
증정품 한두 개를 줄이고,
잘 입지 않는 옷 한 두 벌 줄이고,
아끼는 사치품 한두 개를 줄이는 행동 하나하나가
가난한 사람을 위한 배려가 될 수 있다.
어려운 사람들에게 도움을 주기 위해 항상 여유분을 따로
저장하라.
쓸모없다고 버리는 것 중에도 크게 쓰일 것이 있다.
작은 은혜가 쌓이면 커다란 덕이 필 수 있다.
이것이 공덕이 큰 선행들이다.

—— 『고씨가훈高氏家訓』

나한도, 유송년劉松年 作

쾌락을 논하다 【절록節錄】

전종서(錢鍾書, 1910~1998)

쾌락은 정신에 의해 결정된다는 것을 발견함으로써 인류 문화는 또 한걸음 진보하였다. 이 발견은 옳고 그름 또는 선과 악에 대한 인식이 폭력이 아닌 공리公理에 의해 결정된다는 것을 알게 된 것 만큼 중요하다.

공리가 발견된 이후로 세상에는 무력에 완전히 굴복하는 사람은 없다. 정신이 모든 즐거움의 기초가 된다는 것을 발견한 뒤부터 고통은 더 이상 두려운 게 아니며 육체의 전횡이 줄어들었다.

정신의 연금술은 육체적인 고통을 행복을 위한 재료로 탈바꿈시킨다. 그래서 불탄 집을 축복하는 사람들이 있고, 소박한 음식과 술만으로도 즐거워하는 사람도 있으며, 온갖 재난을 당해도 편안하고 활력 있는 사람들이 있다.

인생에서 이런 사람들을 위협할 만한 것에는 무엇이 있을까? 이런 즐거움을 감내하는 것에서 즐기는 것으로 바꿔놓은 것은 물질주의에 대항한 정신의 가장 큰 승리이다.

───『인생의 변두리에서 쓰다(寫在人生邊上)』

지족止足 【절록節錄】

북제北齊 안지추(顔之推, 531~591)

『예기禮記』에 "욕망은 충족될 수 없고, 자존심은 채워질 수 없다(欲不可 縱 志不可滿)"고 하였다. 우주는 끝이 있지만 인간 본성은 고갈되지 않 는다. 욕심을 부리지 말고 만족할 줄 아는 것으로 인생에 선을 그어야 한다.

정후靖侯가 조카들에게 삼가길 권하며 "너의 가족이 학자가문이니 대 대로 부유하지 말 것이며 이제부터 너의 녹봉은 2천 석이 넘으면 안 된 다. 배우자는 권세 있는 가문에서 찾지 마라"라고 말했다. 나는 이 말을 명언으로 여기고 나의 인생 내내 따랐다.

면학勉學 【절록節錄】

배우는 사람은 배움으로부터 이로움을 구하는 것 외에 다른 목적은 없 다. 책을 수십 권 읽은 후에 너무 거만해져서 연장자를 모욕하고 무시 하고 동료를 경시하는 사람을 보아왔다.

모두들 그를 적대적으로 대하고 미워한다. 배움이 자신을 해롭게 하는 것이라면 차라리 배우지 않는 것이 좋았을 것이다.

예전에는 배움이 자신의 발전을 위해 자신의 부족한 소양을 채우기 위 한 것이었다. 오늘날에는 타인을 위해, 다른 사람을 가르치기 위해 배 운다.

예전에는 다른 사람과 세상을 이롭게 하기 위해 도를 실천하였지만, 오늘날에는 자신과 승진, 더 나은 봉급을 위해 투자한다.

학문은 나무를 심는 것과 같다. 봄에 화려함을 감상하고 가을에는 열매 를 거둔다. 강의와 토론은 봄의 꽃 같고, 실습 행동은 가을의 열매이다.

──── 『안씨가훈顔氏家訓』

삶의 여행자를 위한

365 日

오계五戒와 오상五常

불광 성운(佛光星雲, 1927~)

불교의 계율 가운데 오계는 유교의 오상五常과 일맥상통하는 면이 있다. 오상은 인의예지신仁義禮智信을 말한다. 오계를 오상에 대입시켜 보면 살생하지 않음은 '인'이요, 도둑질하지 않음은 '의'이며, 음행하지 않음은 '예'이고, 거짓말하지 않음은 '신'이며, 독을 마시지 않음은 '지'라 할 수 있다.

오계와 십선으로 자신을 규범 짓고 완전한 인격체를 갖추며, 제세이인濟世利人하는 성현의 포부를 갖고 도덕적으로 더욱 승화시키며, 보살의 반야공혜般若空慧 진리로 타고난 본래의 천성을 깨닫는 것이 불교에서 꼽는 도덕적 표준이다.

중생을 이롭게 한다는 자비심과 세간의 예법, 그리고 유정한 중생을 이롭게 하겠다는 보살의 대승정신은 모두 우리의 인격을 완성하고 보리를 원만하게 해주는 선근이자 공덕이다.

────『계정혜, 인간불교의 근본 가르침(人間佛教的戒定慧)』

미츠사다光定 계첩戒牒(부분), 사가천황嵯峨天皇 作

교육이념

전사년(傅斯年, 1896~1950)

입신立信은 생활과 학문의 모든 근본이며, 조직사회와 국가의 일체 근본이기도 하다. 입신할 수 없다면 진리를 절대 구할 수 없다.

나는 타이완대학에서 학생들을 대상으로 품성 교육을 하면서 오직 한마디만을 '강도(講道: 도리를 강의)'하는데 바로 '거짓말하지 말라'이다. 왜냐하면 이것이 품성 교육의 시발점이기 때문이다. 이 항목을 해낼 수 없다면 그 뒤로 무엇도 해낼 수가 없을 것이다. 과학자가 거짓말을 하면 진리를 발견할 수 없고, 정치가가 거짓말을 하면 반드시 더 큰 피해가 부메랑이 되어 온다. 교육자가 거짓말을 하면 타인을 교육하기란 더더욱 어렵다. 그러니 학문하는 사람은 반드시 거짓말하지 않는 것에서부터 시작해야 한다.

개인의 거짓말은 결국 소속 집단이 거짓말하는 결과를 초래하고, 핑계로 댄 거짓말은 결국 고의성을 띤 거짓말을 하게 만든다. 거짓말이 풍토가 되면 그 사회가 크게 혼란스러워지는 것은 자명한 이치이다. 그 폐해는 무엇보다 심각하다.

한 사람의 성취, 특히 특별한 성취는 대부분 자유로움에서 발전해 나온 것이다. 학교 또한 이와 같다. 만일 모든 것을 칠판과 문장으로 제한한다면 부조리함을 하나하나 고쳐나갈 수 없을지도 모른다. 도리어 깊은 곳에 묻혀 드러나지 않을 수 있다. 자율적 발전은 성공적인 학교를 만드는 가장 기본 원칙이다. 학교의 학칙을 제정할 때 제한을 너무 많이 두지 않아야 할 뿐만 아니라, 학생들이 자율적으로 환경에 대응할 수 있도록 격려하여 어려움을 극복하게 해야 한다. 이렇게 하면 교육에 비로소 생명이 생기고 학교는 비로소 생기가 생겨나게 된다.

—— 『타이완대학 학교설립 이념과 방침(臺灣大學辦學理念與策略)』

관리학 管理學

불광 성운(佛光星雲, 1927~)

'관리管理'는 사실 자신의 마음에 얼마나 많은 자비와 지혜가 있는가를 검증하는 것이다.

관리의 비결은 먼저 자신의 마음을 잘 관리하는 것이다.

시간적 관념, 공간적 레벨, 숫자적 통계, 일 처리의 원칙이 시대와 도덕에 부합하게 만들어야 하는 것 외에 더 중요한 것은 우리 마음속에 항상 타인의 존재, 대중의 이익을 위한 공간을 두어 자비와 친절한 마음으로 타인을 이롭게 할 수 있어야 한다.

참된 마음과 정성된 뜻으로 타인을 대하고, 겸손하고 평등하게 타인을 대할 때에야 비로소 '관리학'을 만점 받을 수 있다.

──── 『보문학보普門學報』

자비인慈悲人, 성운대사 휘호

교잠팔수校箴八首 【절록節錄】

청淸 섭기걸(聶其杰, 1880~1953)

성실 올바른 마음을 유지하고 성실하게 일하여라.

어두운 곳에서도 속이지 말고 맑은 양심을 가지고 행동하라.

믿음 일은 완벽하게 하고 말은 장황하게 하지 말라.

실천하기 어려운 걸 가벼이 약속하면 타인의 원망과 증오를 사게 된다.

어짊 타인의 성공을 보면 기뻐해라. 타인의 역경을 보면 동정하여라.

정직 정직은 오래 지탱하는 방법이고, 아량은 복을 축적하는 토대이다.

타인을 공격하는 투로 말하지 말라.

근면 사람이 학업성취나 일에서 실패하는 원인이 아무리 많아도 나태함이 제일 크다.

검소 생존 유지를 위하여 다른 사람에게 의지할 필요 없다. 부지런히 생산 활동을 하고 아껴 쓰라.

겸양 군자에게 겸손은 도를 실어 나르는 도구이다.

학문은 도를 더욱 발전시키고 상업은 이익을 가져온다.

낮춤 예로부터 영웅호걸은 모두 자신을 낮출 줄 알았다. 자신을 낮출수록 존귀함은 더 높아진다.

학생들이여, 이 말들을 꼭 명심하여야 한다.

—— 『불교총서佛敎叢書』

총림요칙叢林要則

당唐 백장회해(百丈懷海, 720~814)

총림에는 갈등이 없음으로 융성하고,
수행은 염불이 가장 믿을만하다.
정진에는 계를 지니는 것이 으뜸이고,
질병은 음식을 줄이는 것이 약이다.
번뇌에는 인욕을 참아 보리를 이루고,
시시비비는 해명하지 않음을 해탈로 삼는다.
중생을 설득함에는 노련함을 진심으로 삼고,
책무는 전력을 다함으로 공을 삼는다.
언행에는 적게 말함으로 정직을 삼고,
어른과 아랫사람은 자애와 조화로 덕을 넓힌다.
학문은 부지런한 배움이 이해로 들어가는 문이고,
인과는 이해로 의심할 여지없게 한다.
늙고 죽음은 덧없음을 경책警策으로 삼고,
불사佛事는 엄숙하면서 진실되게 치르라.
손님은 지극한 정성으로 모시고,
산문에서는 연장자와 덕을 존엄으로 삼는다.
매사는 미리 준비하여 힘을 절약하고,
일처리는 겸손과 공경으로 예의를 삼는다.
위험한 상황에서는 침착함으로 선정을 삼고,
타인의 도움에는 자비로 근본을 삼아라.

————『백장총림청규증의기百丈叢林淸規證義記』

불을 뒤적이며 인생을 깨닫다

송宋 용문청원(龍門淸遠, 1067~1120)

숲속을 가르는 새의 재잘거림,

겉옷을 걸치고 한밤 불가에 앉았다.

뒤적여 불을 키우고

『전등록』의 파타破墮화상에게서 인생을 깨닫는다.

만물은 분명한데 오직 사람만이 미혹되어 있다.

그렇게 부드러운 곡조에 누가 화답할까?

이것을 마음에 담아두고 절대 잊지 말아라.

문은 열려 있으되 지나는 이 드물구나.

소년풍류사少年風流事

송宋 환오극권(圜悟克勤, 1063~1135)

금색실로 향낭에 수를 놓는 아내,

노래와 음악소리에 취해 밤늦게 귀가하는 남편,

젊은 시절에 방탕한 일에 대해서는

오로지 아름다운 여인만 홀로 안다.

이소곤李蕭錕 作

하늘과 땅을 뚫는다

송宋 장구성(張九成, 1092~1159)

봄날 달밤에 개구리가 한 번 울자,
하늘과 땅이 갈라지며 한 가족이 된다.
누가 있어 그런 순간을 이해하겠는가.
꼭대기에 올라보니 발은 아프지만 현사玄沙*가 있다.

───『가태보등록嘉泰普燈錄』

허공을 부숴라

허운(虛雲, 1840~1959)

잔이 땅에 떨어지면 소리가 날카롭고 쨍쨍하다.
허공이 부서지면 억제할 수 없는 마음이 순간 고요해진다.

杯子撲落地　響聲明歷歷
虛空粉碎也　狂心當下息

───『허운화상법휘虛雲和尚法彙』

*당나라 말기의 승려

족함을 알면 마음이 편안하다 (知足心安)

불광 성운(佛光星雲, 1927~)

사람의 욕망은 바닥을 알 수 없는 어두운 땅굴과 같아서 꽉 채울 날이 영원히 오지 않는다. 억만금의 재물을 모았더라도 마음은 탐욕의 부림을 당하며 풍족한 부의 즐거움을 누리지를 못 한다.

그럼 가장 부유한 사람은 누구일까? 『불소행찬佛所行讚』 제5권에서는 "부유하나 족함을 알지 못하면 또한 가난하고 괴롭다. 비록 가난하더라도 족함을 알면 이것이 곧 가장 부유한 것이다(富而不知足 是亦為貧苦 雖貧而知足 是則第一富)"라고 말한다.

청빈한 생활을 하더라도 그저 마음이 편안하면 아름다운 나날들이 이어질 것이다. 반대로 고대광실에 들어앉은 거부巨富라고 해도 사회에 환원하고 대중의 복리에 힘쓸 줄 모른다면 몸은 탐욕이라는 화택火宅 가운데 있는 것과 같으니, 청아한 새소리를 어떻게 들을 수가 있으며, 가득한 꽃향기를 맡을 수 있을 것인가?

지족심안知足心安, 성운대사 휘호

────『이 세상에 아름답지 않은 곳은 없다(這世界無處不美)』

성세시醒世詩

명明 나염암(羅念菴, 1504~1564)

생기고 또 생기고 사라지고 또 사라지니 번뇌를 참아라.

일하고 또 일하고 노동하고 또 노동하는데 언제 쉴 것인가!

사람 마음은 구불구불한 강과 같고,

세상일은 첩첩산중의 산과 같다.

과거와 현재는 항상 변화가 많다.

가난과 부유함은 항상 순환한다.

이미 가진 것에 만족하라.

인생의 달콤함과 쓴맛은 결국에는 같은 맛이다.

조급히 서둘러 쫓아가느라 힘들고,

따뜻하거나 추워도 결국 세월은 흘러간다.

아침저녁으로 가정을 잘 꾸려나가고,

깨어 있든 잠들어 있든 머리는 하얘진다.

시시비비가 언제나 끝날 것인가,

근심 걱정을 언제나 멈추려 하는가.

분명히 우리는 우리가 선택한 길을 가면서

천만 가지 이유를 들어 수양하길 거부한다.

경공문중인警公門中人

관직에 몸담고 있으면서 공을 쌓으려 말고,
빈곤한 이에게 암암리에 해를 끼치지 마라.
난로에 불이 있는데 땔감 더 넣지 말고,
추운 겨울날에 바람 보태지 마라.
배가 강 한 가운데 도착하면 배의 키 움켜잡고,
화살 시위에 얹으면 천천히 활을 당겨라.
권세가 있는데 남을 편하게 하지 않으면,
아미타불 아무리 염불해도 결국은 헛수고이다.
———『염암 나선생전念菴羅先生傳』

감서도勘書圖, 왕제한王齊翰 作

심상편心相篇　【절록節錄】

송宋 진희이(陳希夷, 871~989)

지족知足과 자만自滿은 다르다.

지족하는 사람은 본분을 지키니 복이 들어오고,

자만하는 사람은 지나치게 교만하여 재앙을 불러들이게 된다.

천재天才와 용재庸才는 다르다.

실제 능력 있는 사람은 반드시 성공을 거두고,

큰소리치는 사람은 막상 일을 할 때는 종종 엉망진창을 만든다.

모든 것 아랑곳하지 않고 오로지 승리를 얻고

명리를 도모하는 이런 사람은 결국 남보다 한 수 뒤처진다.

측은지심을 가진 사람은 비록 어렵고 힘든 일을 당해도

도움을 받을 수 있게 된다.

성격이 지나치게 굳센 사람은 쉽게 일을 처리하고 성공을 거두지만

또 쉽게 남과 자신을 해치게 돼 장수하기 어렵다.

성격이 지나치게 유약한 사람은 일을 쉽게 성공을 거두지 못하지만

복의 과보는 평범하고 평안할 것이다.

뽐내길 좋아하는 사람은 명예와 지위가 더 이상 나아지기 어렵고,

항상 남을 트집 잡는 사람은 자신의 목숨을 해치기 가장 쉽다.

타인을 지적할 때는 지나치지 않고,

자신을 비난할 때는 가볍게 하는 사람은 일을 함께 도모할 수 없다.

공로는 다른 사람에게 돌리고 잘못은 자신에게 돌리는 이런 사람이

위기에서 헤어 나오고 곤란한 지경에 이르러도 해결할 수 있다.

───『진희이심상편술소陳希夷心相編述疏』

성운星雲

불광 성운(佛光星雲, 1927~)

나는 한밤 하늘에 점점이 빛나는 별을 좋아하네.
나는 한낮 하늘에 떠가는 하얀 구름을 좋아하네.
어떤 밤이든 하늘은 항상 별을 나타내 보이고,
어떤 낮이든 하늘은 항상 구름을 떠가게 만드네.
별은 어둠을 두려워하지 않고, 구름은 흐린 날을 두려워하지 않네.

별 하나하나가 인생을 드넓게 만들 수 있고,
구름 한 조각 한 조각이 자유를 상징할 수 있네.
꽃이 아무리 예뻐도 항상 피어 있을 수 없고,
달이 아무리 아름다워도 항상 둥글 수는 없네.
오직 별만이 하늘에서 빛나고 반짝거리며 밝네.
구름이 우리에게 인생에서의 자유를 말해주네.
파란 하늘이 늘 맑을 수는 없네.
태양이 비록 따뜻해도 자유로울 수는 없네.
오직 구름만이 멈추지 않을 것이네.

한밤엔 아름다운 별들이 있고,
한낮엔 두둥실 구름이 있다네.

───『백년불연百年佛緣』

신기질辛棄疾 사선詞選

송宋 신기질(辛棄疾, 1140~1207)

'서강월西江月' 밤에 황사黃沙로 가는 도중에

밝은 달이 나뭇가지 끝에 앉으려 하니,

가지 끝에서 쉬던 까치가 놀라 날아가네.

청량한 밤바람은 먼 곳에서 불어오는 매미의 울음소리 같구나.

벼 익는 향기에 사람들은 풍년을 노래하고,

귓가엔 청개구리의 울음소리 간간이 들리네.

하늘엔 희미한 별들이 걸렸고,

산 앞에는 부슬부슬 가랑비 내리기 시작하구나.

지난날 토지묘 부근 숲 옆에 있던 작은 가게는 어디로 갔을까나?

길을 돌아드니 초라한 여각이 갑자기 눈앞에 나타나구나.

'보살만菩薩蠻' 상심정에서 엽승상을 위해 짓다

푸르른 뭇 산들은 마치 우아한 사람과 이야기를 나누고 싶은 듯,

서로 이어져 있으니 수많은 말들이 일제히 달려가는 듯하네.

말들은 희미하고 아득한 빗속에서 길을 잃고 배회하는데,

거의 다 온 듯 보이지만 결국 도달하지 못하네.

사람들은 머리 위의 머리털이 결국 근심으로 희게 변한다고 말하네.

나는 손뼉 치며 갈매기를 비웃는다.

온몸이 근심으로 가득하단 말인가.

'추노아醜奴兒' 박산博山을 지나며 벽에 쓰다

사람이 젊을 때는 슬픔과 괴로움이 뭔지도 모르고
높은 누각에 오르길 좋아하네.
높은 누각에 올라오면 슬픈 줄도 모르면서
슬픔을 억지로 만들어 시를 지어내네.
이제는 슬픔과 고뇌의 맛 다 알고 나니,
말하려고 해도 끝내 말이 나오지 않는다네.
말하려고 해도 끝내 나오지 않으며,
그저 서늘한 가을이 좋다고만 말하누나.

───『신기질사전집辛棄疾詞全集』

거국첩去國帖, 신기질辛棄疾 作

자신自信

불광 성운(佛光星雲, 1927~)

자신감이 있으면 맨손으로 편안히 갠지스 강을 건널 수 있고,

자신감이 있으면 마른 우물에 떨어져도 날아오르게 해준다.

선종의 '기꺼이 감내한다'는 것이 바로 자신감이다.

"성공할 수 있다는 믿음만 있다면 아무리 견고한 것도 무너뜨리지 못
할 게 없고, 성공할 수 없다고 믿는다면 손바닥 뒤집듯 쉬운 일도 이룰
수 없다"는 속담이 있다.

실로 믿음은 영락瓔珞처럼 우리의 몸과 마음을 장엄하게 한다. 믿음은
또한 지팡이처럼 우리가 근심 없이 걸음을 걷게 해준다. 사람은 모름
지기 자신에 대한 믿음을 길러야 하고, 자신의 장단점에 대해 일목요
연하고 분명하게 알아야 한다. 그래야 비로소 자신의 앞날을 개척해
나갈 수 있다.

———『미오지간迷悟之間』

지도보살모 智度菩薩母

동진東晉 구마라집(鳩摩羅什, 344~413) 한역

지혜바라밀은 보살의 어머니요 방편을 아버지로 삼나니,
일체 중생을 인도하는 스승도 이 부모에게서 생겨나네.
법 듣는 기쁨은 아내로 삼고 자비로운 마음을 딸로 삼으며,
친절과 성실함을 아들로 삼고 끝내는 텅 빔(空)을 집으로 삼네.

보살행 菩薩行

모름지기 공空을 실천하여 모든 공덕의 근본을 심는 것이
보살행이고,
모름지기 무상無相을 실천하여 중생을 널리 제도하는 것이
보살행이고,
모름지기 무작無作을 실천하여 몸을 받아 모습을 나타냄이
보살행이라.

일체지보 一切智寶

마치 연꽃이 고원지대의 척박한 땅에서는 잘 자라지 않는 데 지대가
낮고 습한 진흙땅에서는 잘 자라는 것처럼, 번뇌라는 진흙 속에 있어
야 중생은 불법을 일으킬 마음이 생긴다.
이런 이유로 일체의 번뇌가 여래의 씨앗임을 알아야 한다.
커다란 바다에 들어가지 않고 값을 따질 수 없는 보물을 얻을 수 없듯
이, 번뇌라는 커다란 바다에 들어가지 않으면 일체지一切智라는 보물을
얻을 수 없음과 같다.

일음설법一音說法

부처님은 한 음성으로 설법하지만,

중생은 종류에 따라 각기 해석이 다르네.

연꽃처럼 세간에 집착함이 없으시고,

항상 공적을 행하신다네.

佛以一音演說法 眾生隨類各得解

不著世間如蓮華 常善入於空寂行

———『유마힐소설경維摩詰所說經』

감숙성 돈황 막고굴 제103굴
유마힐경변상의 방편품

인생 여정 【절록節錄】

조이매(趙二呆, 1916~1995)

누가 지나간 일은 돌아볼 필요가 없다고 했을까? 과거의 성공은 우리를 격려하거나 개선시키는 밑바탕이 되게 해주고, 과거의 실패는 우리에게 교훈과 경험이 되며, 과거의 공백은 우리가 분발하고 보충하도록 하는 채찍이 된다.

현실은 이처럼 사실적이다. 괴롭고 힘들다면 당신은 시련을 겪는 것이고, 즐겁고 기쁘다면 당신은 그걸 누리고 있는 것이다. 그렇지만 괴롭고 힘들다고 쓰러지거나, 기쁘고 즐겁다고 심취해서는 절대 안 된다. 찰나의 순간도 이미 과거가 되어버리니, 현재가 얼마나 짧은 시간인지 알아야만 한다. 아무리 괴로운 고난도 결국에는 시달리는 중에 흘러가버릴 것이고, 자랑스러우면서도 기뻐하며 힘들고 험난한 과정을 걸어가야 한다. 아무리 큰 즐거움 역시 결국에는 즐기는 가운데 점점 사라지게 되니, 기뻐할 수 있을 때 그 과정을 아끼고 귀하게 여겨야 한다. 왜냐하면 내일 걷는 발걸음 속에 장차 어떠한 장래가 펼쳐질지는 모르기 때문이다.

인생이라는 과정에서 8차선의 탄탄대로가 있기도 하지만, 한 명이 건너기도 힘든 외나무다리도 있다. 절대 다른 사람이 탄탄대로를 걷는 걸 부러워만 하지도 말고, 다른 사람이 외나무다리를 힘겹게 건넌다고 비웃지도 말아라. 그 환경에 처한 사람만이 자신의 성품대로 그 안에서 나름대로의 맛을 오롯이 느낄 수 있다. 자신의 앞에 닥쳤을 때 그저 받아들이고 도망치지 말라.

――― 『매화매화呆畫呆話』

사람은 누구나 성불할 수 있다

불광 성운(佛光星雲, 1927~)

삼보에 귀의하는 것을 왜 민주적 표현이라고 하는가?

부처님께서는 "중생은 모두 불성佛性을 가지고 있어, 저마다 부처가 될수 있다"고 말했다.

불성은 누구에게나 평등하고, 모든 중생은 미래의 모든 부처이며, 모든부처는 당초에 중생이었다.

삼보에 귀의하는 것은 자신의 자성불自性佛, 자성법自性法, 자성승自性僧에 귀의하는 것과 같다. "날 때부터 타고나는 부처도 없고, 하늘에서뚝 떨어진 미륵도 없다"고 했던 것처럼 노력만 하면 그와 같아질 것이고 '내가 부처다', '내가 가르침이다', '내가 스님이다'라고 기꺼이 감내한다면 이것이 곧 민주 아니겠는가.

나와 부처는 똑같이 진여불성眞如實性을 갖고 있다. 그래서 "마음과 부처와 중생이 둘이 아니며 다르지 않다"라고 했다. 부처는 중생을 자신과 평등한 경지까지 끌어 올려주니 민주라고 할 만하지 않겠는가?

세상의 모든 종교는 교주教主를 세상을 주재하는 사람이라 정의하며, 신성불가침한 존재로 여긴다. 부처님은 성불하였다고 자신이 더 높다고 생각하지 않고, 중생을 낮은 존재라 여기지 않는다. 부처님은 자신이 이미 깨달은 중생이고, 중생은 아직 깨닫지 못한 부처들이라 여긴다. 자성과 본심은 둘이 아니라 하나이므로 부처님에게 귀의하는 것은곧 자신의 본성에 귀의하는 것이다.

───『인간불교논문집人間佛教論文集』

남미 이과수 폭포, 오문흠吳文欽 作

생명은 격류이다

류장락(劉長樂, 1951~)

만일 생활 속에서 격류를 두려워하고 늘 이 격류를 벗어날 궁리만 한다면 당신이 격류에 집착한다는 것을 나타낸다.

당신이 격류와 죽어라 싸울수록 당신이 만나는 장애물의 힘은 더욱 커진다. 당신은 생활이란 격류를 한 몸처럼 받아들여 만사를 인연에 따르고 인과를 스스로 정해지게 해야 한다. 이러면 그것을 헤쳐 나올 수 있음은 물론 더욱 넓고 확 트인 공간으로 흘러가게 된다.

삶은 격류이다. 우리는 인간이라는 이 몸이 작고 나약한 존재임을 먼저 인식하여야 한다. 그래야 죽음을 향해 나아가는 것이 곧 다시 태어나는 것임을 알아차릴 수 있다. 절망으로부터 벗어나기 위하여 죽음과 공포를 용감하게 마주하고, 만길 혼란한 세상에서 자신의 사명을 완성하며 살아가지 않으면 안 된다.

—— 『성운대사와 류장락 선생의 대화』

공경심이 불심이다

불광 성운(佛光星雲, 1927~)

현대사회에서 우두머리가 되기 위해 다투는 사람은 많이 봐왔다.

진정한 우두머리는 신분의 높고 낮음이나 순서가 먼저인가 나중인가
로 결정하는 것이 아니라, 타인을 공경할 줄 알고 타인을 포용하는 마
음가짐이 있느냐로 결정된다.

한 가정을 포용할 수 있는 마음이라면 곧 가장이 될 수 있고, 도시 하나
를 품을 수 있다면 능히 시장이 될 수 있고, 나라를 품을 수 있다면 대
통령이나 수상이 될 수 있으며, 지구와, 더 나아가 삼천대천세계를 품
을 수 있다면 그대는 부처님의 마음과 딱 들어맞는 사람이다.

세간에 있는 존귀한 사람이나 타인의 존경을 받는 사람은 모두 겸손하
고 자신을 낮추는 데서 나왔다.

───── 『성운설유星雲說喩』

지혜로운 사람의 보시

북량北涼 담무참(曇無讖, 385~433) 한역

지혜로운 사람이 보시를 행함은 은혜를 갚기 위한 것이 아니고, 구하고자 하는 것도 아니며, 아끼고 인색하고 탐욕스런 사람을 보호하기 위한 것도 아니고, 하늘이나 인간 속에 태어나 즐거움을 받기 위한 것도 아니며, 선한 이름이 밖으로 흘러나가기를 바라서도 아니다. 또한 삼악도의 괴로움이 두려워서도 아니고, 타인을 구하고자 하는 것도 아니며, 남보다 뛰어나기 위해서도 아니고, 재물을 잃기 위해서도 아니며, 많이 갖고자 하는 것도 아니고, 쓰지 않기 위해서도 아니며, 가법家法을 위해서도 아니고, 가까워지기 위해서도 아니다.

지혜로운 사람이 보시를 행하는 것은 연민의 마음이 있기 때문이요, 다른 사람이 안락을 얻기 위해서이며, 다른 사람에게 보시하는 마음이 생기도록 해주기 위해서이고, 모든 성인의 본행도本行道를 본받아 행하기 위해서이며, 모든 번뇌를 타파하기 위해서이고, 열반에 들어 윤회를 끊기 위해서이다. ──『우바새계경優婆塞戒經』

선의善意는 전기와 같다

역자 미상

신체는 대지와 같고 선의善意는 벼와 같으며, 악의惡意는 풀과 같다.
잡초를 제거하지 않으면 벼가 튼튼하게 자랄 수 없다.
사람이 악의를 없애지 않으면 또한 도를 얻지 못한다.
사람이 노여움을 가지면 땅에서 가시덤불이 자라게 하는 것과 같다.
선의는 전기와 같아, 들어오면 밝아지지만 나가면 다시 어두워진다.
삿된 생각은 구름이 가득한 때와 같아 자신도 볼 수가 없다.
악의가 일어나면 도를 볼 수 없다. ──『삼혜경三慧經』

백거이 선시

당唐 백거이(白居易, 772~846)

술을 마주하고

달팽이 뿔처럼 좁디좁은 곳 위에서 무엇을 다투는가?
번개처럼 짧은 찰나에 사는 이 세상에 몸 나왔으니,
부유하면 부유한 대로 가난하면 가난한 대로 즐겁게 살면 되나니,
입 벌려 웃지 않는 사람이 가장 어리석도다.

백운천白雲泉

천평산天平山 위에 백운천이란 샘물 있는데,
하늘의 흰 구름 아무 잡념 없이 바람 따라 움직이네.
샘물아, 어찌 그리 바삐도 산 아래로 흘러가느냐?
인간 세상에 이미 수많은 물살이 있으니 더 보태지 않아도 좋으리라.

꽃인데 꽃이 아니요

꽃은 꽃이 아니고, 안개는 안개가 아니네.
깊은 밤 찾아왔다 날 밝으면 떠나가나니.
올 땐 봄날 꿈처럼 잠시 머물고,
떠나갈 땐 아침 구름처럼 흔적이 없더라.

조과선사鳥窠禪師에게 도를 묻다

특별히 불문에 들어 고苦와 공空에 대해 묻고,

감히 선에 대해 선사께 가르침 청한다.

꿈은 부질없는 인생사와 같고,

부질없는 인생은 꿈속에서 다시 되풀이된다.

———『무림서호고승사략武林西湖高僧事略』

선화선화禪話禪畫-조과선사와 백거이, 고이태高爾泰 作

총총忽忽 【절록節錄】

주자청(朱自淸, 1898~1948)

제비가 날아가면 다시 돌아올 때가 있고, 버드나무 마르면 다시 푸를 때가 있고, 복숭아꽃 시들면 다시 꽃필 때가 있다.

총명한 사람이여, 우리의 나날은 왜 한 번 가면 돌아오지 않는지 말 좀 해주오.

팔천 일이 넘는 날들이 이미 나의 손가락 사이로 빠져나가 버렸는데, 바늘 끝에서 떨어진 물방울들은 커다란 바다에 모이듯, 나의 나날도 시간이라는 흐름에 묻히면서 소리도 그림자도 찾을 수 없다.

손을 씻을 때는 나의 나날들이 대야를 통해 빠져나가고, 밥을 먹을 때는 나의 나날들이 그릇을 통해 빠져나가고, 침묵할 때는 응시하고 있는 두 눈을 통해서 나의 나날들이 빠져나가 버린다. 잰걸음으로 사라지는 그들을 알아차리고 내가 손을 뻗어 막아보지만 뻗은 나의 손 사이를 휙 지나가 버린다. 밤이 되어 내가 침대에 누우면 영리하게도 그들은 나의 주변을 훌쩍 넘어가거나 발 있는 데서 훨훨 날아가 버린다. 내가 눈을 뜨고 태양과 아침인사를 나누면 또 하루가 흘러간 셈이니 나는 얼굴을 감싸 쥐고 탄식한다. 그렇지만 새로 찾아온 날의 그림자 역시 탄식 속에서 반짝 사라지기 시작한다.

총명한 친구여, 왜 우리의 나날은 한 번 가면 돌아오지 않는지 말 좀 해 다오.

───『주자청전집朱自淸全集』

사찰주련 (7)

한 마음으로 항상 욕됨을 참고
모든 일은 또한 인연을 따르라.

번뇌는 굳건함으로 조복시키고,
보리는 부드러움으로 이루네.

사람 몸 얻기는 어려우나 잃기는 쉬우나니
좋은 때는 쉽게 흘러가지만 쫓아가긴 어렵네.

크게 쓸모없어야 곧 교묘함을 보고,
어리석은 듯 배워야 비로소 기이함을 보네.

푸른 바다는 수많은 강을 받아들여도 넘치지 않고,
거울은 만물을 다 담아도 남음이 있네.

아름드리나무도 작은 씨앗에서 싹이 나오고,
천릿길도 첫걸음에서 시작하네.

마음이 경계를 따라 움직이면 곧 중생이고,
마음이 만물을 움직일 수 있으면 곧 부처라네.

생명은 무량無量하고, 가르침은 무변無邊하며, 시비도 번뇌도 없네.

사람에게는 인연이 있고, 제도에는 어려움이 있으며, 원인도 결과도 보리도 있네.

십이인연十二因緣으로 인간세상 온갖 모습 보니 시야가 넓어지네.
삼시과보三時果報로 세상 이런저런 경우 생각하니 마음에 깨닫는 바가 있네.

천하의 곤궁한 무리를 보라. 복을 오래도록 누린 사람 몇이나 될까?
그 업보 받을 때에야 비로소 괴로움이 있음을 알게 되네.
세상에 뜻있는 이들에게 물어보라, 수행하길 원하는 이 누구인가?
세월 흘러가 버린 뒤에야 비로소 무상함을 탄식하네.

──── 『사원영련집금寺院楹聯集錦』

불佛, 성운대사 휘호

412

나의 이 생애 【절록節錄】

이선림(李羨林, 1911~2009)

시간은 절대 봐주는 것이 없다. 시간은 사람들이 자신이 만든 거울 안에서 스스로의 참된 모습을 비춰보게 만든다.

한 조각 연민의 마음이 민중과 만물의 근기를 자라게 하고
한 자락 불굴의 기개가 하늘과 땅을 떠받치는 주춧돌이다.
풀벌레 하나 개미 하나도 다치게 하지 않고, 실 반 토막도 욕심내지 않는 것이 미물의 목숨을 보존하는 것이다.

양심을 어둡게 하지 말고, 인정에 위배되지 않으며, 재물의 힘을 다 써버리지 마라.
이 세 가지를 해내면 천지를 위해 심성心性을 세울 수 있고, 백성을 위해 목숨을 세울 수 있으며, 후손을 위해 복을 지을 수 있다.

──── 『이선림 자서전: 나의 이 생애(李羨林自述: 我這一生)』

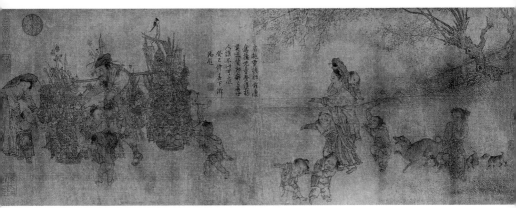

화랑도貨郎圖, 이숭李嵩 作

잠들기 전 기원문 【절록節錄】

불광 성운(佛光星雲, 1927~)

자비롭고 크나크신 부처님!

하루하루가 지나가는데, 저는 시간이라는 레일 위에서 움직이는 것을 멈출 방법이 없어,

부처님 당신께 기도하고 갈구합니다.

제가 무상함의 참된 진리를 깨닫게 해주십시오.

제가 생명의 가치를 분명히 알 수 있게 해주십시오.

원하노니 저는 지금부터

도로와 다리처럼 인간과 좋은 인연들을 이어나가겠습니다.

샘물과 단비처럼 유정의 괴로움과 피로를 없애겠습니다.

울창한 숲속처럼 중생의 시원하고 자유로움을 보호하겠습니다.

해와 달, 별처럼 헤매는 일체의 중생에게 비춰주겠습니다.

하루하루가 지나가면서, 저는 생명의 세월이 쏜살같이 지나감을 느꼈습니다.

물이 부족한 물고기처럼, 저는 무상한 인생을 어찌해볼 도리가 없음을 느낍니다.

그렇기에 그저 크나크신 부처님께 기도하고 갈구합니다.

제가 평등한 마음을 갖고 저를 해친 원수들을 용서하게 해주십시오.

제가 감사하는 마음을 갖고 저를 도와준 친구에게 보답하게 해주십시오.

제가 반야지혜의 마음을 갖고 스스로를 반성하고 결점을 들여다보게 해주십시오.

제가 정진의 마음을 갖고 당신의 자비의 가르침을 봉행하게 해주십

시오.

제가 원한의 칼을 버리고 청량한 부처님의 가르침 듣는 기쁨을 누리게
해주십시오.

제가 집착의 자물쇠를 끊고 신심의 자유와 해탈을 스스로에게 주도록
해주십시오.

지금 이후로 제가,

모든 두려움 여의고, 모든 왜곡됨 여의며,

모든 근심 여의고, 모든 악몽 여의게 해주십시오.

―――『불광기원문佛光祈願文』

원願 【절록節錄】

허지산(許地山, 1984~1941)

남보타사南普陀寺 안에 있는 커다란 바위가 비가 내린 뒤에 조금은 깨끗해진 듯 느껴진다. 하지만 푸른 이끼가 조금은 더 자란 듯하다. 저 멀리 엷게 비치는 노을은 마치 우리에게 날씨가 개일 것이라는 신호를 보내는 듯하다. 숲속의 무지개 기운은 햇빛을 받아 일곱 가지 색깔로 바뀐다. 바위에 앉아 있던 아내가 나를 보자 다가오며 묻는다.

"어디 갔다 와요? 한참 기다렸잖아요."

나는 멋쩍은 미소를 지어 보였다.

"여기 나무 그늘 아래 앉아 있으니 너무 시원하고 좋네요. 매일 여기 올 수 있으면 얼마나 좋을까요."

"안 될 거 없지."

"당신은 그늘이 되어주는 사람이어야지, 그늘에서 쉬는 사람이 되면 안 되죠."

"내가 그런 그늘이 되길 바래?"

"이런 그늘이 별건가! 나는 당신이 끝없이 화려하고 커다란 가리개가

되어 세상의 모든 유정有情들을 두루 그늘에서 쉬게 해주길 바래요. 그리고 소망을 이뤄주는 맑고 밝은 구슬이 되어 세상의 모든 유정들을 두루 비춰주길 바래요. 또 마귀를 때려잡는 금강저金剛杵가 되어 세상의 모든 장애물들을 깨부숴주길 바래요. 커다란 그릇이 되어 온갖 음식을 풍성하게 담아 세상의 모든 굶주리고 갈증이 난 자들을 먹일 수 있길 바래요. 당신 손이 여섯 개, 아니 열두 개, 백 개, 천 개, 무량수만큼 많아서 세상에 아름답고 선한 일을 많이 하길 바래요."

"지극히 아름답고도 선한 생각이네. 하지만 나는 간을 맞추는 소금이 되어 여러 가지 음식에 스며들어 자신의 형체조차 없어져 버릴 뿐만 아니라, 원래의 바다에 있었던 모습으로 돌아가 모든 유정들이 짠 맛은 느끼지만 소금의 형체는 보지 못하길 원해."

아내가 말했다. "조미료만으로 일체의 유정들을 만족시킬 수 있을까요?"

내가 말했다. "소금의 역할이 그저 간을 맞추는 데만 있다면 소금이라는 이름에 걸맞지 않겠지."

───『허지산 산문許地山散文』

십팔나한도十八羅漢圖 (부분)

염구소청문 焰口召請文 【절록節錄】

송宋 소식(蘇軾, 1036~1101)

역대의 제왕과 제후들을 생각하라.

구중궁궐 높이 머물며 만리강산을 홀로 차지하고 있네.

서쪽에서 온 전함은 천년 왕국을 무너뜨리고

북쪽 향해 간 전차로 오국五國의 원성이 끊이지 않구나.

슬프고 슬프도다.

두견새 울자 보름달도 기우네.

피로 물든 가지 끝에는 원망이 길게 이어진다.

제단을 장식했던 장군의 영혼을 생각하라.

만리장성을 쌓기 위해 힘써 황금 솥을 옮겼던 걸 생각하라.

추운 겨울 표범장막 안에 살며 전공을 세우기 위해 매진했고,

화약연기 바람으로 사라질 때 진급하겠다는 생각도 사라졌네.

슬프고 슬프도다.

장군이나 전마는 지금 어디에 있는가?

잡초 무성한 땅에 근심만 가득하네.

오릉五陵의 준걸과 백군百郡의 어진 사람들을 생각하라.

3년 동안 관료로서 황제에게 충심으로 보답했네.

고향을 떠나 남부지방과 북부지방을 전전하고,

천하를 떠돌다 봉래섬에서 생을 마감했네.

슬프고 슬프도다.

부여된 작위가 흐르는 물 위에 떠있는 낙엽처럼 흘러가고

멀리 떨어진 영혼은 삶과 죽음으로
갈리었네.

학문적으로 재능 있는 자와 서생에
대해 생각하라.
탐화探花는 문학의 숲을 거닐고 가시
정원을 돌아다니네.
반딧불 빛을 빌어 공부하던 삼 년의
노력이 다 수포가 되었네.
강철벼루가 다 닳아 없어지도록 10년
동안 학업에 전념했네.
슬프고 슬프도다.
칠 척의 붉은 비단 위에 이름을 쓰고
무덤 위에 황토가 문장을 덮는다네.

동문수사東文殊寺
유가염구법회도瑜伽焰口法會圖

외국 여기저기에서 살았던 상인의 영
혼에 대해 생각하라.
이윤을 위해서 수만 리를 걸어 다니고, 무역으로 천금을 축적하네.
예측할 수 없는 풍파에서 몸은 물고기 뱃속을 기름지게 하고
예측하기 어려운 여정은 창자와 같이 구불구불 험난함에 목숨을 잃었
다네.
슬프고 슬프도다.
움직이지 못하는 영혼은 북쪽으로 가고
객지의 영혼은 동으로 물 따라 구슬피 흘러가네.

열 달 동안 품고 있었고 3일 동안 풀 위에 앉아 있는 어머니를 생각하라.

처음에는 뱀과 봉이 함께 울고, 다음에는 아들 낳기를 기다리는 꿈을 꾸네.

봉양하고 공경하여 길흉은 한순간에 갈리네.

성이 결정되기 전 모자는 모두 긴 밤으로 돌아가네.

슬프고 슬프도다.

꽃이 활짝 피었을 때 소나기 내리고

날이 밝았을 때 먹구름 뒤덮이네.

군복 입은 군인들, 전쟁에 임하는 건장한 아들을 생각해 보라.

빨간 깃발 아래 치열했던 전쟁에서 칼날은 적의 생명을 가르네.

공격의 북소리 울리면 삽시간에 배와 창자가 찔리고

승패가 결정될 때 전장은 상처 입은 손발과 떨어진 머리로 뒤덮이네.

슬프고 슬프도다.

모래바람 속에 영혼들이 울부짖고

수습되거나 매장된 백골 거의 없더라.

——『유가집요염구시식의瑜伽集要焰口施食儀』

최상의 선은 물과 같다

춘추시대春秋時代 노자(老子, B.C. 604~531)

도덕적인 사람은 물과 같다. 물은 만물과 섞일 뿐 만물과 다투지 않고
모두 싫어하고 꺼리는 낮은 곳에 머물 수 있다. 이러한 특성 때문에 물
은 도와 무척 밀접하다고 할 수 있다.

물이 낮은 곳에 머물 듯 도덕적인 사람은 겸허하고 그의 마음은 물처
럼 깊고 고요하다. 물처럼 만물을 자라게 하면서도 보답을 바라지 않
는다. 언행은 물처럼 만물의 모습을 여실히 비춰준다.

더러운 것을 씻어내는 물처럼 정치에서는 공적이 뛰어나다. 일처리에
서는 물처럼 최고의 능력을 주변에 펼쳐 보인다. 행동은 물처럼 외부
환경과 시세를 따라 순응한다.

도덕적인 사람은 물처럼 다투지 않고 따지지 않기 때문에 원망하는 곳
이 없다.

───『도덕경道德經』

태종太宗에게 열 가지 의견을 간하여 올리다 【절록節錄】

당唐 위징(魏徵, 580-643)

군주 된 사람은 보는 대로 가질 수 있으므로
만족함을 염두에 두어야 합니다.
스스로 경계하여 적당한 선에서 그치고
백성을 안정시킬 것을 생각해야 합니다.
지위가 높아 위험할 것을 생각하고
겸허하게 덕행을 쌓고자 생각해야 합니다.
가득하여 넘칠 것이 두려울 때는
강과 바다가 낮은 데로 흘러 머무는 것을 생각해야 합니다.
사냥하며 즐길 때는
세 번 이상 말을 바꿔 타지 않을 것을 생각해야 합니다.
나태할까 근심할 때는
처음은 신중하고 끝은 잘 마무리 할 생각해야 합니다.
상하의 의견이 막힘을 근심될 때는
허심탄회하게 신하의 말을 받아들일 것을 생각해야 합니다.
아첨하는 신하의 상소가 걱정될 때는
바른 몸가짐으로 물리칠 것을 생각해야 합니다.
은전을 내릴 때는
기분에 따라 상을 잘못 내리지는 않는지 생각해야 합니다.
벌을 내릴 때는
지나치게 남용하지는 않는지 생각해야 합니다.
늘 이 열 가지를 생각하시면서
옛사람의 아홉 가지 덕을 넓게 펴셔야 합니다.

능력 있는 자를 가려 뽑아 임용하고,

훌륭한 말을 가려서 들어야 합니다.

그러면 지혜로운 사람은 자기가 도모하는 바를 내놓고,

용감한 사람은 자기의 힘을 다 내보일 것이며,

어진 사람은 자신의 지혜를 펼 것이고,

믿음직한 사람은 그 충성을 다할 것입니다.

———『정관정요貞觀政要』

깊은 골짜기처럼 크고 넓은 마음 【절록節錄】

사마중원(司馬中原, 1933~)

민간의 속담에 "병에 가득 물을 담으면 소리가 나지 않지만 반만 담으면 흔들린다"는 말이 있다.

어린 시절 노자의 『도덕경』을 읽었을 때 '곡谷'이라는 글자를 매우 자주 접했다. 마치 천지신명이라도 되는 듯 '곡'자를 받들었다. 당시 '곡'의 의미에 대해 혼란스러웠지만 계속 공부한 후에는 어렴풋이나마 의미를 이해할 수 있었다. '겸허한 마음이 산골짜기만큼 깊다'는 구절은 후세사람들에게 마음을 '겸허'와 '비움'에 두어 자신을 낮추고 겸손하게 하라는 것이었다.

졸졸 흐르는 냇물들이 모여 힘 있게 강류 속으로 모여드는 것은 강의 바닥이 꽤 깊기 때문이다. 그래서 물은 아래로 흐른다는 것이다.

겸양과 낮은 자세를 취할 줄 아는 사람은 예의바르고 현명한 선비의 풍모를 갖추고 있다. 항상 웃음 지으며 커다란 배로 능히 모두를 포용할 수 있는 미륵보살처럼 만 갈래의 강을 모두 품어 바다를 이룬다.

─── 『인간복보人間福報·칼럼(副刊)』

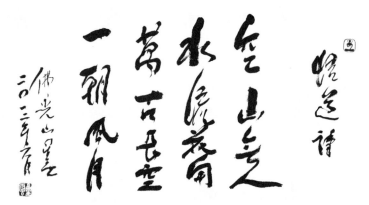

최완(崔瑗, 후한 문장가) 좌우명, 성운대사 휘호

보왕삼매론寶王三昧論

명明 묘협(妙叶, 생몰년도 미상)

하나, 몸에 병 없기를 바라지 말지니,

몸에 병이 없으면 탐욕이 생기기 쉽다.

둘, 처세에 어려움이 없기를 바라지 말지니,

처세에 어려움이 없으면 교만과 사치가 반드시 일어난다.

셋, 탐구하는 마음에 장애가 없기를 바라지 말지니,

마음에 장애가 없으면 배움이 단계를 뛰어넘으려 한다.

넷, 수행하는 데 마魔가 없기를 바라지 말지니,

수행하는 데 마가 없으면 서원이 굳건하지 못하다.

다섯, 일을 도모하는 데 쉽게 되기를 바라지 말지니,

일이 쉽게 되면 의지가 경솔해지게 된다.

여섯, 친구를 사귀되 나에게 이롭기를 바라지 말지니,

나에게 이롭고자 하면 의리를 상하게 된다.

일곱. 남이 내 뜻에 맞춰주기를 바라지 말지니,

내 뜻대로 순종해주면 마음이 반드시 교만해진다.

여덟, 덕을 베풀면서 과보를 바라지 말지니,

과보를 바라면 도모하는 바를 가지게 된다.

아홉, 분에 넘치게 이익을 바라지 말지니,

이익이 분에 넘치면 어리석은 마음이 생기게 된다.

열, 억울한 일이 있어도 밝히려고 하지 말지니,

억울함을 밝히면 원망하는 마음이 생겨나게 된다.

一 念身不求無病 身無病則貪欲易生

二 處世不求無難 世無難則驕奢必起

三 究心不求無障 心無障則所學躐等
四 立行不求無魔 行無魔則誓願不堅
五 謀事不求易成 事易成則志存輕慢
六 交情不求益吾 交益吾則虧損道義
七 於人不求順適 人順適則心必自矜
八 施德不求望報 德望報則意有所圖
九 見利不求沾分 利沾分則癡心亦動
十 被抑不求申明 抑申明則怨恨滋生

──── 『보왕삼매염불직지寶王三昧念佛直指』

일본 뵤우도우인(平等院) 아미타불좌상 (부분), 죠우쵸우(定朝) 作

전심게 傳心偈

당唐 배휴(裵休, 791~864)

마음은 물건으로 전할 수 없고, 계인契認으로 전할 수 있네.

마음은 눈으로 볼 수 없고, 오직 무위無爲할 때만 보인다네.

계인 또한 아무 것 없이도 약속하니 없다는 것조차도 필요치 않네.

화성化城에 머물지 마라. 자성의 마니주를 잃어버린다네.

마니주 또한 거짓으로 빌린 이름이니 화성인들 형상이 있으랴.

마음이 곧 부처요, 부처는 생멸이 없는 진여불성이네.

지금 이것을 바로 알면 족하니 밖에서 구하려 하지 말라.

자기 부처로 하여금 몸 밖 부처를 찾는 것은 시간과 힘을 낭비하는 것
이라네.

법에 따라 견해를 일으키면 마구니의 길에 떨어질 수 있다네.

범부와 성인을 모두 구분치 않으면 듣고 봄을 여의나니,

거울처럼 초연한 마음이 되면 세상과 다투지 않게 된다네.

허공처럼 아무런 형상이 없으면 포용하지 못할 물건이 없네.

삼승三乘을 벗어난 선법禪法은 여러 겁을 지나도 만나기 어렵다네.

만일 위와 같이 할 수 있다면 출세간의 참된 불자일 것이라네.

──────『경덕전등록景德傳燈錄』

도道는 말이나 문자에 있지 않다

송宋 라대경(羅大經, 1196~1252)

눈을 그릴 수는 있어도 그 맑음을 그릴 수는 없고,

달을 그릴 수는 있어도 그 밝음을 그릴 수는 없고,

꽃을 그릴 수는 있어도 그 향기를 그릴 수는 없고,

샘을 그릴 수는 있어도 그 소리를 그릴 수는 없고,

사람을 그릴 수는 있어도 그 인정을 그릴 수는 없으니,

언어와 문자는 도를 다 표현하기에는 부족하네.

繪雪者不能繪其淸　繪月者不能繪其明

繪花者不能繪其馨　繪泉者不能繪其聲

繪人者不能繪其情　言語文字固不足以盡道也

───『검남회등록黔南會燈錄』

깊고 끝이 없다. 간금재簡琴齋 作

12月
December

삶의 여행자를 위한

365 日

본잠 本箴

명明 왕석작(王錫爵, 1534~1614)

효제孝悌는 입신의 근본이고,

충성과 용서는 마음가짐의 근본이다.

뜻을 세움은 정진수행의 근본이고,

독서는 가정을 이루는 근본이다.

엄숙함은 가정을 바르게 하는 근본이고,

근검함은 가정을 보호하는 근본이다.

욕심이 적음은 몸을 보양하는 근본이고,

말을 삼감은 해로움을 멀리하는 근본이다.

욕망을 절제함은 병을 물리치는 근본이고,

청렴함은 관직에 나아가는 근본이다.

삼가고 후덕함은 사람을 대하는 근본이고,

친구를 가려 사귐은 이로움을 얻는 근본이다.

마음에 편견이 없음은 가르침을 받는 근본이고,

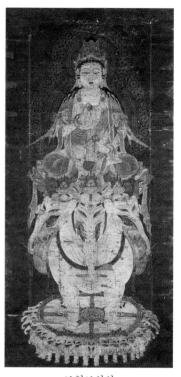

보현보살상

자신을 수양함은 비방을 그치는 근본이다.

침착하고 가볍지 않음은 복을 받는 근본이고,

유교경전은 자녀를 가르치는 근본이다.

선을 쌓음은 후손이 풍족해지는 근본이고,

편리함은 일처리 하는 데 근본이다.

일시적 조치는 임기응변의 근본이고,

용기와 지모는 일을 맡기는 근본이다.

진실로 월등함은 명예를 얻는 근본이다.

성현은 마음을 근본으로 삼고,

군자는 전력을 쏟는 것을 근본으로 한다. —— 『격언연벽格言聯璧』

보현보살 경중게普賢菩薩 警衆偈

삼국시대三國時代 유지난(維祇難, 생몰년도 미상) 한역

이날이 이미 지나가 버리고 나면

목숨도 또한 따라서 줄어드네.

마치 줄어드는 연못물의 물고기와 같으니

여기에 어찌 즐거움이 있을까?

마땅히 부지런히 정진해서

머리에서 불타는 것을 구하는 것처럼 하되,

다만 항상함이 없다는 것을 염두에 두어 삼가 게을리 하지 말라.

――――『법구경法句經』

보현보살 십대원普賢菩薩 十大願

불광 성운(佛光星雲, 1927~)

하나, 모든 부처 예경하기(禮敬諸佛): 인격을 존중함이다.

둘, 여래 덕상 찬탄하기(稱讚如來): 언어를 보시함이다.

셋, 부처님께 공양하기(廣修供養): 인연 맺음을 실천함이다.

넷, 지은 업장 참회하기(懺悔業障): 생활을 반성함이다.

다섯, 크신 공덕 환희하기(隨喜功德): 마음을 정화함이다.

여섯, 법의 수레 굴리기(請轉法輪): 진리를 전파함이다.

일곱, 부처님 이 세상에 머물기(請佛住世): 성현을 예우함이다.

여덟, 부처님 법 배우기(常隨佛學): 지혜로운 자를 본받음이다.

아홉, 중생의 뜻에 맞추기(恒順衆生): 민의를 중시함이다.

열, 모든 공덕 회향하기(普皆回向): 법계를 화목하게 함이다.

――――『인간불교 시리즈(人間佛教系列)』

부끄러움

인광(印光, 1862~1940)

내가 베풀었던 덕을 다른 사람들은 돌려주지 않는다 할지라도,

내가 다른 사람의 덕을 되갚지 않았다고 여기어라.

모든 사람에게 충분히 부끄럽고 미안한 마음을 가지면

잔인함과 난폭함이 생겨날 여유가 없다네.

큰 액운으로부터 나라와 백성을 구하는 정본청원

(挽回劫運護國救民正本清源) 【절록節錄】

도덕과 인의는 우리들이 본디부터 갖추고 있는 덕성!

인과와 응보는 사실 천지자연이 만물을 만들고 기르는 큰 권리!

선을 지으면 백 가지 상서로움이 내려오고

선을 안 지으면 백 가지 재앙이 떨어지네.

선을 쌓은 가정은 반드시 축복이 가득하고,

선을 쌓지 않은 가정은 반드시 재앙이 넘쳐난다.

인과응보의 길흉화복,

그리고 도덕과 인의는 참과 거짓을 가르는 실험이로다.

―――― 『인광대사전집印光大師全集』

부처님 설법도

사찰 주련 (8)

장락長樂 용천사龍泉寺

이 위대한 의왕醫王은 중생의 일체 번뇌를 잘 치료하고,
아름다운 법의 횃불로 육도의 한없는 어리석음을 깨부수네.

서안西安 법문사法門寺 산문

이 문을 들어서며 온갖 인연 내려놓으니
저마다 커다란 복과 이로움 얻네.
부처의 땅에 오르며 마음껏 참배하니
누구나 청정하고 맑아 속되지 않다네.

소주蘇州 계당사戒幢寺

성자의 주옥같은 가르침, 홀로 즐기기보다는 함께 즐김이 어떠하리.
불가의 가르침 요지, 살생하기보단 방생함이 낫다네.

아미천불선원峨嵋千佛禪院

한 톨의 쌀 안에도 세계世界가 담기고,
반쪽짜리 솥에서도 건곤乾坤을 끓인다네.

난주蘭州 백탑사白塔寺

흰 구름 한 조각 잘라다 승복을 깁고,
밝은 달 반쪽을 빌려다 경전을 본다네. ──『불광교과서佛光敎科書』

十二月 5日

단순한 깨달음

불광 성운(佛光星雲, 1927~)

군자와 소인은 어떻게 다를까?
군자는 스스로를 제어할 수 있지만,
소인은 스스로를 제어할 수 없다.
즐거움과 번뇌는 어떻게 다른가?
즐거움은 다 같이 나눌 수 있지만,
번뇌는 오로지 혼자 감당해야 한다.
의구심을 가지고 왔다가 믿음을 가지고 돌아가고,
도를 부러워하면서 왔다가 도를 깨닫고 돌아가고,
범부의 정을 가지고 왔다가 법의 정을 가지고 돌아가고,
손님의 입장으로 왔다가 주인이 되어 물러간다.
바야흐로 이것이 진정한 예불이요 복을 구함이다.
세상에 대해 사랑하는 마음 품으면
사바세계가 바로 극락정토이다.
세상에 대해 증오와 원망을 품으면
청량한 불국토도 화택지옥이 된다.
깨달음은 모순됨을 하나로 통일하는 것이고,
깨달음은 복잡함을 단순하게 하는 것이며,
깨달음은 막힌 것을 뻥 뚫는 것이고,
깨달음은 갇힌 것을 벗어나게 해주는 것이다.
깨달음은 생사가 한 몸이니 복잡함 가운데 단순함이 있고,
깨달음은 오고감이 한결같으니 있고 없고가 모두 같다.

─── 『불광채근담佛光菜根譚』

앙코르와트 관음보살 두

무제대사無際大師 심약방心藥房

당唐 석두희천(石頭希遷, 700~790)

친절함 한 줄, 자비심 한 조각, 온화함 반 냥, 도리 삼 푼, 가장 요긴한
믿음과 실천, 중용과 정직 한 덩어리, 효도와 순종 열 푼, 성실함 한 개,
음덕陰德 전부, 방편은 많고 적음에 제한이 없다.

이 약을 마음이라는 넓은 냄비에 넣어 태우지 말고 조급해하지도 않으
며, 불은 열에 삼 정도로 줄여 볶아, 평등이라는 그릇 안에 넣어 빻는
다. 심사숙고라는 고운 가루가 되면 육바라밀이라는 알약으로 조제하
되 보리수 열매만 한 크기로 만든다.

매일 세 번 복용하되 시간에 구애받지 않으며 화목함이라는 국과 함께
마셔야 한다. 이와 같이 약을 복용하면 병에 걸리지 않는 것과 다를 바
가 없다.

약을 복용할 시 다음은 반드시 피해야 한다.

유해한 행동이 따르는 말, 다른 사람이 아닌 자신만을 위한 배려, 타인
의 등에 화살 꽂기, 뱃속에 품은 독, 미소 뒤에 감춘 칼, 이간질 하려는
마음, 날조된 진실. 이상 일곱 가지는 꼭 경계하여야 한다.

앞서 말한 열 가지 맛을 전부 복용한다면 최상의 복록과 최상의 수명
을 누리게 되고, 부처가 되고 조사가 될 수 있다.

───『귀원직지집歸元直指集』

겨울 볕, 어린 시절, 낙타행렬 【절록節錄】

임해음(林海音, 1918~2001)

도착한 낙타행렬이 우리 집 대문 앞에 멈춰 섰다.

한 줄로 길게 늘어선 낙타는 조용히 서서 사람들의 손길에 몸을 맡겼다. 날씨는 건조하면서도 추웠다. 낙타를 끌고 온 사람이 모자를 벗자 민둥산 같은 머리에서 하얀 김이 피어나며 건조하고 추운 공기 속으로 흩어졌다.

나는 낙타 앞에 서서 그들이 풀을 먹는 모습을 지켜보았다. 얼굴은 못생기고, 치아는 길었으며, 행동거지는 조용하였다. 씹을 때는 위아래 치아가 서로 갈리고, 커다란 콧구멍에서는 김을 내뿜었으며, 수염 주위로 흰 거품이 가득하였다. 넋을 잃고 쳐다보던 나는 어느 새인가 낙타를 따라 이를 움직이고 있었다.

선생님은 성질을 억누를 줄 아는 동물이라며, 낙타를 따라 배워야 한다고 가르치셨다. 낙타는 절대 서두르지 않는다. 느릿느릿 걷고 느릿느릿 씹지만 결국은 목적지에 도착하고, 결국은 배부르게 먹는다.

여름이 가고 가을이 지나 다시 겨울이 오자 낙타행렬은 어김없이 또 찾아왔지만, 어린 시절은 한 번 가고나니 다시 오지 않았다. 겨울 햇볕 아래 풀을 씹는 낙타를 따라하던 그 멍청한 행동도 다시 하지 않았다. 그러나 어린 시절 북경의 남쪽 마을에서 지낼 때의 풍경과 사람들이 나는 너무 그립다. 실제 어린 시절은 지나갔지만, 내 마음의 어린 시절은 영원하게 글로 남겨보자고 생각했다. 나는 조용히 그 시절을 추억하며 아주 천천히 글을 써 내려갔다. 겨울 햇볕 아래 낙타행렬이 걸어오는 게 보였고, 경쾌하고 따스한 방울소리도 들었다. 어린 시절이 다시 나의 마음에 나타났다.

성공

고독은 고독이랄 수 없고, 빈곤도 빈곤이랄 수 없고, 유약柔弱도 유약이랄 것 없다.

항상 즐거움을 갖고 그것들을 대한다면, 우리 생명은 향긋한 꽃향기를 풍기듯 더욱 풍부하고 더욱 찬란하며 결코 시들지 않을 것이다.

이게 곧 당신의 성공이다.

―――『성남구사城南舊事』

원력願力의 실천

불광 성운(佛光星雲, 1927~)

인생을 살면서, 세상의 모든 사람이 행복과 안락함을 누리기를 바라는 커다란 원심願心을 내어야 한다.

중생에게 그늘을 만들어 주는 커다란 나무가 되길 발원하라.

모두에게 건너다닐 수 있는 넓은 다리를 만들어주길 발원하라.

중생이 잘못을 고쳐 바른 길로 돌아오도록 항상 법륜을 돌리길 발원하라.

현명한 아내와 효성스런 자녀, 우애와 공경이 가득한 형제, 가정이 화목하길 발원하라.

자녀를 잘 가르쳐 국가의 동량이 되고, 사회의 중추 역할을 하길 발원하라.

매일 많은 경전을 읽고 염불을 하고, 좋은 말을 하고 밝게 웃길 발심하라.

이 모두가 원력의 실천이다.

──『인간불교 시리즈(人間佛敎系列)』

저는 원하옵니다

저는 자신을 태워 타인을 비추는 한 자루 초가 되길 원하옵니다.

저는 세상을 아름다운 그림으로 그려내는 붓이 되길 원하옵니다.

저는 어둠을 비추고 광명으로 인도하는 가로등이 되길 원하옵니다.

저는 넓게 가지를 뻗어 길가는 이를 쉬게 하는 커다란 나무가 되길 원하옵니다.

저는 진리를 펼쳐 사람들에게 지혜를 주는 책이 되길 원하옵니다.

저는 중생의 고난을 덜어주고 만물이 자랄 수 있는 대지가 되길 원하옵니다. ──『인간음연人間音緣』

불교의 자비주의慈悲主義

불광 성운(佛光星雲, 1927~)

자비를 어떻게 실천하고 완성해야 할까?

우리는 모든 불보살들처럼 자비로워야 한다.

우리의 두 손을 자비로운 손으로 바꾸어야 한다.

"두 손은 항상 아래로 늘어뜨려, 사람의 마음을 어루만져 평안케 하길 원한다."

우리의 두 눈을 자비의 눈으로 바꿔 자비로운 눈으로 중생을 바라보아야 한다. 우리는 자비로운 입과 자비로운 얼굴, 자비로운 발걸음, 자비로운 모습, 자비로운 미소, 자비로운 말, 자비로운 음성, 자비로운 눈물, 자비로운 마음을 길러 자신과 혼연일체가 되도록 해야 한다.

더 나아가 온 우주에 자비가 충만하게 해야 한다.

하늘에는 자비로운 구름이 우리를 뒤덮고, 대지에는 자비로운 꽃과 자비로운 나무가 우리에게 그늘을 만들어 주고 미소를 보낸다. 자비로운 길, 자비로운 다리, 자비로운 산, 자비로운 강이 세상 곳곳에 퍼져 있다. 우리는 '보시, 애어, 동사同事, 이행利行'이라는 보살의 사섭법四攝法으로 자비를 실천해야 한다. 우리는 역지사지易地思之의 관념으로 자비를 실천해야 한다. 우리는 인아일여人我一如의 포부를 가지고 자비를 실천해야 한다. 우리는 원수나 친구나 평등하다는 수행정신으로 자비를 실천해야 한다. 그러므로 우리는 "항상 인욕법에 기쁘게 머물고, 자비와 희사에 안주한다"는 서원으로 자비의 무상한 불도를 완성하고 자비로운 사람이 되고자 노력하여야 한다. 가정을 자비로운 가정으로 만들고, 우리 사회를 자비로운 사회로 만들며, 국가를 자비로운 국가로 만들며, 사바세계를 자비가 충만한 국토로 만들며, 사랑하는 마음을 우주에 퍼트리고 인간세계에 자비가 가득하게 해야 한다. ─── 『인간불교논문집』

'십회향품十迴向品' 선근 회향

일체의 중생이 모든 괴로움을 영원히 여의고
일체의 즐거움 얻길 발원하옵니다.
일체의 중생이 괴로움의 몸뚱이 영원히 소멸하여
바로 비춰보길 발원하옵니다.
일체의 중생이 괴로움의 지옥을 벗어나
온갖 지혜 성취하길 발원하옵니다.
일체의 중생이 편안한 길을 보고
모든 나쁜 곳을 멀리하길 발원하옵니다.
일체의 중생이 법의 기쁨을 얻어
모든 괴로움을 영원히 끊길 발원하옵니다.
일체의 중생이 모든 괴로움 영원히 뽑아내
서로 자애롭게 대하길 발원하옵니다.
일체의 중생이 모든 부처님의 즐거움 얻어
생사의 괴로움 여의길 발원하옵니다.
일체의 중생이 청정함을 성취하여
조금도 손해 보지 않길 발원하옵니다.
일체의 중생이 구경究竟을 모두 갖추어
즐거움에 걸림 없는 부처되길 발원하옵니다.
보살마하살이 법을 구하는 연유는 모든 괴로움 받을 때 선근을 중생들
에게 회향하기 위해서이며, 일체의 중생이 위험과 어려움을 벗어나 일
체의 지혜를 얻고 아무런 장애 없이 해탈에 머물게 하려는 것입니다.

─── 『화엄경華嚴經』

죄罪는 서리와 이슬 같다

유송劉宋 담마밀다(曇摩蜜多, 356~442) 한역

일체 업장의 바다가 모두 망상으로부터 생기나니,

만일 참회하려는 이는 단정히 앉아 실상을 생각하라.

모든 죄는 서리와 이슬 같아 지혜의 햇빛이 능히 없애나니,

그러므로 마땅히 지극한 마음을 내어 여섯 감정의 뿌리를 참회하라.

관심무심觀心無心

마음을 관찰해도 마음이 없지만, 전도된 생각을 따라 일어나니,

이와 같은 생각하는 마음은 망상에서 비롯된다.

마치 허공에 바람이 의지할 곳이 없는 것과 같이

이와 같은 법상法相은 생겨나지도 않고 소멸되지도 않는다.

어떤 것을 죄라 하고, 어떤 것을 복이라 하랴?

나의 마음이 스스로 텅 비어 죄나 복은 주인이 없도다.

일체의 법이 이와 같아 머무는 바도 없고 무너지는 바도 없다.

이와 같이 참회하면 마음을 관찰하여도 마음이 없고,

법은 법 가운데 머물지 않으며,

모든 법은 해탈이요, 열반이자 적정寂靜이다.

이와 같이 생각하는 이는 커다란 참회라 부른다.

——— 『불설관보현보살행법경佛說觀普賢菩薩行法經』

진인각陳寅恪 시선詩選

진인각(陳寅恪, 1890~1969)

잔춘殘春

우연히 이곳에 와 남은 봄을 보내나니,

호수 일각에 홀로 선 누대가 쓸쓸해 보인다.

역사를 배웠다면 오늘과 같은 일이 있을 줄 진작 알았으련만,

꽃을 보며 지난날 그 사람을 생각하네.

강 건너 굶주리고 어려운 이를 가엾이 여겨,

세상 떠난 속세의 군평君平이 더욱 가까이 여겨지누나.

만산蠻山을 둘러보고 내 뜻 남긴 것을 이해해주니,

석류는 불꽃처럼 붉고 보리수는 날로 푸르네.

가정이 망하고 나라가 무너져도 나는 여전히 머물지만,

객잔의 봄은 차가워서 도리어 가을과 같네.

빗속의 괴로운 근심, 화사花事는 다하고,

창 앞엔 떠드는 참새 소리 소란스럽네.

사람들 끊임없는 전쟁이 습관처럼 익숙하고,

온 마음을 다해 널리 죽음을 살펴본다.

손 놓고 장탄식하며 하늘의 뜻만 기다리니,

나라와 가족 걱정에 내 머리 반백이 다 되었구나.

빈녀貧女

진귀한 비단과 고가의 보석 등이 겹겹이 쌓여 있어도
감히 두를 엄두가 나지 않네.
다행히 할머니의 화려한 무늬의 이불 있으니,
등잔을 돋워 유행하는 옷을 짓는다네.

경인 보름날 동파의 운에 붙여(庚寅元夕用东坡韵)

영남을 지나오니 하늘이 멀어지고,
온 겨울동안 눈은 없고 고운 꽃만 가득하네.
온 산하는 이미 봄의 세상이 펼쳐졌건만,
나의 신세는 참으로 물 잃은 배와 같구나.
밝은 달 그득한 침상에서 옛 시절을 생각하는데
천둥소리는 기둥을 깨고 새해를 알리네.
물고기와 용은 고요하고 강성江城은 어둠에 묻혔는데,
항아姮娥는 새해가 온 것을 아는지.

———『진인각전집陳寅恪全集』

진정한 자유

불광 성운(佛光星雲, 1927~)

사람은 애정과 얽혀 있기 때문에 생사를 윤회한다. 사람은 감정이 있기 때문에 '유정중생'이라 부른다. 만약 감정을 조금만 담백하게 할 수 있다면 인생에서 자유로울 수 있다. 만약 두 사람만의 감정 세상에 푹 빠져 매일 감정에 유혹되고 속박되는 날이 계속된다면 독립적인 인생이란 더 이상 존재하지 않을 것이다.

사랑이란 감정을 자비로 승화시킬 수 있다면, 즉 사랑으로 성내는 마음을 멈추고 연민으로 남을 해치려는 마음을 그치게 할 수 있다면 어떨까? 『증일아함경增一阿含經』에서는 "모든 부처님 세존께서는 커다란 자비를 이루시고 커다란 연민의 힘으로 중생을 널리 이롭게 한다"고 하였다. 자비는 모든 불보살이 끊임없이 중생을 제도하는 원동력이니, 사람마다 자비로 타인을 대한다면 겨울의 햇살이 얼음을 녹이듯 사랑도 인성의 진선미를 불러일으킬 수 있다. 타인을 격려하는 데 없어서는 안 될 덕목이 사랑이다.

그래서 신심을 정화하는 것을 배우고, 더 넓은 마음으로 더 많은 일과 타인을 돌본다면 안락하고 부유한 생활을 할 수 있을 것이다.

───『청소년 문제에 대한 불교의 시각(佛教對青少年問題的看法)』

자신의 주인

불광 성운(佛光星雲, 1927~)

『잡아함경』 권17에는 다음과 같은 내용이 담겨 있다.

한번은 부처님이 제자들에게 '괴로움과 즐거움에 대한 느낌이 범부와 성현은 어떻게 다른가?'라고 물었다. 부처님은 그들에게 다음과 같이 말씀하셨다.

범부는 몸이 괴로우면 근심으로 몹시 혼란스러워 마음속까지도 따라서 고통스럽다. 성현은 몸이 괴로우면 근심으로 번뇌를 일으키지 않으니 몸만 괴로움을 받고 마음은 받지 않는다. 범부는 오욕에 물들기 때문에 '탐진치貪瞋癡'라는 삼독三毒이 생겨나지만 성현은 이것이 없음이 두 경우의 차이이다.

그러므로 우리는 평소 정념正念, 정근正勤, 정도正道에 기대어 처세하고 일처리를 해야 한다. 또한 반야지혜로 두루 살펴어 자신의 인내심, 허심虛心, 적자심(赤子心: 어린 아기의 마음), 청정심淸淨心, 자비심慈悲心, 관서심寬恕心, 환희심歡喜心, 평등심平等心, 인욕심忍辱心, 참괴심慙愧心, 감은심感恩心 등을 길러내면 갖가지 부정적 감정이나 생각이 생겨나지 않을 것이다. 감정을 잘 다스리는 것이야말로 우리 마음의 지배권을 찾아오고 또한 자신의 진정한 주인이 되는 길이다.

―――『인간불교논문집人間佛教論文集』

동문수사東文殊寺 육도윤회도六道輪回圖

시간이 내 곁에 머물러 【절록節錄】

은지(隱地, 1937~)

시간은 내 곁에 앉아서 함께 흘러간다.

나는 그 '파괴'에 깜짝 놀랐다.

'파괴', 나는 인간세상의 '파괴', 일체의 모든 '파괴'를 생각해본다.

시간은 망나니처럼 세상의 모든 것을 소멸시킨다.

아이러니하게도 시간이 모든 것을 품어 자라게 한다는 것을 나는 또 상기해야만 한다.

모든 것. 우리가 세상에서 누리는 모든 것들에는 화와 복이 서로 연결되고 슬픔과 기쁨이 함께 공존한다.

시간은 종鐘이다. 종은 좌우로만 흔들거린다. 젊을 때는 우리가 시간을 제어해 활용하지만, 나이가 들어서는 시간이 우리를 제어하고 우리는 그저 흘러가는 대로 몸을 맡길 수밖에 없다.

젊을 때는 시간이 흘러간다는 것을 느끼지 못하지만, 노년에 이르면 세월의 흐름이 산처럼 진중하고 숨 쉬지 못 할 정도로 우리를 찍어 누른다. 시간은 더 이상 천천히 흘러가지 않는다. 뛰어가는 거인처럼 우리를 내몬다. 시간과 아름다움을 우리 생명 속에서 쏙 빼간다.

명암 明暗 【절록節錄】

누군가는 밝은 곳에, 누군가는 어둠 속에 있다.

사람이 밝은 곳에 있으면 빛이 나고 광채가 온몸에서 풍긴다. 마치 유리로 된 진열장에 놓여 있는 먹음직스런 케이크처럼 말이다. 우리에게 보이는 밝은 곳 그 이면에는 사람이든 물건이든 모두 위험이 도사리고

소리 없는 소리(無聲之聲), 이소곤李蕭錕 作

있다. 어둠 속 수많은 눈동자가 호시탐탐 노리고 있고, 한 쌍의 눈동자가 절치부심하며 파놓은 함정에 밝은 곳에 있는 당신이 자신의 사냥감으로 걸려들길 기다린다.

누군가는 빛을 조절하는 빛의 조종자가 되고 싶어 한다. 크게는 국가에서, 작게는 모 기관, 사회단체 등에는 늘 배후에 조종자가 있고, 더구나 세상 사람들이 모두 바보라고 생각이라도 하는 듯 손으로 하늘을 가리려 한다. 특히 빛이 비추는 탁자 아래에서는 수많은 눈동자들이 부릅뜨고 쳐다보고 있다. 다만 알면서도 드러내지 않을 뿐이다.

밝은 빛 가운데 있다고 반드시 자신을 볼 수 있는 것은 아니다. 도리어 불을 끄고 어둠 속에서 침대에 누웠을 때 더 깊이 생각하게 된다. 어쩌면 뚜렷이 다가올수록 청명함은 어둠 속에서 춤을 춘다. 어둠 속에서 밝음을 보고, 밝음 가운데 어둠을 관찰할 줄 알아야 사람은 비로소 자아를 잃지 않는다.

───『인생십감人生十感』

전생과 이생

불광 성운(佛光星雲, 1927~)

불교경전에 "보살은 원인을 두려워하고, 중생은 결과를 두려워한
다"는 구절이 있다.

깨달음을 얻은 보살은 아무리 작은 악도 범하지 않으려 삼가고
근신한다. 완강한 중생은 신구의 身口意를 마구 휘두르는 업을 짓
지만 결과가 눈앞에 닥친 것을 보고나서야 후회하고 원망하기 시
작한다.

9천여 권의 무량한 불경이 있지만 사실 우리가 "모든 악 짓지 말
고 모든 선을 행하라"는 참된 말씀만 지킨다면 어려움을 헤치고
편안하고 건강할 수 있다.

전생이나 내세, 이런 것들이 당신과 무슨 상관이고, 맑은 연못에 풍파 일으켜 뭐 하겠는가? 중요한 것은 지금 생애를 어떻게 꾸려 나가야 하는가이다. 자애로운 보살이 될 것인가, 악귀나 탐욕스런 늑대가 될 것인가는 그대가 건설하는 것이 지옥이냐, 천국이냐에 달려 있다.

———『인생의 계단(人生的階梯)』

자아를 인정하라

불광 성운(佛光星雲, 1927~)

자신은 자신일 뿐이다. 이 세상에 수억 명의 사람이 있다고 해도 당신은 당신 자신일 뿐이다. 유감스럽게도 보통 사람은 자아를 긍정하려 하지 않기 때문에 자신의 앞날을 꽉 잡을 수 없다.

'마음(心)'은 우리들의 주인이다. 세상의 좋고 나쁨이 모두 이 마음에서 출발한다. 마음이 생기면 곧 만법이 생기고, 마음에서 사라지면 만법도 사라진다. 마음 밖의 세계가 어떻게 변하든 우리는 그걸 좌지우지할 수 없다. 그러나 오로지 자신의 마음속에서 자아를 긍정한다면 자신의 주인이 될 수 있다.

자신을 긍정할 수 있다면 명예나 권세, 오욕육진의 경계에 끌려 다니지 않을 것이다. 마음이 한 곳에 편안히 머문다면 하늘이 무너지고 땅이 갈라진다고 한들 나를 어찌할 수 있겠는가?

———『미오지간迷悟之間』

계백금 誡伯禽

주周 주공(周公, B.C. ?~1105)

덕행이 있는 사람은 소와 같이 힘이 세다고 해도 소와 힘의 크기를 두고 다투지 않는다. 말처럼 나는 듯이 달릴 수 있어도 말과 빠름을 두고 달리기 시합을 하지 않는다. 선비처럼 지혜가 있더라도 선비와 지혜의 높고 낮음을 두고 다투지 않는다.

덕행은 넓고 커서 겸손하고 공경한 태도를 갖추면 영예를 얻을 것이다. 대지는 광활하여 넉넉히 품고도 남음이 있으니 검소한 태도로 생활하면 영원토록 평안할 것이다. 높은 관직에 있으면서 스스로를 낮추는 태도로 절제하면 더욱 존귀하게 될 것이다. 사람이 많은 곳에서는 신중한 마음가짐으로 맡은 바를 굳건히 지키면 반드시 승리를 거둘 것이다. 지혜롭지만 어수룩한 태도로 처세하면 장차 얻는 것이 많을 것이다. 학식이 넓고 기억력이 좋지만 학식이 얕다고 스스로를 낮추면 장차 견식이 더욱 넓어질 것이다.

───『태평어람太平御覽』

이소곤李蕭錕 作

십계十戒

명明 동기창(董其昌, 1553~1636)

폭음을 경계하라. 정신을 손상시킨다.

욕정을 경계하라. 정신이 막힌다.

강한 음식을 경계하라. 정신을 죽인다.

과식을 경계하라. 정신이 답답해진다.

과한 운동을 경계하라. 정신이 혼란해진다.

불필요한 말을 삼가라. 정신을 방해한다.

지나친 근심을 경계하라. 지나친 근심은 우울해진다

지나치게 생각하지 마라. 지나친 생각에 불안해진다.

지나치게 잠자지 마라. 지나친 잠은 정신을 피곤하게 한다.

오래 지속되는 독서를 경계하라. 지나친 독서는 마음에 짐이 된다.

─── 『화선실수필畵禪室隨筆』

십부요十富謠

우릉파(于淩波, 1927~2005) 편집

고생을 마다하지 않고 바른 길을 가는 것은
지극히 그러해야 하기 때문이다.
장사를 공평하게 하여 단골이 많은 것은
지극히 착실하기 때문이다.
닭이 울 때 곧 잠자리에서 일어나는 것은
지극히 근면하기 때문이다.
수족을 끊임없이 움직여 가사를 돌보는 것은
지극히 노고가 많기 때문이다.
화재와 도적을 막아 집을 잘 관리하는 것은
지극히 신중하기 때문이다.
하지 말아야 할 일을 하지 않고 위법하지 않는 것은
지극히 분수를 지키기 때문이다.
어른아이 할 것 없이 가족이 모두 서로 돕는 것은
한마음이 지극하기 때문이다.
아내와 자녀가 현명하고 지혜로워 시기하지 않는 것은
지극히 서로 돕기 때문이다.
자손을 훈육하여 가문을 세우는 것은
전하는 가법이 지극히 많기 때문이다.
마음에 항상 명심하여 덕을 쌓아 하늘의 가피를 받음은
선행이 지극히 많기 때문이다.

──── 『성세시사선醒世詩詞選』

452

선심禪心

불광 성운(佛光星雲, 1927~)

어떻게 하면 경계에 대해 마음이 흔들리지 않을 수 있을까?

번뇌를 잠자리까지 가져가지 말고, 원한을 내일까지 남기지 말며,

우울함을 남에게 전하지 말고, 성냄을 마음에 담아두지 말라.

──『육조단경강화六祖壇經講話』

생활선生活禪

하나, 참선 수행의 사상: 평상平常·평실平實·평형平衡의 경지를 함양함에 달려 있다. 다만 범부의 생각이 다 사라졌을 뿐, 달리 성스러운 견해는 없다.

둘, 참선 수행의 내용: 신심信心·도심道心·비심悲心을 기르고 증진함에 달려 있다. 인연 따라 변하지 않고, 자비로우며 기쁘게 보시한다.

셋, 참선 수행의 생활: 규칙적·소박함·소중함을 힘써 실천함에 달려 있다. 계율적 생활을 하고 만족을 알아 청빈한 생활을 한다.

넷, 참선 수행의 정신: 승담承擔·무외無畏·정진精進을 착실하게 반복 수행함에 달려 있다. 자신의 마음이 곧 부처라는 것을 그대로 받아들여야 한다.

다섯, 참선 수행의 운용: 생활生活·생취生趣·생기生機를 시의 적절하게 잘 사용함에 달려 있다. 내가 닿는 것이 모두 도이니 깨달음 또한 무한하다.

──『계정혜. 인간불교의 근본가르침(人間佛教的戒定慧)』

어찌 그대의 손가락에서는 들리지 않는가, 이소곤李蕭錕 作

누추한 집

당唐 유우석(劉禹錫, 772~842)

산은 높지 않아도 신선이 있으면 유명해지고,

물은 깊지 않아도 용이 살고 있으면 영험하다네.

집이 누추하다 해도 나의 덕은 홀로 향기를 풍긴다네.

이끼는 섬돌 위까지 푸르고,

풀빛은 안에 드리운 주렴을 파랗게 물들이네.

뛰어난 선비들과 담소를 나누고 평민과는 왕래하지 않으니,

소박한 거문고 타며 금옥 같은 경서를 읽을 수 있구나.

관현악기가 귀를 어지럽히지 않고,

공문서의 시달림도 받지 않는다네.

남양 땅 제갈량의 초가집과 서촉 땅 자운子雲의 정자와 같구나.

공자 역시 "선비가 머무는데 누추함이 어디 있는가?"라고 하였네.

───『전당문全唐文』

'신음어呻吟語' 사칙四則

명明 여곤(呂坤, 1536~1618)

사람의 마음은 저울과 같아야 한다. 물건을 달 때 물건은 흔들거려도 저울대는 흔들리지 않는다. 물체를 내리면 허공에 오로지 고요하게 머무니 이 얼마나 자유로운가.

한 가지 욕망을 자제하면 수많은 선행이 따라올 것이고,
한 가지 욕망을 방임하면 갖가지 사악함이 틈을 노려 들어온다.

자신의 좋은 점을 어느 정도 감춤은 신중한 품성을 배양하는 것이다.
타인의 나쁜 점을 어느 정도 감춤은 성실함을 길러 넓은 포부를 만드는 것이다.

인내함은 일을 생각하는 으뜸 방법이다.
차분함은 일을 처리하는 으뜸 방법이다.
양보함은 몸을 보호하는 으뜸 방법이다.
포용함은 사람을 대하는 으뜸 방법이다.
부귀, 빈천, 생사, 무상을 항상 마음에 두지 않음이 마음을 기르는 으뜸 방법이다.

───『명사明史』

시간이 곧 생명이다

루쉰(魯迅, 1881~1936)

마음이 넓은 사람은 다음과 같은 기개를 드러내야 한다.
미소 띤 얼굴로 비참한 액운을 맞아들이고
백배의 용기로 일체의 불행을 응대하라.

시간은 곧 생명이다.
쓸데없이 다른 사람의 시간을 낭비하는 것은 강도나 살인과 다를 바
없다.

과거의 생명은 이미 죽었다. 나는 그 죽음에 기뻐한다. 왜냐하면 그것
을 통해 살았던 적이 있음을 알게 되었기 때문이다.
죽은 과거는 이제 썩었다. 나는 썩은 것에 대해 또 기뻐한다. 왜냐하면
그것을 통해 그것이 공허하지 않음을 알기 때문이다.

거대한 건축물은 나무 하나, 돌 하나를 쌓아올려서 만들어진다.
그런데 우리는 어째서 이처럼 나무와 돌 하나하나를 쌓으려 하지 않
는가?
내가 항상 하찮은 일도 하는 이유가 바로 이것 때문이다.

───『루쉰전집魯迅全集』

노인의 슬픈 노래 【절록節錄】

당唐 유희이(劉希夷, 651~679)

낙양성 동쪽 복숭아꽃 오얏꽃이

이리저리 날다 뉘 집에 떨어지는고.

낙양의 어린 소녀는 고운 얼굴이 아까운지

떨어지는 꽃을 보며 길게 탄식하네.

올해 꽃 지고나면 얼굴빛은 또 달라지니

내년에 꽃 필 때 누가 또 있을까나?

소나무와 잣나무도 베어져 땔감이 되고

뽕나무밭도 변하여 바다가 된다네.

옛사람은 낙양성 동쪽에 다시 오지 못하건만

지금 사람은 여전히 지는 꽃 바라보네.

해마다 피는 꽃은 서로 같거늘

해마다 사람은 같은 사람이 아니라네.

──── 『전당시全唐詩』

나한도
매전賈全 作

초당필기 草堂筆記
청淸 기윤(紀昀, 1724~1805)

잘못은 가을 낙엽만큼 너무 많아 완전히 제거할 수 없고
학문은 봄의 얼음처럼 두껍게 쌓일 수 없도다.

그런 멋진 소리 내는 대나무 누가 심었는가.
한가로운 관리에게 걸 맞는 음악이로다.
봄에 핀 꽃들과 경쟁하지 않고
다만 혼자서 순수함을 지키며 겨울을 기다리네.

한밤에 멀리 떨어진 은둔처로 되돌아가는 길,
가을의 아름다움을 담아 가네.
침상 앞에서 부유함의 끝을 알아차리지 못하고,
거울 앞에선 백발이 길게 자라게 하지 않는다네.

나그네가 강남에서 올 때는 초승달이었네.
여유롭게 여행 다니는 중에 밝은 보름달을 세 번 보았네.
새벽은 이지러진 달을 따라가고
어슴푸레 할 때 새 달이 나타났네.
달이 냉담하다고 누가 말하였는가.
천리 떨어져 있는 친구 데리고 오는 것을.

———『열미초당필기閱微草堂筆記』

면학시|勉學詩

명明 방효유(方孝孺, 1357~1402)

지붕 위의 새들을 쫓아버리지 말라,
새는 부모의 은덕 보답하는 진실됨이 있네.
늪에 노니는 기러기 삶아 먹지 말라.
기러기는 다정한 형제처럼 줄지어 날아가네.
온갖 날짐승 길짐승까지도 천지간의 온정을 볼 수 있거늘,
인간으로 태어나 골육의 형제 사이에도
어찌 마음이 편안하지 못하는가.
전田 씨 형제 흩어졌다 다시 모이자 말랐던 나무도 다시 살아났다네.
나의 바람은 따뜻한 춘삼월에 햇살이 제비꽃을 따스하게 비춰주어
꽃받침이 나란히 피어나 꽃이 피고 열매가 열리는 것이네.

———『손지재집遜志齋集』

459

생인법인무생법인生忍法忍無生法忍

불광 성운(佛光星雲, 1927~)

불교에서 말하는 인내에는 3가지 단계가 있다.

첫째는 '생인生忍'이니 생존을 위해 우리는 반드시 생활 속에서 각종 쓰고 달고 시고 매운 것, 배고프고 갈증 나고 괴롭고 즐거운 것을 참아야 한다. 인내할 수 없다면 생활의 조건이 구비되지 않은 것이다.

둘째는 '법인法忍'이니 마음에서 생겨나는 탐욕, 성냄, 어리석음, 편견에 대해 내가 능히 스스로 제어하고 자아를 잘 소통시키고 자아를 적응시키며, 인연을 이해하고 사리를 통달하는 것이자 지식을 지혜로 바꾸어 불법을 활용해 생겨나는 지혜이다.

셋째는 '무생법인無生法忍'이니 이것은 번뇌를 제거하는 힘을 갖추는 것이자 인내하느냐 마느냐의 최고 경계이다. 일체의 법은 본래 생겨남도 사라짐도 없는 평등하고 아름다운 세계이다. 내가 능히 장소와 인연에 따라 생겨남이 없다는 이치를 깨달을 수 있다면 곧 인내하느냐 마느냐에 상관이 없다. 이것이 곧 무생법인이다.

――― 『백년불연百年佛緣』

인忍 인忍 인忍, 성운대사 휘호

이백李白 시선詩選

당唐 이백(李白, 701~762)

술잔을 들고 달에게 묻노라 【절록節錄】

지금 사람은 옛 시절의 달 못 보지만,
지금의 달은 예전에도 옛 사람들을 비췄으리라.
옛 사람이나 지금 사람 모두 흐르는 물과 같아
밝은 달 다 같이 이렇게 보았으리라.

장진주將進酒 【절록節錄】

그대는 보지 못하였는가!
황하의 물이 하늘에서 내려와
세차게 흘러 바다에 이르면 다시 오지 않는 것을.
그대는 보지 못하였는가!
부모님은 거울 앞에 흰 머리 슬퍼하고,
아침엔 검푸른 머리더니 저녁엔 눈같이 희구나.
인생이 내 뜻대로 풀리면 즐거움 다 누리고
금 술잔 헛되이 달과 마주하지 말라.
태어나면서 가진 재주 반드시 쓰일 데가 있고
천금이나 되는 돈 다 쓰더라도 다시 생겨나리라.

───『전당시全唐詩』

칠불전법게七佛傳法偈

송宋 석자승(釋子昇, 생몰년도 미상) 기록

비파시불毘婆尸佛 게송

몸은 형상 없음에서 생겨나고
허상은 모두 형상에서 나오듯이
보는 사람의 마음은 원래 실체가 없고
죄와 복 모두 텅 비어 머무는 바가 없네.

시기불尸棄佛 게송

모든 선법을 일으키는 것이 본래 허상이고
모든 악업을 짓는 것 역시 허상에 불과하네.
몸은 물거품과 같고 마음은 바람과 같으며
허상은 뿌리도 없고 실질적인 본성도 없는 데서 생겨나네.

비사부불毘舍浮佛 게송

사대를 빌려 몸으로 삼고, 마음은 본래 경계로 인해 생겨나네.
인식하는 물건이 없다면 마음은 존재하지 않는다네.
비난과 축복은 일어났다 사라지는 허상과 같다네.

구류손불(拘留孫佛) 게송

실체가 없는 몸을 부처의 몸으로 보고
마음의 허상은 부처의 허상이라는 걸 깨닫고

몸과 마음은 본래 공허하다는 것을 깨달으면
나와 부처의 다름이 어디에 있겠는가.

구나함모니불(拘那舍牟尼佛) 게송

부처님의 몸을 보지 않고도 부처임을 알지만,
만일 진실 되게 알아차린다면 부처는 달리 없다네.
지혜로운 자는 능히 죄의 본질이 헛된 것임을 알고
생사에 두려움이 없이 초연하다네.

가섭불迦葉佛 게송

모든 중생의 성품은 본래 청정해서
태어남이 없고 소멸되지도 않는다네.
그러므로 이 몸과 마음은 허상에서 태어난다.
허상에는 비난과 축복도 없다네.

봉국사 칠불상

석가모니불釋迦牟尼佛 게송

본래 법은 법이 아니고 법이 없는 법 또한 법이라네.
지금 법의 공허함을 믿어라. 법의 법은 어떤 법인가.

──── 『선문제조사게송禪門諸祖師偈頌』

인간불연人間佛緣 백년을 내다보며 【절록節錄】

불광 성운(佛光星雲, 1927~)

누가 내게 올해 연세가 어떻게 되냐고 묻는다.

나는 지구에게 되묻는다. "너는 얼마나 살았는가?"

이 세상이 끝날 때 나는 어디에 있겠는가?

천만년 동안 태어나고 또 다시 태어나면 나는 또 어디 있을까?

반고盤古와 여와女媧, 전에 그들을 만난 적이 있다.

두 개의 다른 세상에 살기 때문에 기억해낼 방법은 없다.

항아姮娥나 옥토끼, 이것은 이야기 속 한순간에 지나지 않고 너무 아름
다워서 사실일 것 같지도 않다.

요순堯舜 임금에게 개인적으로 물어볼 방법도 없다.

주나라 문왕과 주왕을 알게 될 기회도 없었다.

노자가 푸른 소를 타고 서역으로 떠날 때,

누군가는 동쪽에 번영의 기운 피어난다 말하였다.

장주의 남가일몽에는 북쪽을 향해 가는 나비가 있는가?

그런 사람들은 단지 나에겐 꿈에 불과하다.

근 백년의 내 생애 동안 동서남북이 이미 지구의 끝을 의미하지는 않
는다.

윤회의 육도에서 돌아다녔는가? 아니면 법계에서 배회하였는가?

내가 역사적인 기록들에 대해 언급한다면 광활하고 아득하게 펼쳐질
것이다.

내 인생의 80년 이상 동안 나는 수많은 풍파를 거쳐 왔다.

북벌원정이라는 혼란의 시대에, 나는 이 무지하고 혼돈스런 세상에 태
어났다.

일본의 포화와 노구교盧溝橋의 봉화연기 속에

전국적으로 국민들은 안전한 생명의 보호를 받지 못했고,

도처로 도망 다니며 여러 곳으로 유랑 길에 올랐다.

어디로 도망갈 수 있는가? 어디로 유랑할 수 있는가?

다행히도 부처님이 내게 손을 내밀었다.

가난하고 외진 시골에서 단숨에 인간의 천당으로 뛰어올랐다.

단풍과 어우러진 석두성에 있는 심산고찰의 총림에서

외로운 동심은 성실하게 사다리를 오르듯 더 위로 차근차근 올라가며

성장하였다.

지난 일 하나하나가 아직도 기억에 생생해서 잊을 수가 없다.

원리원칙에 따른 철저한 고행은 나를 분발시키는 힘이었다.

쓰라린 인생에서 신앙만이 나를 증상할 수 있게 해주었다.

유감스럽게도 내전의 총소리는 고난을 가져오고 사랑하는 이들에게

이별의 고통을 가중시켰다.

전란의 횃불이 여기저기 사방으로 퍼졌다.

대포였던가, 기관총이었던가?

나를 포르모사(Formosa: 대만의 옛 이름)로 인도해 준 것은 삶과 죽음이

었다.

나는 '백년불연百年佛緣'에서 이렇게 썼다.

"나의 어머니는 아들을 불문佛門으로 보냈다. 법성法性의 바다에서 법

신을 깨달으라고.

아들은 올해 팔십하고도 칠 세로 홍법이생하여 모친의 은혜를 보답

한다."

나의 소망은 인간불교를 널리 퍼뜨리는 것이다. 나는 모든 불광인에게

희망을 걸고 있다.

올바름, 자비, 책임감, 봉사는 불광산을 불국
정토로 바꿔나가고,
'불광이 두루 비치고, 법수가 영원히 흐르게
하자!'
이것이 우리의 영원한 희망이다.
나무불, 나무법, 나무승.
──── 『백년불연百年佛緣』

인간불교人間佛教, 성운대사 휘호

경세警世

주周 발타라(跋陀羅, 생몰년도 미상)

좋고 선한 인연은 맺지 않고,
탐욕과 명리를 좇아 근심으로 지내네.
세상 살며 금은보화만 알 뿐이니,
그대 몸 빌려 몇십 년이나 보겠는가.

不結良緣與善緣　苦貪名利日憂煎
豈知住世金銀寶　借汝閒看幾十年

────『경중경우경徑中徑又徑』

어고송魚鼓頌

당唐 조주종심(趙州從諗, 778~897)

사대가 모여 공을 이루는 것이고,
생물은 모두 귀하나 마음은 비었도다.
범부에게 설명하는 것을 꺼리지 말라.
다만 궁宮・상商・각角 음계만 다를 뿐이다.

────『오등회원五燈會元』

한 생각의 차이

명明 부봉보은(浮峰普恩, 생몰년도 미상)

근본으로 돌아감은 집으로 돌아감이니,
현묘할 것도 자랑할 것도 없다네.
맑은 한 조각 진여眞如 본성도
한순간의 잘못된 생각으로 인해
잃어버리네.

返本還源便到家 亦無玄妙可稱誇
湛然一片真如性 迷失皆因一念差

───『오등회원五燈會元』

호계삼소도(虎溪三笑圖, 유교의 도연
명, 불교의 혜원, 도교의 육수정 세 사
람이 여산 호계에서 함께 웃는 그림),
전포석傳抱石 作

468

사리자舍利子는 제법의 공상이다 【절록節錄】

형홍(敻虹, 1940~)

공허함의 내용은 무엇인가?

공허함의 본질은 무엇인가?

만법은 비어 있는 모습이니

생기지도 소멸하지도 않고

더럽지도 깨끗하지도 않으며

이것도 저것도 늘어나지도 줄어들지도 않는다.

이것은 한 가닥의 인연이다.

장미꽃은 꽃망울에서 시작된다.

새싹은 물과 햇빛이 있어 자랄 수 있다.

시내가 흙탕물인 것은 뒷산의 진흙이 흘려 내려서이다.

마찬가지로 산속 샘에서 흘러내린 계곡물은 바닥이 보일 정도로 맑고

저축한 것이 감소하는 것은 그대가 써버리기 때문이고

복과 지혜가 증가하는 것은 그대가 경장經藏에 깊이 들어 자비로써 타

인을 돕기 때문이다.

파도가 넘실대는 것처럼 자기의 인연법은 스스로도 제어하지 못한다.

그러니 파도치는 중에 길을 잃지 않도록 해야 한다.

수행자는 반야의 지혜로 모든 법의 참모습이 텅 비어 생겨나거나 소멸

되지도 않고. 더럽거나 깨끗하지도 않고. 늘어나거나 줄어들지도 않는

것을 관찰한다.

수행자는 만법의 근본 모습이 한 형상도 없다는 것을 본다.

───『형홍시정선집敻虹詩精選集』

최자옥崔子玉 좌우명

동한東漢 최원(崔瑗, 77~142)

타인의 단점을 말하지 말고, 자신의 장점도 말하지 말라.

타인에게 베푼 것은 생각하지 말고, 은혜를 입은 것은 잊지 말라.

세상의 명예에 연연할 필요 없으니, 오로지 어짊을 으뜸으로 삼으라.

측은지심을 낸 뒤 행동하면 비난의 말에 어찌 마음을 상하랴?

지나치게 명분을 앞세우지 말고, 성현들도 어리석은 듯 행동했다.

검은 물에 있어도 물들지 않으면 귀하니 어둠 속에 빛을 감춘 것과 같다.

부드럽고 약함은 살아가는 한 방도이니, 노자 역시 완강함을 경계하라

했다.

생각 없이 행동만 하는 필부는 느긋하여 하는 일마다 헤아리기 어렵다.

말을 신중하게 하고 음식을 절제하여 족함을 알면 이보다 훌륭한 것은

없다.

이것들을 꾸준하게 행하면 오래도록 그 향기가 저절로 퍼질 것이다.

──── 『전송사全宋詞』

출사표出師表 【절록節錄】

삼국三國 제갈량(諸葛亮, 181~234)

조정의 신하는 수도에서 저마다 게으르지 않고,

충성스런 장수와 병사들은 전쟁터에서 저마다 몸을 바친다.

어진 신하를 가까이하고 소인을 멀리함은 전한前漢이 융성하게 된 원

인이고,

소인을 가까이하고 어진 신하를 멀리함은 후한後漢이 쇠락하게 된 원

인이다. ──── 『자치통감資治通鑑』

문설問說 【절록節錄】

청淸 유개(劉開, 1784~1824)

군자는 배움에 있어 의문을 제기하기 좋아한다.

묻는 것과 배우는 것은 상호 보완관계이다.

자신보다 더 어진 사람에게 묻는 것은 의문을 해결하기 위해서이다.

자신보다 뒤떨어지는 사람에게 묻는 것은 하나를 얻기 위해서이다.

자신과 동등한 사람에게 묻는 것은 절차탁마切磋琢磨를 위해서이다.

어진 사람에게는 실수할까 질문하길 꺼린다.

자신보다 뒤떨어지는 사람에게는 그를 경시해 질문하길 꺼린다.

자신과 동등한 사람은 오만해서 고개 숙여 질문하려 안 한다.

이런 식이라면 질문하는 사람은 아무도 없을 것이다.

현명한 사람은 모든 문제를 고려해도 반드시 실수하는 한 가지가 있다.

성인이 모른다고 하여 어리석은 사람이 반드시 모른다고 할 수는 없다.

어리석은 사람이 알 수 있다고 반드시 성인이 못한다고 할 수는 없다.

고귀한 사람은 비천한 사람에게 물어볼 수 있고,

덕이 있는 사람은 못난 사람에게 물어볼 수 있고,

노인은 젊은이에게 불어볼 수 있다.

오로지 다 이해한 뒤에만이 물어보는 것을 멈출 수 있다.

───『유맹도시문집劉孟圖詩文集』

자수천불도刺繡千佛圖

심술心術 【절록節錄】

송宋 소순(蘇洵, 1009~1066)

장군이 되는 원칙은 마땅히 먼저 마음을 다스려야 한다.

태산이 눈앞에서 무너져도 안색이 변하지 않아야 하고

사슴이 옆에서 뛰어다녀도 눈 하나 깜박이지 않아야 한다.

그런 뒤에야 이해관계를 제압할 수 있고 적에 대항할 수 있다.

재주를 기르고 자기를 사랑하는 사람만이 천하에 적이 없다.

그러므로 한 번 인내로 백 명의 용사와 맞설 수 있고,

한 번 침묵으로 백 가지의 행동을 견제할 수 있다.

───『가우집嘉祐集』

인간불교

붓다(佛陀, B.C. 563~483 추정)

나는 인간세상에 태어나, 인간세상에서 자랐고,
인간세상에서 깨달음을 얻었다.

——— 『증일아함경增一阿含經』

당 혜능(惠能, 638~713)

불법은 세간에 있고 이 세계에서 떠나서는 깨달음이 없도다.
세간을 떠나 보리를 찾고자 하는 것은 토끼의 뿔을 찾는 것과 같도다.

——— 『육조단경六祖壇經』

태허(太虛, 1889~1947)

우리가 존경하고 보호받기를 원하는 부처님은
완전한 인격을 갖추고 있다.
우리 자신의 인격을 완전하게 한다는 것은
우리도 곧 부처가 된다는 것이다.

——— 『태허대사전서太虛大師全書』

불광 성운(佛光星雲, 1927~)

인간불교는 부처님 자신이 가르친 것이며, 인간들이 필요로 하는 것이며, 순수한 것이며, 선량하고 아름다운 것이다.
인간의 행복을 증진시키는 모든 가르침이 곧 인간불교의 본질이라 하겠다. ——— 『인간불교어록人間佛教語錄』

여행을 위한 기원문

불광 성운(佛光星雲, 1927~)

자비롭고 크나크신 부처님!
사람들은 "만 권의 책을 읽고 만 리를 여행한 뒤에야 비로소 인생이 보인다"고 말을 합니다.
저 역시 이런 걸림 없는 자유로운 인생을 갈망해온 지 오래입니다
53선지식을 찾아가는 선재동자야말로 우리가 배울 가치가 있는 것입니다.
운유 행각하시던 역대 조사들이야말로 우리가 본받을 가치가 있는 것입니다.
그러나 지금은 이 탐방과 여행으로 인해 또 얼마나 많은 재난이 발생하는지 모릅니다.
지금의 자동차, 선박, 비행기 등 교통수단으로 인해 얼마나 많은 불행이 생겨나는지 모릅니다.

자비롭고 크나크신 부처님!
저를 평안케 해주십시오.
즐겁고 기쁘게 대문을 나섰다가 아무 탈 없이 무사히 귀가하도록 해주십시오.
저는 지극한 마음으로 부처님께 고합니다.
저는 지식을 채우고자 여행을 떠나는 것이고,
저는 예의를 배우고자 여행을 떠나는 것이며,
저는 견문을 넓히고자 여행을 떠나는 것이고,
저는 선연을 널리 맺고자 여행을 떠나는 것입니다.

여행자, 석유법釋有法 作

크고도 크신 부처님!

제가 여행하는 중에

선한 인연을 심고 가꿀 기회를 주시고,

도움의 인연을 받을 수 있는 복을 주시고,

세간의 기이한 풍속을 이해하게 하시고,

각지의 인정과 사리를 꿰뚫어보게 해주십시오.

저는 항상 보살펴주시는 부처님의 가피에 감사드립니다.

또한 어디서든 아름다운 풍경을 감상할 수 있도록 해주는 산과 대지에
도 감사합니다.

또한 편안한 여행을 할 수 있도록 해주는 강과 하천, 바다에도 감사합
니다.

또한 자유롭게 날 수 있도록 해주는 하늘과 구름에도 감사합니다.

또한 우리의 눈과 마음을 즐겁고 기쁘게 해주는 꽃과 나무에도 감사합
니다.

자비롭고 크나크신 부처님!

제가 한 번의 여행을 떠날 수 있도록 해주는 친구들에게도 꼭 감사하고 싶습니다.

그들의 도움과 지원이 있었기에 제가 비로소 여행을 할 기회가 생긴 것입니다.

저는 저의 선지식들에게 꼭 감사하고 싶습니다.

그들이 도와주었기에 제가 비로소 이처럼 편리하게 여행을 갈 수 있는 것입니다.

또한 제가 여유로운 여행을 할 수 있도록 저의 일을 분담해준 분들에게도 감사드립니다.

또한 제가 수많은 혜택을 받을 수 있도록 도와준 수많은 선연들에게도 감사드립니다.

자비롭고 크나크신 부처님!

저는 마음 가득 기쁨을 담고 마음 가득 은혜에 감사함을 담았습니다.

크고도 크신 부처님! 제가 여행하는 중에

평안하도록 가피해 주시고 모든 일정이 순조롭도록 보살펴 주시기를 기원합니다.

자비롭고 크나크신 부처님! 저의 간절한 소망을 들어주십시오.

자비롭고 크나크신 부처님! 저의 간절한 소망을 들어주십시오.

───『불광기원문佛光祈願文』

성운대사

성운대사星雲大師는 1927년 강소성
江蘇省 강도江都에서 태어났으며, 12
살에 남경 서하산棲霞山에서 지개志開
큰스님을 스승으로 모시고 출가하였
다. 이후 금산金山, 초산焦山, 서하율
학원棲霞律學院 등 선정율학의 대가람에서 불법을 수학하였다.

1949년 봄 타이완으로 건너와 월간지『인생人生』등을 편찬하였으
며, 1953년 의란宜蘭에서 염불회를 조직해 불교 포교의 기초를 마련
했다.

1967년 인간불교人間佛教를 종풍宗風으로 불광산을 창건하고, 불교
문화·교육·자선사업 등에 온 힘을 기울여 왔다. 연이어 세계 각지에
삼백여 곳의 사찰을 세웠으며 미술관, 도서관, 출판사, 서점, 운수병원,
불교대학을 설립했다. 또한 타이완의 불광대학과 남화대학, 미국의 서
래대학, 호주의 남천대학 및 광명대학 등을 세웠다. 1970년 이후에는
'대자육유원大慈育幼院'이라는 고아원과 '인애지가仁愛之家'라는 양로원
을 지어 외롭고 힘든 무의탁 아동과 노인들을 보살펴 왔으며, 긴급 구
조 활동 등 사회복지에 힘쓰고 있다. 1977년 '불광대장경편수위원회佛
光大藏經編修委員會'를 발족하여『불광대장경佛光大藏經』과『불광대사전
佛光大辭典』을 편찬했다. 그 밖에도『중국불교경전보장백화판中國佛教
經典寶藏白話版』을 출판했고,『불광교과서佛光教科書』,『불광총서佛光叢

書』,『불광기원문佛光祈願文』,『인간불교총서人間佛教叢書』,『백년불연百年佛緣』 등을 편저하였다. 계속해서 칠레 세인트 토머스대학, 호주 그리피스(Griffith)대학, 미국 휘티어(Whittier)대학, 그리고 홍콩대학 등 세계 각 대학에서 명예박사 학위를 수여했으며, 남경南京, 북경北京, 인민人民, 상해동제上海同濟, 호남湖南 그리고 중산中山대학 등에서 명예교수 직을 받기도 했다.

성운대사는 인간불교를 널리 알리고자 노력하였다. 스스로를 '세계인'이라 자처하며 환희와 융화, 동체와 공생, 존중과 포용, 평등과 평화 등의 이념을 두루 펼쳤다. 1991년 창설된 국제불광회의 총회장에 추대되었으며, 지금껏 "불광이 두루 비치고, 오대주에 법수法水가 흐르게 하자(佛光普照三千界 法水長流五大洲)"는 이상을 실천해 오고 있다.

삶의 여행자를 위한 365일

초판 1쇄 인쇄 2015년 8월 20일 | 초판 1쇄 발행 2015년 8월 28일
성운대사 감수 | 채맹화 엮음 | 조은자 번역 | 펴낸이 김시열
펴낸곳 도서출판 운주사

    (136-034) 서울시 성북구 동소문로 67-1 성심빌딩 3층
    전화 (02) 926-8361 | 팩스 0505-115-8361
ISBN 978-89-5746-434-2 03820   값 23,000원
http://cafe.daum.net/unjubooks 〈다음카페: 도서출판 운주사〉